LE
PAYS OUBLIÉ

DU MÊME AUTEUR

ROMANS

Le Chien du Seigneur (Plon-Julliard)
Les Mauvais Pauvres (Plon)
L'Immeuble Taub (Gallimard)
Les Convoités (Gallimard)
Le Fils de Tibério Pulci (R. Laffont)
Le Péché d'écarlate (R. Laffont)
La Foi et la Montagne (R. Laffont)
La Garance (R. Laffont)
Des chiens vivants (Julliard)
Le Point de suspension (Gallimard)
Une pomme oubliée (Julliard)
Le Tilleul du soir (Julliard)
Un front de marbre (Julliard)
Le Voleur de coloquintes (Julliard)
Un temps pour lancer des pierres (Julliard)
Le Tour du doigt (Julliard)
Les Ventres Jaunes (Julliard)
La Bonne Rosée (Julliard)
Les Permissions de Mai (Julliard)

ESSAIS

Les Greffeurs d'orties (La Palatine)
Hervé Bazin (Gallimard)
Sidoine Apollinaire (Horvath)
Grands Mystiques (Pierre Waleffe)
Solarama Auvergne (Solar)
Drailles et burons d'Aubrac (Le Chêne)
L'Auvergne que j'aime... (Sun)
La Vie quotidienne dans le Massif Central au XIXe siècle (Hachette)
La Vie quotidienne contemporaine en Italie (Hachette)
La Vie quotidienne des immigrés en France de 1919 à nos jours (Hachette)
Histoire de l'Auvergne (Hachette)
Les Grandes Heures de l'Auvergne (Librairie académique Perrin)
Clermont-Ferrand d'autrefois (Horvath)
L'Auvergne et le Massif Central d'hier et de demain (J. P. Delarge)

DIVERTISSEMENTS

Riez pour nous ! (R. Morel)
Célébration de la chèvre (R. Morel)
Les Zigzags de Zacharie (Créer)
Jean Anglade raconte... (Le Cercle d'or)
Les Singes de l'Europe (Julliard)
L'Auvergnat et son histoire, B.D., ill. d'Alain Vivier (Horvath)
Fables omnibus, ill. de Jean-Gabriel Séruzier (Julliard)

TRADUCTIONS DE L'ITALIEN

Le Prince, de Machiavel (Le Livre de poche)
Le Décaméron, de Boccace (Le Livre de poche)

POÉSIE

Chants de guerre et de paix (Le Sol Clair)

JEAN ANGLADE

LE
PAYS OUBLIÉ

Hachette
littérature générale

C'est un grand problème que de savoir changer sans souffrir.

ALFRED SAUVY

Avertissement

Baptiste Pascal *est théoriquement né aux Bessières, commune de Saint-Rémy-sur-Durolle, près de Thiers (Puy-de-Dôme), en 1915. Fils d'un pauvre agriculteur, il fréquente l'école de Saint-Rémy où il s'acquiert le sobriquet de* Sang-de-Chou, *à cause des nourritures permanentes de sa famille.* Ô que trois ou quatre fois heureux sont ceux qui plantent choux ! *s'écrie Rabelais.* Ô Parques, que ne filâtes-vous pour planteur de choux ! Ô que petit est le nombre de ceux à qui Jupiter a telle faveur porté qu'il les a destinés à planter choux. Car ils ont toujours en terre un pied, l'autre n'en est pas loin. *Sain de corps, de cœur et d'esprit en effet, Baptiste aime la vie paysanne et ne demande qu'à prendre la suite de son père. En classe, il réussit brillamment grâce à l'instituteur, M. Saint-Joanis, et au* Petit Larousse illustré : *l'instruction ne nuit aucunement à l'art de planter choux. Seulement voilà : il a un frère aîné. Lequel s'est entiché d'une jolie serveuse de l'*Hôtel de l'Europe. *Elle obtient le mariage d'abord, travaille ensuite si bien son triple couillon de mari qu'elle le force à chasser père, mère et frère cadet, afin de rester seule maîtresse de la ferme. Les Pascal descendent à Thiers, capitale de la coutellerie française, où ils trouvent un domicile rue Mancel-Chabot, alias rue de la Prison.* Les premiers jours, (la) mère passait son temps à pleurer dans l'évier. Elle n'arrivait pas à s'accommoder de cette maison inconnue, de ces quelques mètres carrés où (ils devaient) vivre, elle qui avait eu toute son existence à sa disposition des hectares de terre, des hectares de ciel. *Grâce à l'oncle Mangematin, le père obtient un emploi d'éboueur municipal, le fils un poste de chiffreur à la Caisse d'épargne. Les voilà à l'abri de la faim et de la soif.*

Baptiste Pascal grandit, est appelé à faire son service militaire ; mais le conseil de révision le réforme pour irrégularité cardiaque. La mobilisation de 1939 le récupère, l'envoie à Clermont-Ferrand au 92e d'infanterie où, instruit par le sergent Foncimagne, il apprend d'abord à marcher selon les règles. De là, il monte vers le Nord de la France, envahit la Belgique, participe de son mieux aux festivités du moment, carnaval, girandoles, batailles de fleurs. Capturé par les Allemands, il s'en va dans un stalag *de Bavière où il cultive le houblon de la famille Loichinger. Il se prend d'amitié pour les enfants qui traduisent son sobriquet auvergnat en* Krautblut. *Plus tard il est expédié vers un* Kommando *de la forêt bavaroise. Son rôle consiste spécialement à prendre soin des animaux sauvages, cerfs, biches, daims. La flore et la faune du pays le rendent à sa vocation paysanne et deviennent, ses père et mère étant décédés, sa nouvelle famille. Il s'intègre si bien à cette région dont le visage même lui rappelle l'Auvergne qu'à la fin de la guerre il renonce à regagner son pays natal. Aux dernières nouvelles, il continuait de vivre près de Saulburg-sur-Danube en homme des bois, dans sa « villa » de planches, baraque désaffectée de son ex-*Kommando.

Tel est le correspondant auquel s'adressent les lettres réunies en ce volume.

En fait, Baptiste Pascal est né en 1972 du roman que Jean Anglade publia chez Julliard : Le Voleur de coloquintes. *Les lecteurs curieux d'en savoir davantage pourront y trouver l'histoire complète de sa vie.*

L'éditeur.

Thiers, le 3 janvier 1981

Mon cher Baptiste,

Je garde sur l'estomac ces derniers mots de nos causeries bavaroises, il y a juste dix ans. Tu te souviens ? « Si je pense souvent à l'Auvergne ?... Jamais ! Comment veux-tu ? Jamais ! Il a fallu que tu me rencontres... Je n'y pense jamais ! » Et je te vois là-bas, dans ta cabane de bon bois résineux, goudronné extérieurement, sous ta couverture en fausses ardoises vertes qui ne sont que des planchettes moussues. En compagnie de ta chatte Greta, si elle vit encore, maniaque et *malincarrée,* acariâtre comme le sont la plupart des vieilles créatures. Où vont tes pensées ? Je te vois penché sur ton Telefunken, écoutant les radios françaises. Ou bien relire éternellement *Le Comte de Monte-Cristo,* parcourir quelquefois un journal français abandonné par un touriste. Rien de tout ça ne te parle des Bessières, de Saint-Rémy-sur-Durolle, de Thiers ni de l'Auvergne. Du pays où tu refuses de revenir. L'as-tu réellement oublié, ce pays de bosses et de bois comme la Bavière, mais de troupeaux, de fromages, de chapelets, de couteaux, de dentelles comme nulle part au monde ? De pierres qui chantent (on les appelle *phonolithes*), de sources qui fument ou pissent le sang, d'étangs peuplés de monstres verts ? La clé des églises — pourvu qu'elle soit ancienne et bénite au moins de trois curés successifs — guérit les écrouelles et autres maladies de la peau. Les fantômes, qui habitent les combles des vieilles maisons thiernoises, se lèvent la nuit au temps du Mardi gras et des *guenilles* pour les manger encore chaudes dans le plat, si bien qu'au matin les mères de famille n'ont d'autre ressource que d'en préparer de nouvelles. Les volcans alignés sur l'horizon continuent d'entrer en éruption chaque soir quand le soleil se couche et remplissent le ciel de leurs laves pourpres. Peut-on oublier tout cela quand on l'a connu ?

Mais il se peut que tu n'aies pas tout connu, que je confonde tes souvenirs avec les miens. Tu n'étais qu'un Auvergnat débutant. Il te restait tant de choses à découvrir, tant de raisons d'aimer davantage notre province commune, ignorée de ses habitants mêmes ! Ne puis-je espérer qu'une fois au moins tu y reviendras en pèlerinage ?

Une chose m'inquiète : pendant que tu vivais loin d'elle — quarante ans d'absence : beaucoup d'hommes durent moins de temps que cela ! — mille choses ont changé sur son visage. L'air, l'eau, les gens ne sont plus tout à fait les mêmes. On ne rit plus, ne pleure plus, ne se passionne plus aux mêmes raisons. Et si tu allais ne pas la reconnaître ? Comme une épouse trop longuement quittée. Et si, à peine arrivé, tu allais lui tourner le dos et regagner ta forêt, lui rendant ainsi l'injustice que jadis tu reçus d'elle ?

Je crois donc qu'il faut que je te prépare à vos retrouvailles. Elle sait beaucoup de toi, de ce que tu es devenu. Et tu ne sais rien d'elle.

Vois-tu, depuis que j'ai raconté ton histoire, Saint-Rémy, qui précédemment soupçonnait à peine ton existence, ne se console pas de t'avoir perdu. Chaque fois que j'y monte, on m'interroge :

« Mais au juste, sa ferme, où était-elle ? »

Je soupçonne que le conseil municipal médite d'y apposer une plaque de marbre : *Ici naquit et habita Baptiste Pascal, dit « Sang-de-Chou »...*

Je ne te parlerai pas de ton frère Séraphin, ni de ta belle-sœur l'*Européenne.* Qu'ils soient vivants ou morts, cela ne doit point te retenir de nous honorer d'une visite. Je trouve à présent quantité de personnes qui se souviennent de toi. Qui ont tété le lait de tes vaches, gobé les œufs de tes poules, t'ont côtoyé sur les bancs de l'école. Et ils racontent en rigolant comme des crocodiles le jour où tu te tranchas une veine pour prouver qu'il y coulait du sang bleu.

« Mais non ! cria quelqu'un. C'est du sang de chou ! »

Ha, ha, ha.

A croire que presque toute la paroisse t'a fréquenté. Et tu n'avais que douze ans quand tu la quittas.

Saint-Rémy n'a guère changé. Sauf que l'*Hôtel de l'Europe* est devenu épicerie. Mais la grande nouveauté est le plan d'eau. Rien à dire à cela, s'il ne fallait payer à la saison chaude pour y accéder, pour avoir le droit de se tremper dedans et de marcher sur ses bords : la municipalité trouve le moyen de vendre sa fraîcheur, le reflet des nuages, les jeux du soleil. Autrefois, les Thiernois allaient se baigner dans la Dore, dont le beau nom celtique signifie « eau claire et courante ».

Celle que chanta Chateaubriand sans l'avoir vue :

Ma sœur te souvient-il encore
Du château que baignait la Dore ?

Et de cette tant vieille tour
Du More
Où l'airain sonnait le retour
Du jour?

Aujourd'hui, la Dore est tellement polluée qu'il a fallu constituer ailleurs des réserves d'eau inoffensive.

Il n'y a plus de Dore claire, comme il n'y a plus de Danube bleu. Nous l'avons vu ensemble à Ratisbonne, boueux, épais, rougeâtre, charriant des rats crevés.

Je t'écris de Thiers où tu te sentis déjà en exil. Douze années de chiffres, d'additions interminables, je pose 6 et je retiens 98. Vous demeuriez, vous, les Pascal, dans cette rue obscure qui faisait dire à ton père :

« J'y ai trois domiciles. Le mien, l'hôpital et la prison.

— Dire, lui reprochait ta mère, que tu m'as descendue ici ! Que tu oses me faire habiter en face d'une prison !

— Vaut mieux habiter en face que dedans ! »

Réjouis-toi : la prison est aujourd'hui fermée. Transformée en école technique à l'usage de garçons qui, comme toi, ont raté leur passé. Ils se promènent du moins la conscience tranquille dans l'ancienne cour des détenus. La tour — reste du château féodal — la tour-mitard où languissaient les prisonniers punis n'est peuplée désormais que de pigeons. On devrait transformer toutes les prisons en écoles.

Le reste de la rue est intact, sauf que trois ou quatre maisons ont été jetées bas à la verticale de l'église, ce qui a découvert des caves incroyables, creusées à la pioche dans l'épaisseur du rocher. Plus bas, on entre dans le Moyen Age. Rappelle-toi, cher Baptiste, tes vadrouilles enfantines. En ce temps-là, chaque maison était ici d'un coutelier : monteur, trempeur, émouleur, polisseur, façonneur de manches. Ce n'étaient partout que cliquetis d'enclumes, ronflements de forges, claquements de courroies. Ça sentait l'huile cuite, la corne brûlée, la résine et la poix des ciments fondus. A présent, il n'est pas une « boutique » qui fonctionne encore. Les couteliers sont morts. Il faudrait débaptiser la « rue de la Coutellerie » ; l'appeler « rue des Volets-Clos ». Seule reste ouverte, à droite, tout au fond, une petite épicerie mélancolique. J'y ai acheté un kilo de bananes pour l'aider à survivre. Il en est de même des rues adjacentes, la rue Gambetta, la rue Sidi-Brahim, la rue du Dr Lachamp, la rue de La Faye, la rue des Forgerons, la rue du 4-Septembre dont seuls les étages sont habités par une population maghrébine ou portugaise. Le Thiers médiéval, le Thiers de l'ancien artisanat est devenu une casbah, sans le soleil, les chants, les odeurs de fritures d'Alger, de Tunis ou de Marrakech. Une lugubre casbah où seuls quelques enfants frisés aux yeux noirs maintiennent une apparence de vie. La rue Durolle tout entière menace de s'écrouler comme un château de cartes. Une épidémie de peste semble avoir frappé les plus anciens quartiers où tu traînas tes grègues ; les prolétaires de souche locale ont fui vers les H.L.M. ; les petits bourgeois vers la périphérie, les lotissements des collines et de la plaine, les rives de la Dore à Pont-Astier.

Cependant, au milieu de cette désolation, tu auras la surprise de voir des maisons transfigurées. Une seconde Renaissance de la ville est en cours. Élus pour administrer une des plus anciennes cités de l'Auvergne, *Tjern, Tigern, Thiern, Tiern, Tihern, Tyhern, Thiert, Thiart, Tiers, Thiers,* ses municipaux se sont longtemps, comme il convient au tempérament local, fichus de Thiers comme du quart. Telle ils avaient reçu leur commune des mains de leurs ancêtres, telle ils la transmettaient à leurs successeurs. Seulement un peu plus enfumée, un peu plus décrépite. Il y a dix ans, j'écrivais ces lignes : *A Thiers, on ne restaure rien, on construit du neuf. Qui donc se soucierait de ces antiquités ? Pas les pauvres, trop occupés à manger et boire les quatre sous qu'ils gagnent pour se consoler de leur misère. Pas les riches, trop occupés à investir et à s'enrichir davantage. Les Arabes, les économiquement faibles continuent d'habiter des demeures vieilles de cinq cents ans, sans espace, sans lumière, sans confort. Il faudrait les reloger décemment ; le Thiers médiéval pourrait alors devenir une ville-musée. Nous n'en sommes pas là.*

Beaucoup d'eau a depuis coulé sous les ponts de la Durolle. Les esprits se sont ouverts, les porte-monnaie aussi : ceux de l'État, de la Région, de la Ville, des particuliers. La restauration est en cours, mon rêve en train de se réaliser.

Les premiers travaux se sont attaqués à l'église Saint-Genès dont le porche te servait de refuge, où tu donnais à tes copains éperdus des leçons gratuites sur le périmètre et le passé composé. Saint-Genès à qui ma vie aussi fut intimement liée. L'église de mon baptême, de ma première communion, de mon mariage, des obsèques de ma mère. Toujours pleine en mon souvenir d'ombres et de lumières, de musiques et de silences odoriférants. On y entrait en poussant des portes capitonnées. La chaisière s'appelait Mlle Lachaise. Le sacristain montait des couteaux à ses moments perdus. Elle était soudée à la proche école communale par une chapelle dite *Clôtras* où j'appris les saintes vérités sans l'aide d'aucun traité de catéchisme. Car je perdis le mien dès les premiers jours de ma fréquentation. Pas question de m'en faire acheter un second par ma famille. Je dus me fourrer dans la tête, à mesure qu'ils les récitaient, les réponses de mes coreligionnaires aux questions du livre : *Qu'est-ce que Dieu ? Où est Dieu ? Dieu voit-il tout ?* Mais s'il m'arrivait d'être interrogé au commencement, j'obtenais un zéro et la permission d'aller m'agenouiller jusqu'à la fin du cours sur les marches froides de l'autel, pour demander à Dieu pardon de ma négligence.

Je suis entré dans un Saint-Genès vide où grattait encore faiblement, comme un ver à bois, quelque ouvrier invisible derrière les grandes orgues : *Laudate Dominum in chordis et organo.* Je ne suis pas sûr que les gens d'ici aient suffisamment loué Dieu par des chœurs et par l'orgue. Ils chantaient plutôt les joies de la terre, le raisin et le vin, la pêche et la chasse, l'amour et la danse, sans penser à en remercier Dieu à qui ils les devaient. Voilà pourquoi ils ont laissé tomber son église en une grande décrépitude. D'étonnants travaux ont été nécessaires pour la requinquer. Ainsi, afin de lui rendre son aplomb, on a remonté le niveau méridional de cinq centimètres à l'aide de vérins puissants : les vides en résultant ont été comblés de ciment frais. Mais surtout le granit a été décroûté de son crépi sombre, de ses badigeons superflus ; il apparaît maintenant dans sa belle nudité, comme au jour où il sortit de la carrière. Les frises de la coupole ont été rafraîchies, de même que le Christ pantocrator du chevet, trois doigts levés, Christ dont il a fallu corriger en outre un certain strabisme divergent.

Dans quelques mois, après sept ans d'interruption, Saint-Genès sera rendu au culte. Débarrassée de toutes ses pieuses étartuelles, lustres, chaires, tableaux, statues, consoles, oriflammes, lutrins, pendeloques, ex-voto, une église nouvelle, splendidement illuminée, apparaîtra aux Thiernois qui n'en croiront pas leurs yeux. De même, l'émouleur peine à reconnaître sa femme émouleuse quand elle se débarbouille le Jour de l'An : il ne se rappelait pas qu'elle était si belle. On chantera, on jouera de l'orgue, on louera Dieu. Je me promène çà et là, caressant l'écorce des colonnes.

O Baptiste ! J'aimerais t'avoir à mes côtés !

Au dehors, on a démoli plusieurs édifices qui dissimulaient l'abside. Notamment la chapelle de Clôtras, celle de mon catéchisme. J'ai cherché parmi ses ruines et les orties la place de l'autel, la trace de mes incertaines ferveurs. Un vitrail, au fond, représentait des soldats de 1914-1918 sortant de leur tombe, en belle tenue bleu horizon, bandes molletières bien serrées, et marchant tête nue, les mains jointes, vers le clocher de Saint-Genès. *Don de la famille Mondière.* L'un de ces morts ressemblait à mon père, avec ses moustaches tombantes, je me persuadai que c'était lui, bien qu'à mon grand chagrin il ne tournât point la tête dans ma direction. Voilà donc qu'une seconde fois on l'a réduit en poussière.

Saint-Genès jouxte l' « École centrale de garçons ». Gardée par un écriteau : *Entrée interdite à toute personne étrangère à l'école.* J'explique au concierge que cette interdiction ne me concerne pas ; que je ne suis pas un étranger à l'école, y ayant fait d'abord la plus grande partie de mes études primaires, ensuite mes débuts dans la fonction enseignante. Il accepte volontiers de me montrer mon ancienne classe, ça tombe bien, on est mercredi, je ne dérangeai personne. Son seul occupant est un canari dans sa cage, mélancolique et silencieux. A cet endroit, contre le mur du fond, était accrochée dans mon enfance une allégorie éducative composée d'une faucille, d'un fléau, de javelles, d'une devise : *PAX LABOR.* Pendant les exercices d'orthographe, notre instituteur se promenait de long en large et ne manquait pas, à chaque passage devant l'allégorie, de picorer entre le pouce et l'index un grain de blé dans les javelles ; il le portait ensuite à sa bouche et le mâchouillait comme du chewing-gum.

Ce qui ne l'empêchait pas d'avoir une prononciation extraordinairement efficace pendant les dictées :

> *Le* corpse, *cette guenille, est-il d'une importance,*
> *D'un* prixe *à* mériterr seulemente *qu'on y pense*
> Ett *ne* devonss-nouss pass laisserr *cela bien loin ?*
> — *Oui, mon* corpse estt *moi-même* ett *j'en* veuxe *prendre soin...*

« Quand c'est moi qui dicte, au Certificat d'Études, se vantait-il, les candidats font beaucoup moins de fautes. »

Je ne sais comment dictent les maîtres d'à présent. A la place de l'allégorie, sont épinglés des dessins, des poèmes, œuvre collective des élèves.

J'ai recopié celui-ci :

> *J'ai un chien vert,*
> *M'a dit ma grand-mère.*
> *J'ai deux arbres bleus,*
> *M'a dit le bon dieu.*
> *J'ai trois nuages roses,*
> *M'a dit Antoniose.*
> *J'en ai beaucoup moins,*
> *M'a dit mon cousin.*
> *Et toi, dans le cœur,*
> *As-tu le bonheur ?*

(Le mot *dieu* est écrit sans majuscule, comme il convient à une école laïque.)

D'autres salles ont changé. Celles qui hébergeaient le cours complémentaire sont devenues classes de danse, un des quatre côtés entièrement recouvert d'un immense miroir qui permet aux petits rats de contrôler leurs mouvements. Ici, j'appris jadis, sous l'enseignement de maîtres incomparables, à aimer moi aussi la poésie et les couleurs, l'insinuante algèbre et la directe arithmétique, les merveilles de la physique et de la chimie. Eh bien, dansez maintenant !

La cour de récréation, en revanche, a le même visage, avec ses préaux, ses bancs de pierre alignés le long des murs. L'ancien jardin du directeur est prtiellement occupé par un nouveau bâtiment scolaire ; ce qu'il en reste ne produit que des herbes folles. On me dit qu'il existe ici des classes où les petits Portugais, les petits Maghrébins reçoivent un complément d'instruction dans leur parler natal. Tout cela fait un peu bric-à-brac.

Échappant à mes nostalgies, je reviens vers le centre-ville. Ton ancienne Caisse d'épargne est toujours la même. Sauf que l'intérêt composé de 2,5 pour cent est passé à 7,5. Je t'y revois enfant de peine. Agenouillé de bonne heure sur le plancher tout en nœuds et en échardes assassines, il te fallait le lessiver, l'éponger, sous les engueulades fraternelles de Pommerette : « Va doucement !... Sagouille pas comme ça ! »

Ah ! je comprends ton horreur de l'épargne et des épargnants. Tu as toujours préféré investir tes économies à court terme, en solide ou en liquide. Si tous les Français pratiquaient ta philosophie, nous ne barboterions pas jusqu'aux oreilles dans la crise économique. Nous crevons d'un excès de prévoyance.

Me voici à présent au cœur de la zone restaurée. On y a fait aussi du neuf. Pas toujours très heureux. Exemple, la nouvelle mairie, choquante par son modernisme, ses façades de verre à deux teintes, ses terrasses.

Au milieu de ces bâtiments modestes : une mairie de nouveaux riches.

L'ancienne a été recrépie de cet éternel ocre clair auquel sont vouées les restaurations présentes. Ce qui a, naturellement, effacé les glorieux impacts de balles laissés par la Libération. On aurait pu en garder quelques-uns. Le rez-de-chaussée, jadis occupé par le commissariat de police et son violon, a reçu la nouvelle bibliothèque municipale. Je connais bien mes compatriotes. Leur sainte horreur de tout ce qui se dit culturel. Plusieurs Thiernois de bonne souche m'ont affirmé que la lecture, par exemple, leur procurait des vertiges, des nausées, des pleurements d'yeux, parfois même des bourdonnements d'oreilles tout à fait insupportables. Aussi s'en gardent-ils comme de la peste. Avant 1939, la ville possédait trois cinémas ; il ne lui en reste qu'un seul. La vieille bibliothèque, rue de Barante, ouverte six heures par semaine, restait vide ces mêmes six heures. Plusieurs librairies se sont transformées en charcuteries. La seule marchande de musique qui existât, rue des Grammonts, ne parvenait à joindre les deux bouts qu'en vendant aussi des ciseaux, des cartes postales et du fil à coudre. Quand un Thiernois authentique entendait le mot *culture,* il tirait son grand mouchoir à carreaux et soufflait dedans aussi fort qu'il pouvait.

« Les choses ont bien changé, m'affirme Jacques Ytournel, le bibliothécaire-archiviste. Le nombre de nos inscrits s'est multiplié par cinq.

— Et ils ne souffrent pas de nausées ?

— Pas en temps ordinaire. »

Un changement pareil, cela touche au miracle.

Ne pleure donc pas trop sur l'ancienne mairie ; réserve tes larmes à notre vieux marché couvert. Celui où ta mère, Marguerite Pascal, née Mangematin, allait barguigner toute une matinée pour dix sous de fromage. Alors, quand elle arrivait, c'était la panique : « La voilà ! La voilà !... » Les paysannes se pressaient de monter leurs prix pour ensuite pouvoir en rabattre. La pratique du marchandage, j'ai honte de le dire, se perd de plus en plus, même en Auvergne. On achète aujourd'hui selon l'étiquette, au prix marqué, il n'y a plus de relations humaines. On a donc transformé le marché couvert en parking. C'est là une métamorphose inéluctable : tout monument, toute construction historique sont destinés, dans nos villes modernes, à devenir parkings. Parking l'ancien champ de foire où fut célébrée en 1790 la fête de la Fédération. Parking les dessous de la vieille sous-préfecture. Parking la place Antonin-Chastel où se tinrent les tribunaux populaires de 1944. Parking la halle abattue dont les étages supérieurs furent occupés par le premier théâtre et le premier cinéma de la ville. Je les connus déjà transformés en salle de gymnastique à la disposition de l'*Indépendante :* à douze ans, j'y appris à la barre fixe et aux anneaux, comme Villon au bout de sa corde, *quant mon cul poise.* Mes compagnons n'étaient pas mieux lotis. Mais notre moniteur, M. Gounod, nous l'allégeait à coups de règle plate.

Un peu plus bas que l'ex-marché couvert, un immeuble en béton est en train de pousser. Là se tenait jadis le cinéma Fémina qui eut la curieuse idée de flamber dans la nuit du 31 décembre 1922. Le clairon d'alarme sonna par les rues, cherchant à rassembler les pompiers réveillonneurs. Personne n'y crut : on ne brûle pas un soir de la Saint-Sylvestre, voyons ! Le Fémina renaquit cependant de ses cendres. J'eus l'occasion dans mon enfance de le fréquenter clandestinement : alors que le reste de la famille ronflait unanimement sous nos tuiles, je m'évadais à pas de chat, après avoir fait tomber de ma tirelire les trente sous nécessaires. J'y applaudis Douglas Fairbanks, Gloria Swanson, Max Linder. Car dans ces débuts du cinéma le public avait la naïveté d'applaudir des images sourdes-muettes. Une pianiste, dans l'ombre, les accompagnait de ses improvisations. C'était Mme Tournier qui habitait à quelques numéros de notre maison. Un matin, elle dit sans malice à ma mère :

« Eh bien ! Votre garçon en a eu pour son argent, hier soir ! Il était au premier rang, et riait comme une baleine ! »

Je passai désormais mes nuits sous clé.

J'ai voulu revoir aussi la ville nocturne, suivant à peu près le même chemin que toi lorsque, jadis, tu partais en quête de la lumière. Au milieu de ses projecteurs, Saint-Genès rénové brille comme un phare. Les rues sont aujourd'hui bien éclairées la nuit. Et même le jour, quand l'E.D.F. oublie d'éteindre ses lampes. Il n'y a plus de marchands de journaux fonctionnant à l'acétylène. Plus d'allumeurs de réverbères, leur perche sur l'épaule comme gauleurs de noix. Plus d'emprunteuses d'allumettes : chaque maison dispose d'allumoirs électriques, de briquets Tefal, de lance-flammes de poche. Car nos mères, se trouvant quelquefois prises au dépourvu, nous ordonnaient : « Va emprunter trois allumettes à la voisine. Je les lui retournerai demain. »

Crucifix ! Quel temps merveilleux, celui où l'on pouvait prêter deux allumettes, une cuillerée d'huile, une pincée de sel ! Toujours scrupuleusement rendues. Avec intérêts : ils consistaient à honorer la prêteuse d'une conversation proportionnelle à l'importance de l'emprunt. Faute de quoi, l'emprunteuse laconique risquait de s'entendre dire :

« Eh bien, vous ! Vous pondez, mais vous ne couvez pas ! »

Aujourd'hui, l'on emprunte dix millions à ta Caisse d'épargne sans prononcer un mot, rien qu'en remplissant des formulaires. Comment veux-tu que les gens s'aiment ?

Au revoir, cher Baptiste, garde-moi quand même ton amitié.

Clermont-Ferrand, le 15 février 1981

Mon cher Baptiste,

Te rappelles-tu ton bref séjour à Clermont-Ferrand, en 1939? C'est là que le sergent Falcimagne, reprenant les choses à zéro, entreprit de t'enseigner à marcher selon le règlement militaire :

« Au commandement de *un!* tu lèves la jambe gauche de façon qu'elle produise avec la droite encore immobile un angle d'environ 45 degrés. Sais-tu ce qu'est un angle de 45 degrés, face de pet?

— Oui, sergent. C'est la mesure des angles adjacents à l'hypoténuse d'un triangle à la fois rectangle et isocèle.

— Ah bravo! Eh ben, pisque tu connais l'hypoténuse, ça va aller tout seul. Vas-y! *Un!* Lève la jambe gauche! La gauche, face de pet! Pas la droite! Pas si haut! Nous autres, on pratique pas le pas de l'oie!... Un peu plus... On recommence. Eh ben! Qu'est-ce que t'attends?

— Vous avez pas dit : *un!*

— *Un!...* Attends que je mesure : 45 degrés... »

Si tu entrais de nos jours à la caserne Pélissier, tu aurais la grande douleur de constater qu'elle n'existe plus. Elle est devenue *Cité administrative.* Toujours pleine de femmes, de vieillards, d'immigrés qui ont tiré un ticket et attendent patiemment, assis ou debout, qu'on appelle leur numéro. Pour égayer leur attente, ils peuvent admirer les fresques de Louis Dussour et le couple statuaire de Raymond Coulon.

Je ne sais combien de pas — réglementaires ou non — tu fis jadis à travers cette ville en attendant ton départ pour le front. Mais je puis t'assurer que si tu revenais, tu irais de surprise en surprise. Alors que Thiers fait de son mieux pour s'embellir (la tâche sera longue, coûteuse mais facile), il semble qu'au contraire Clermont s'attache à devenir de plus en plus laid. Il faut dire que le chef-lieu de l'Auvergne jouit d'une réputation historique de laideur. Tous les hommes de plume qui la visitèrent dans le passé sont tombés d'accord sur ce point. Quand l'abbé Fléchier s'y installe en 1665 à l'occasion des Grands Jours d'Auvergne, il la dépeint comme la ville la plus désagréable du Royaume. Ses rues sont *si étroites que la plus grande y est la juste mesure d'un carrosse; aussi, deux carrosses y font un embarras à faire damner les cochers, qui jurent bien mieux ici qu'ailleurs et qui brûleraient peut-être la ville s'ils étaient en plus grand nombre et si l'eau de mille fontaines n'était prête d'éteindre le feu.* Il y a tout de même ces fontaines !

Cent vingt ans plus tard, son aspect ne s'est guère amélioré quand la parcourt Legrand d'Aussy : *Par le défaut de police, les rues sont presque continuellement si sales et si boueuses que, pendant les deux tiers de l'année, tous les habitants, jusqu'aux gens que jadis on plaçait dans la première classe, portent des sabots par-dessus leurs souliers. Dans les quartiers moins fréquentés, ce sont des amas de fumier, des immondices de boucheries, des ordures de toute espèce; enfin, des vidanges, plus dégoûtantes encore, parce que là un grand nombre de maisons n'a point de latrines.*

Au XIXe siècle, les frères Goncourt reprochent à la ville sa couleur : *La tristesse plate et dominicale de la province, à laquelle s'ajoute ici le deuil de l'horrible pierre du pays, la pierre ardoisée de Volvic qui ressemble à ces pierres de cachot, dans les décors de cinquième acte des drames du Boulevard. Une église, la cathédrale des charbonniers, noire au-dehors, noire au-dedans ; un tribunal, un temple noir de la justice, un Odéon de la loi, académiquement funèbre, et d'où l'on tombe sur une promenade, où les arbres maigrissent d'ennui dans une grande ombre moisie. Toujours et partout ces fenêtres encadrées de noir, ainsi que des lettres de faire-part mortuaires.*

A peu près à la même époque, Louis Nadaud fait chorus : *La place de Jaude est un immense carré long*[1] *dont on pourrait tirer un excellent parti. Peu de villes de province en ont une aussi étendue, mais peu en ont une en aussi mauvais état... Dans un des coins se cache l'église de Saint-Pierre-les-Minimes : elle n'a aucun style... A l'autre extrémité, s'élève la statue en bronze de Desaix. Le général, beaucoup plus grand que nature, est dans l'attitude du commandement. Sa tête est surmontée d'un panache à trois branches énormément lourd et qui doit le fatiguer; on dirait des tiges de palmier...*

Certains quartiers sont tout spécialement ignominieux. Théophile Gautier raconte ainsi sa promenade dans Montferrand, qu'il appelle *Ferrand : Aujourd'hui, nous avons vu de belles églises romanes et une vieille ville Moyen Âge, noire comme de l'encre, d'une saleté horrible, mais pleine d'architectures bizarres, d'ogives, de colonnettes, d'escaliers en spirales, de gargouilles et de mascarons à demi noyés dans des pierrailles et raccommodages d'Auvergnats.*

La rue des Chaussetiers, selon Maurice Barrès qui y traîna ses bottines avant 1900, *abrite dans ses porches une*

1. Un « carré long » ne serait-il pas un rectangle?

dizaine de boutiques, les unes modernes, les autres infiniment vieillottes. Elle est irrégulière, bizarre, tourmentée ; ses murs font des coudes et des escaliers extérieurs la flanquent. Mais sa principale singularité, c'est un passage qui la troue, où coulent deux filets d'eau malpropre, où s'embranchent de nombreux escaliers, tous divers, tous sordides, et qui débouche sur une terrasse formant une cour intérieure.

Partout, noirceur, étroitesse, boue et poussière, ordures. L'industrialisation n'arrangea point le tableau. Le caoutchouc, la mécanique, l'usine à gaz, qui occupaient d'abord la périphérie, se trouvèrent bientôt inclus dans la ville par suite de son extension. La Tiretaine, qui fut jadis ruisseau à truites et à moulins, devint peu à peu un égout répugnant, collecteur de toutes les déjections.

En sorte que vers 1935, le chansonnier Jean Maupoint, avant d'aller mourir en déportation, put écrire ses couplets satiriques si populaires chez les vieux Clermontois :

Au bord de la Tir'taine,
Derrière les abattoirs,
Tous les jours de la s'maine,
Je vais respirer la brise du soir...

Pauvre Clermont si malencontreux ! « Il faut, dit-on par ici, être né dans cette ville pour l'aimer. » Moi qui suis né ailleurs, mais qui ai foulé longuement son pavé, puis son asphalte, et qui plante mes choux dans sa banlieue, je l'aime bien comme il est cependant. J'aime la vieille École normale — pas la nouvelle, mi-verre, mi-béton, sur les hauteurs de Chamalières — mais l'ancienne, rue Jean-Baptiste Torrilhon où je débarquai en compagnie de ma mère. Elle me recommanda au concierge qui accepta son pourboire en rigolant. Face à l'asile de fous que nous regardions courir en pans de chemise sur les toits et affoler les aiguilles de leur horloge. Nous les applaudissions et les encouragions de loin : « Vas-y, Alphonse !... Fais-leur voir !... »

Les fous ont toujours de grandes leçons à donner aux raisonnables. Et nous allions nous-mêmes trouver, aux mois chauds, un peu de fraîcheur sur nos tuiles, poursüivis par la fureur directoriale. Comment oublierais-je, mon vieux Clermont, ces trois années de séminaire laïc et d'initiation à mille choses précieuses : la philosophie, la pédagogie, les langues étrangères, les échecs, la politique, l'amitié, l'amour ?

Le jardin Lecoq où nous nous plaisions à franchir la porte de Bien-Assis, débris du château de Florin Périer, nous répétant avec exaltation : « Blaise Pascal est passé mille fois sous ces pierres ! » Blaise Pascal, ton oncle putatif, cher Sang-de-Chou, par lequel M. Saint-Joanis t'excitait à te surpasser : « Voyons ! Toi qui es un descendant de Blaise Pascal ! Tu n'arriveras pas... »

Comment oublierai-je aussi le kiosque à musique où Jean-Baptiste Burlurut — qui jouissait en outre du prestige de la cécité — débitait finement :

Le cœur de ma mie
Est petit, tout petit, petit !
J'en ai l'âme ravie :
Mon amour le remplit !...

La roseraie et ses bancs hospitaliers ; son faune équilibriste ; son jet d'eau sanglotant ; ses moineaux, querelleurs comme des chiffonniers. Le « lac » où il était permis de patiner en décembre, de canoter en juin, et même de manquer la barque, de tomber dans l'eau parmi les canards effrayés, sans se mouiller plus haut que le genou. Cher, cher jardin Lecoq, villégiature, en juillet-août, des Clermontois, vieilles gens, économiquement faibles, qui ne peuvent s'offrir la mer ni la montagne. Mais c'est en automne que tu es le plus beau. Souvent, l'été auvergnat se prolonge jusqu'à la mi-octobre, et tout le monde ici se laisse surprendre par la première gelée. « Mais comment cela ! s'écrie-t-on. Il faisait encore si chaud avant-hier ! » Oui, l'automne, c'est comme les guerres, on s'y attend, mais on n'est jamais prêt. On espère toujours jusqu'au dernier moment qu'on y coupera. Autour des lacs gris de la montagne, les forêts ont pourtant pris depuis longtemps la teinte à la mode : la nuance écureuil. Et puis soudain, ce givre sur les gazons ! Pris de court, donc, les jardiniers municipaux, comme chaque année, regardent, le cœur serré, pâlir et mourir les dernières sauges. Le matin, autour des balayeurs interdits, gisent les cadavres pourpres de cent mille feuilles assassinées à l'aube. La vigne vierge du Rectorat est proche du coup de sang. Les saules pleurent des larmes d'or. Les hirondelles, les loriots, les rossignols, que ne trompent point les faux étés, depuis longtemps déjà ont abandonné nos ramures, ne laissant derrière eux que les passereaux mangeurs de crottin. Les cygnes mélancoliques flottent à la dérive, la tête dans les ailes. Les daims n'osent plus mettre le nez hors de leur guérite. Les paons s'enfoncent frileusement sous l'abri. Le directeur des jardins de la Ville — qui a le visage de Beethoven — erre parmi les frondaisons et les bustes, hagard, cherchant une inspiration qui ne vient pas. De temps en temps, il lance au ciel des bras exaspérés et crie à son personnel : « Faites quelque chose, voyons ! Faites quelque chose ! Impossible n'est pas auvergnat, nom d'un chien ! »

Puis il constate : « Tiens, je viens de déclamer un alexandrin : *Impossible n'est pas...* Oui, oui, le compte y est. Pauvre consolation, Monsieur le Directeur ! Boum ! Un autre alexandrin ! »

Seuls les amoureux s'accommodent de la situation.

Ils aiment les froidures qui leur fournissent un prétexte à se blottir l'un contre l'autre, à se couvrir de la même cape, à se camoufler derrière le brouillard des bistrots discrets, à se souffler au visage. Mais le plus bel exemple d'optimisme (ne faudrait-il pas dire plutôt d'inconscience ?), je l'eus le mois dernier à la Saint-Vincent, « lorsque l'hiver cache ses dents » : au milieu des pelouses qui ont la jaunisse de froid et de dépit, j'ai vu poindre une douzaine de pâquerettes ! Tout hurluberlues, se moquant du calendrier, elles s'épanouissaient imperturbablement, se croyant déjà au temps de Pâques ! Comment ne pas chérir une ville où se font de tels prodiges !

Il n'empêche que Clermont, hors son jardin fleuri, était une ville noire. D'un noir naturel, dû à son matériau ; ou artificiel, conséquence de l'atmosphère caoutchoutée. Vue de loin, en venant de Thiers, elle avait cependant belle allure, dominée par ses deux flèches formant le V de la victoire, ses maisons de lave pressées autour de la cathédrale, et, derrière elle, la protégeant bosse contre bosse, la caravane des Dômes impassibles. Nuitamment, d'en haut, de Royat, du Grand Tournant ou de Montrognon, elle offrait un spectacle non moins exceptionnel : une chaudronnée de braises ardentes épandues entre ses collines. En somme, elle était un peu comme cette vieille femme qui me disait en riant : « Moi, plus je suis loin, plus on me voit belle. »

Il va de soi qu'une telle réputation était à soutenir.

L'excuse est que, depuis trente ans, Clermont a explosé. Sa population qui ne comptait au début du siècle que 50 000 âmes, est passée à 165 000 en 1975. On en escomptait 300 000 pour l'an 1980 dans l'ensemble du Grand Clermont, c'est-à-dire des vingt-quatre communes agglomérées autour de lui. Presque la moitié de tout le département. Et l'on a programmé en conséquence. Le chiffre atteint en 1981 est seulement de 275 000 : il n'y a pas loin. Clermont s'étendait naguère du pont de Vallières à Montferrand, du boulevard Pasteur à Herbet ; le Grand Clermont s'étend de Ceyrat à Châteaugay, de Royat à Pont-du-Château. Dans cette vaste surface riche autrefois de vaches, de vignes, de cultures diverses, la vache est quasi introuvable, la vigne en voie de disparition ; seules persistent encore quelques champs de blé ou de maïs, rongés chaque jour un peu plus par les lotissements, les parkings, les voies nouvelles et leurs échangeurs, les constructions industrielles ou commerciales, les Z.U.P., les Z.A.P., les Z.I.P., les Z.O.P. Les cours d'eau rentrent sous terre. Les vingt-quatre communes se donnent la main et dansent une ronde autour de Vercingétorix sur son grand dada.

Les hommes sont arrivés de toute l'Auvergne. Le mouvement avait commencé avant la première guerre, il s'est accéléré après la seconde. Tandis que les communes éloignées se dépeuplent, celles qui environnent le chef-lieu se gonflent démesurément et deviennent sa banlieue. Banlieues-dortoirs en général. Ainsi, Ceyrat, qui comptait moins de 2 000 têtes quand j'y plantai ma bicoque en 1949 a dépassé maintenant les 4 000. Il gravit les pentes environnantes, occupe d'anciennes carrières, des terrains que je croyais inconstructibles par excès d'humidité. Il s'est enrichi de plusieurs écoles, d'un camping quatre-étoiles, d'une librairie, d'une droguerie, d'une pharmacie, d'une place, de beaux trottoirs ; il a perdu ses lavoirs, son four communal, ses étables, ses bourricots ; il attend sa zone artisanale, son autoroute, son supermarché. Les Ceyratois d'aujourd'hui s'ignorent complètement, n'ayant presque jamais l'occasion de se rencontrer. Tu n'as ni le temps ni l'envie de fréquenter le voisin dont les chiens, d'ailleurs, te tiennent à distance. En cas de nécessité absolue, alors qu'on habite à vingt mètres de là, on se téléphone. Plus personne ne marche : rues et chemins appartiennent aux deux ou aux quatre-roues. Les élus locaux voient de plus en plus grand. On a perdu le bonheur d'être petit. Malgré tout ce nombre, les enterrements n'attirent pas les foules. Les meetings politiques non plus. Guère davantage le spectacle annuel en l'honneur du « vieux Ceyrat », nonobstant la participation du vin rouge et des *guenilles*. Le « vieux Ceyrat » ? Qui l'a connu ? Comme écrit Alexandre Vialatte : peu de gens descendent encore de leurs ancêtres.

Les nouveaux habitants du Grand Clermont sont aussi des immigrés. Dans les années 50, ils transformèrent Beaumont et Romagnat en bourgs semi-espagnols. Jussat, Gergovie furent badigeonnés aux couleurs portugaises. Clermont eut sa casbah autour de la place du Mazet où les rues des Trois-Raisins, des Petits-Fauchers, des Bons-Enfants, illuminées jadis par des lanternes rouges, se peuplèrent de Nord-Africains, s'embaumèrent de fritures à l'huile d'olive, s'amollirent de sinueuses mélopées. On y vend le mouton à queue grasse, les merguez, les beignets au miel et le piment rouge. Elles grouillent le samedi d'hommes au visage triste qui se saluent en portant la main à leur front, à leur bouche, à leur cœur.

Cournon, qui fut peut-être le site choisi par Jules César contre Gergovie pour établir son « grand camp » (*cur non ?*), occupe une place spéciale. De hameau vigneron, il est devenu une des zones industrielles majeures qui gravitent autour de Clermont-Ferrand, multipliant sa surface bâtie par quinze, sa population par dix : 1 600 habitants en 1946, plus de 16 000 actuellement ! Sans beautés naturelles, sans autre avantage que sa platitude et sa proximité du chef-lieu, il est devenu la quatrième ville du département. Il reçoit en septembre la Foire-Exposition, foire-spectacle aussi à laquelle participent chaque année quelques-uns de nos plus célèbres amuseurs.

Elle se tenait jadis au centre de Clermont, sur la place des Salins, alias Gambetta. (Mais quel besoin de ressusciter tardivement des gloires mortes et, pour importantes qu'elles soient, aussi étrangères à ce site que Brutus et les frères Gracques ? De son vivant, Gambetta ne mit sans doute jamais les pieds en Auvergne. Au contraire, des *salins,* c'est-à-dire des sources salées, coulèrent bien jadis en bordure de cette esplanade et leur excès se déversait dans la Tiretaine. En quoi ces eaux anciennes vous ont-elles porté ombrage, snobs et jacobins municipaux ? Laissez donc Paris, les villes privilégiées où elles vécurent honorer nos grandes gloires nationales, et préservez nos petites. Tout Clermont d'ailleurs continue, malgré que vous en ayez, de dire *les Salins.*) Sur les Salins, dis-je, qui étaient alors une place véritable, non un parking très peu fréquenté parce qu'il est payant et souterrain. Une place en mesure de recevoir Barnum ou Pinder Circus avec sa ménagerie, ses roulottes, son générateur. De recevoir un concours de gymnastique. De recevoir la fête de Mai qui fut longtemps la plus joyeuse, la plus populaire de la ville. Elle envahissait les trottoirs et le boulevard Gergovia jusqu'à Jaude et jusqu'au jardin Lecoq. On y dansait sur le parquet-salon, on y cassait des pipes, on partait dans le ciel avec la Grande Roue, les pousse-pousse, les balançoires. Dans le vacarme des carabines, des pétards et des limonaires, l'encens sucré des pralines, de la guimauve et de la barbe-à-papa. Toutes les classes, toutes les races, tous les âges, tous les sexes. On y gagnait des décorations de strass, des nougats, des assiettes, des bouteilles, des horoscopes, des poupées qui ferment les yeux quand on les couche. Entre deux fêtes, les Salins rendaient de multiples services : aux pompiers en exercice ; aux régiments de passage ; les auto-écoles y enseignaient les manœuvres sans risques pour personne, si ce n'est pour les arbustes qu'on essayait d'y faire pousser. On nous a volé cette place et, en même temps, cette fête. Cette occasion de rire ensemble, de nous connaître, de nous aimer. Au maigre profit de la bagnole et de quelques joueurs de pétanque mal convaincus, qui se relaient dans un coin, les jours de soleil, pour laisser croire qu'ils s'amusent. Il y a eu détournement de place publique.

Quand par hasard un cirque ose à présent s'aventurer par ici, il s'installe sur la lointaine, boueuse et sinistre place du 1er-Mai, en bordure du cimetière des Carmes prolongé, au milieu du domaine Michelin. Les Clermontois n'oublient pas qu'il s'agit seulement de l'ex-place de l'Abattoir. Elle pue encore dans leur souvenir. Ils y vont le moins possible.

Il nous reste la place de Jaude. Que les naturels prononcent *Jode,* de même qu'ils disent puy de *Dome,* parce qu'ils ignorent l'*o* fermé suivi d'un *e* muet. Ils ont l'accent de Fernand Raynaud : mon ami le poète Christian Moncelet propose d'appeler la ville *Clermont-Fernand.* Blaise Pascal, ton oncle vénéré, se serait exprimé avec les mêmes voyelles si son magistrat de père lui avait permis de se mêler aux gamins du quartier, sur le parvis de l'église Saint-Pierre, sur le pavé de la rue des Gras, au lieu de le confiner et cultiver en chambre comme une passiflore. Je fis la connaissance de ces gosses lors de mon séjour à l'École normale d'Instituteurs, quand je fus envoyé en stage à l' « école d'application » de Jaude, qui occupait la partie postérieure du théâtre municipal. Creusée de main d'homme dans l'énorme masse de ce bâtiment, comme les grottes de Jonas dans le tuf rouge de la montagne, près de Besse-en-Chandesse. Les jeunes troglodytes ne disposaient d'aucune autre cour de récréation que des cabinets et de l'escalier en spirale montant aux étages. Je fus confié à des maîtres éminents chargés de m'inculquer la pédagogie pratique, comme M. Delisle, père du poète Pierre Delisle, M. Tartière, surnommé Tartaud... Grâce à leurs conseils éclairés, j'enseignai à nos enfants-cobayes la fonction respiratoire en m'aidant d'un morceau de mou de veau, les composantes du chiffre 7 et la couleur exacte du lait de vache, qui n'est pas blanc comme je croyais avant de devenir élève-maître, mais blanc *bleuté*. Ce sont-là des notions fondamentales que l'homme de science doit avoir toujours présentes à l'esprit.

Les leçons de gymnastique, faute d'autre terrain, se donnaient sur la place de Jaude elle-même, au milieu d'un cercle de badauds qui nous applaudissaient quand nous avions exécuté dans les règles de l'art la circumduction du tronc et l'élongation latérale des membres supérieurs. A onze heures et à quatre, les enfants n'étaient pas abandonnés à la ville : nous devions les accompagner jusqu'à un point de dispersion prévu par les règlements. Ainsi se formaient le rang de la place Lamartine, le rang de Saint-Pierre, le rang de la cathédrale, le rang de la barrière de Jaude. Car la cité gardait dans son vocabulaire le souvenir d'anciennes barrières d'octroi depuis longtemps révolues : barrière d'Issoire, barrière des Jacobins... Nous encadrions donc avec conscience chaque rang, peignant nos visages de la gravité qui convient aux bergers d'hommes et récoltant la considération des passants.

Dans les années 1956-57, on commença de construire une école d'application *avec cour,* préaux, conciergerie et tout le nécessaire. En creusant les fondations au carrefour des rues Rameau et Bonnabaud, on découvrit l'étymologie réelle de la place. Personne en effet ne savait jusqu'alors le sens du vocable *Jaude* que certains rapprochaient du patois *jau* signifiant « coq ». Place du Coq ? Pourquoi pas, puisqu'il existait à proximité une place du Taureau et une rue du Cheval Blanc ? Or, en préparant la future école Nestor Perret, on mit au jour les fondements de murailles gallo-romaines, les bases de colonnes énormes, les restes d'une piscine profonde de cinq pieds, entourée d'une banquette. Ces vestiges correspondaient à la description que fait Grégoire de Tours, un Clermontois du VIe siècle, père de l'Histoire de France, d'un temple à *Vasso Galate* dont on avait jusque-là ignoré l'emplacement. Qui était ce Vasso ? En celte, le terme signifie « jeune homme ». Une statue représentant un jeune dieu (Teutatès ? Bélénus ? Mercure ?) ornait sans doute cet édifice et lui valut son nom. Quant aux *Galates,* ainsi nommés par dérision à cause de leur fidélité à la langue et aux coutumes gauloises, il s'agissait des autochtones rassemblés en cette partie basse de l'ancien *Augustonemetum* dont l'acropole (l'actuel « Plateau Central ») était habité, autour de l'autel dédié à Auguste, par les fonctionnaires, juges, officiers, sénateurs et tous ceux qui s'affublaient d'une toge pour avoir l'air romain. De *Galate* à *Galde,* il n'y avait qu'un pas. Puis à *Jalde.* Enfin, à *Jaude.* Les petits enfants de Nestor Perret savent-ils qu'ils sont dépositaires d'un héritage si précieux ?

Au cours des vingt années qui suivirent cette découverte, Jaude ne changea guère. Excepté qu'elle perdit ses tramways au profit d'autobus. On les regrette à présent parce qu'ils étaient peu rapides mais spacieux, inodores, sonnaillants, couronnés d'étincelles bleues. On s'arrache les vieilles cartes postales qui les représentent. Derrière la statue du général Desaix, s'étendait un lacis de ruelles obscures où j'allais errer souvent parce que leur étroitesse en faisait une réserve piétonnière ; pour leur fraîcheur estivale ; pour les petits artisans, un bourrelier, un ébéniste, un plombier-zingueur, un marchand d'instruments de musique. Il m'ârrivait de monter chez Mme Olga qui, pour dix francs, me tirait habilement les vers du nez avant de me rendre aux tarots les révélations que je venais de lui confier. Au fond de la rue d'Assas, la café Villedieu était le rendez-vous des socialistes. Rue Jolie, le cabaretier Chomette, animateur de la *confrérie du Bousset,* mais qui aurait pu présider la *confrérie des Barriques,* racontait avec drôlerie des histoires d'enterrement. Au bout de cette voie mal nommée, se dressait un groupe scolaire, sur l'emplacement de la première École normale d'Instituteurs de Clermont ; il contrastait par sa blancheur avec les maisons décrépites, insalubres de cet îlot.

La municipalité décida de le détruire. Et dans cette intention, elle l'appela le *fond de Jaude.* Comme on dit « fond de tonneau », « fond de bouteille », avec la lie que le mot sous-entend. Il fallut penser d'abord à recaser les habitants des taudis condamnés. A leur intention, fut ouvert à l'Hôpital Général désaffecté un foyer-logement destiné à les accueillir en attendant un domicile définitif. Ensuite, commença la démolition. Avec stupeur, les Clermontois virent en action un énorme pendule de fonte qui défonçait les vieilles façades, révélait un moment ces intérieurs sordides où des générations de pauvres gens avaient vécu, espéré, souffert. On reconnaissait un escalier suspendu, un potager de cuisine étripé, des portes qui battaient comme des ailes. Puis tout s'écroulait dans un nuage de poussière. Pendant des années, le fond de Jaude eut l'air d'un quartier bombardé. On l'entoura de palissades peu hermétiques : des voitures se faufilaient à l'intérieur, se parquaient, malgré ses convulsions, sur ce terrain sans péage. Des sureaux poussèrent çà et là, tandis qu'en bordure grandissaient les premiers gratte-ciel en plexiglass. On s'est habitué à ces décombres. A l'heure où j'écris ces lignes, la moitié supérieure du fond de Jaude n'est pas encore entièrement par terre. Elle doit disparaître jusqu'à la rue Georges-Clemenceau (ancienne rue de l'Hôtel-Dieu) où les façades brillent encore de tout leur éclat, comme des décors de théâtre. Mais les coulisses sont vides, abandonnées aux courants d'air, aux rats, aux clochards.

« Ce matin, me raconte une des dernières locataires, en instance de relogement, des flics m'ont engueulée parce que je me trouvais dans ma cour. Ils me prenaient pour une clodo. " Non mais ! que j'y ai dit, aux flicards. Vous m'avez bien regardée ? Je suis pas une clodo, moi, attention ! Excusez-vous ! "

— Et ils se sont excusés ?

— Des excuses de flic, c'est comme du plomb en or : ça n'existe pas ».

Des plaques portent encore le nom de rues appelées à disparaître : rue Duprat, rue Charretière, rue Bancal, rue Artaud-Blanval (qui fut précédemment rue Torte, parce qu'elle fait un coude), rue des Petits-Escaliers, rue Meissonnier (ex-rue d'Estaing) comme ont déjà disparu la rue Jolie, la rue de Jaude, la rue des Peigneurs. Le souvenir d'Artaud de Blanval, qui renonça à la particule pour briguer un siège à la Convention, s'effacera pour jamais.

Vint alors la phase constructive. Des clôtures plus rigoureuses encerclèrent le chantier. Les grues promenèrent dans les cieux les éléments préfabriqués d'un gigantesque jeu de construction. Qu'allait-il sortir de ce remue-ménage ? La mairie répondait :

« Des logements, trois rues couvertes par des verrières, des bureaux, des commerces, des restaurants, mille places de parking, des salles de conférence, sept cinémas.

— Sept cinémas d'un coup ?

— Il faut préparer un Clermont de 300 000 habitants. Et ce n'est pas tout : des tapis roulants, des belvédères, des jets d'eau. Un peu ce qu'on a fait à Parly II près de Versailles, ou à La Part-Dieu lyonnaise. »

On avait peine à imaginer.

Toute la presse annonça, longtemps à l'avance, comme une éclipse, le jour inaugural. D'abord, l'endroit avait changé d'appellation : ce n'était plus l'obscène *fond de Jaude,* mais le *Centre Jaude.* Mystère de la géométrie urbaniste. Les curieux s'y écrasèrent. On se perdit un peu dans les étages, les escaliers, les terrasses, les entrées et les sorties. Les fresques de la façade, dans le style catalogue des *Trois Suisses,* désappointèrent. L'ensemble parut nouveau certes, fonctionnel, mais un peu étriqué. Même bas de plafond en certains endroits. On trouva que, de l'extérieur, le profil général ressemblait bien à un jeu de construction, mais assemblé par un enfant de dix ans. Comme imitation de Parly II, c'était plutôt raté. N'empêche qu'il est amusant de se promener parmi ces boutiques disparates. De humer la bonne odeur de pain cuit devant vous par le boulanger du rez-de-chaussée, dans un four chauffé au bois. De rôdailler à la F.N.A.C. dans l'univers des disques, des cassettes et des livres : on y peut lire le roman de son choix sans dépenser un rond, pourvu qu'on ne souffre pas de varices aux jambes.

En revanche, le parking sans personnel est un piège à couillons. Comme il doit s'acquitter de son dû en glissant des pièces de valeurs diverses dans des fentes, le couillon moyen n'en finit pas de monter et de descendre pour faire de la monnaie en buvant sans soif des demis aux bars supérieurs, puis en faisant la queue derrière d'autres couillons en train de lire le compliqué mode d'emploi de l'appareil. L'attente s'éternise quand il s'agit de couillons portugais. Aussi l'usager se laisse-t-il piéger une fois, mais jure-t-il qu'on ne l'y prendra plus.

Les soirs d'été, quand le complexe commercial a fermé ses grilles, son parvis devient le point de rassemblement de jeunes chevelus en compagnie de motocyclettes patibulaires. Aucune femme honnête, aucun agent de police solitaire n'ose passer par là. Le Centre Jaude redevient alors l'infâme fond de Jaude.

Tout près de là, l'ex-place Chapelle-de-Jaude a été victime d'un détournement encore plus scandaleux que celle des Salins : elle va se trouver amputée d'une moitié de sa surface. Pour reloger les habitants du quartier bombardé, les municipaux avaient besoin d'argent. Ils auraient pu lancer un emprunt. Ils ont préféré vendre à des promoteurs immobiliers l'historique placette rebaptisée à la Libération « place de la Résistance ». Pauvre Résistance réduite à des dimensions incongrues !

Une chose du moins sauve le quartier : la belle fontaine construite par Jean Chauchard. Cet Aveyronnais auvergnatisé par sa femme thiernoise (mais Rouergue et Auvergne sont terres fraternelles) a déjà illustré Georges Pompidou à Saint-Flour et Henri Pourrat à Ambert. En l'occurrence, il se munit de blocs de granit breton, les empila selon une idée qu'il portait au milieu de la tête, les orna de visages ironiques ou éberlués, fit couler dessus et jaillir l'eau qui est l'âme des fontaines.

Que sont devenues les mille fontaines clermontoises, seule beauté de l'affreuse ville dont parlait l'abbé Fléchier ? Disparues. Démolies. Aussi inutiles de nos jours que les bornes cochères. Exilées quelquefois : ainsi l'ancienne fontaine de la Reine, recueillie par les Volvicois qui pourtant ne manquent pas d'eau. Asséchées souvent, comme celle, garnie de pétunias, qui prétend orner la place du Terrail. Tel fut aussi le sort de la plus illustre, édifiée au XVIe siècle par l'évêque Jacques d'Amboise, lorsqu'elle encombrait le carrefour du cours Sablon et de l'avenue Carnot. La municipalité a donc été bien avisée en la déménageant une nouvelle fois en 1962, pour l'installer place de la Poterne, lui rendre ses jets, ses gazouillis, ses moineaux, réhabiliter ses petits manneken-piss dans leur fonction hygiénique. La plus ridicule est la fontaine moderne construite au flanc de l'École nationale des Impôts par le sculpteur Louis Chavinier : elle n'a jamais reçu d'autre eau que celle qui, parfois, lui tombe du ciel. Imagines-tu cela, cher Baptiste ? Chavinier ne méritait pas une telle sécheresse. Mais il n'en souffre point, car il réside actuellement dans un jardin baigné de sources et de ruisseaux éternels, pour la consolation de tous les assoiffés, surtout quand ils viennent de Montboudif. Je suis sûr que notre place y est retenue.

Grâce à Dieu inspirateur de la présente municipalité socialiste, il n'en est pas ainsi de la fontaine de Chauchard. Ses cascades ruissellent gracieusement d'étage en étage. Ce matin, comme je passais devant, elle s'était muée en fontaine d'écume : une ouate légère l'enveloppait de toutes parts.

« C'en est un, m'a expliqué un balayeur, qui a répandu dessus un paquet de lessive.

— Voilà une nouveauté !

— Celui qu'a fait ça aurait sûrement mieux fait de garder sa lessive pour se débarbouiller. »

Sagesse de balayeur.

Quand elle se fige en hiver sous l'effet du gel, sa beauté est encore plus saisissante. La fontaine de

Chauchard est le seul objet qui mérite une visite dans le Centre Jaude.

Il n'a pas eu cependant la primeur de la laideur architecturale et programmée. Avant lui, elle était apparue de façon spectaculaire en bordure du plateau Saint-Jacques, couvert jadis de jardinets, de vignes, de cabanes, de haies vives, de sentiers anonymes, de modestes maisons de retraités ou de cheminots. Aux temps très anciens, il y eut par là une chapelle, Saint-Saturnin, où fut enseveli Sidoine Apollinaire, évêque de *Clarus Mons.* Or un jour, les Clermontois éberlués virent s'édifier sur cette crête un alignement de H.L.M. dominant la voie ferrée. Ils leur donnèrent le nom de *Muraille de Chine,* bien que le Chinois permanent y soit assez rare. Vue d'en bas, elles rappellent bien la fameuse fortification : deux cents mètres d'appartements sur neuf étages, sans une rupture. Cinq mille mètres carrés de fenêtres toutes pareilles, sans un géranium, faute de bassoirs. Et sur le côté, inattendus, un chapelet de balcons roses. On ne peut dire que les architectes en ont débordé d'imagination.

En fait, ces enfilades d'appartements ont été construites pour voir, non pour être vues. De là-haut, le panorama magnifique embrasse le vieux Clermont, le jardin Lecoq, le cours Sablon, le puy de Dôme et ses compères. Un glacis gazonné descend vers la rue du Pont-Saint-Jacques qu'enjambe le récent viaduc. Celui-ci est électrifié : aucune glace ne résiste à ses résistances. Des Soviétiques sont venus examiner le système pour l'appliquer à leur Sibérie.

Derrière la Muraille de Chine, d'autres pavés de H.L.M. aux dimensions plus raisonnables alternent avec des jardinets, des balançoires et les inévitables parkings. Entre elles, subsistent quelques vieilles maisonnettes à qui les H.L.M. prennent le ciel après leur avoir pris la terre. L'église de Saint-Jacques-le-Majeur, pour ne pas se laisser dépasser, se hausse du clocher tant qu'elle peut.

Intentionnellement ou non, le populo du quartier doit côtoyer l'intelligentsia — et ce n'est pas une mauvaise chose — grâce à la proximité de la Cité universitaire, du C.H.U.R., de l'École nationale des Impôts, des facultés, des lycées et collèges. Alentour, le nom des nouvelles rues est furieusement culturel : boulevard Claude-Bernard, rue Monge, rue Chevreul, rue Taine, rue Montalembert, rue Maupassant, rue George-Sand, rue Marivaux, rue Port-Royal, rue Vermenouze, rue Teilhard-de-Chardin, rue Fernand-Raynaud. Excepté la vieille rue des Gourlettes qui veut dire « rue des Petits-Poivrots » : il en descendait beaucoup par là autrefois, à la saison des vendanges.

La culture se prolonge au sud sur le territoire d'Aubière, accueillie par un campus scientifique de 75 hectares : les Cézeaux. Immense terrain parcouru d'allées sans noms ni numéros, où l'on trouve des édifices d'une architecture compliquée, des carrés de salades, des carrés de chardons, des ponts, des passerelles, des souterrains. Tout semble organisé pour que le non-universitaire s'y égare et n'ait plus envie d'y revenir.

Au nord, le fronton de la nouvelle fac de lettres, percé d'une série de fenêtres-meurtrières, a l'air d'une baleine. Moby Dick de béton blanc qui rit de tous ses fanons. Quand le spectateur est revenu de sa surprise, quand il s'est persuadé qu'il se trouve bien, comme l'atteste une inscription en lettres d'or, devant la faculté des lettres et sciences humaines, il éprouve une gêne, l'impression qu'il manque un ornement à cette surface désertique : une allégorie, une vague, une aile, une fleur, une poignée d'étoiles, la marque du génie. Un rien. C'était prévu ; mais le « un pour cent » ici n'a pas fonctionné.

Il n'en est pas de même à la proche fac de droit qui s'orne d'une œuvre de Bourdelle : *La France salue ses Juristes.* Droite et drapée, elle serre de la main droite une lance et porte la gauche en visière au-dessus des sourcils, pour voir au loin. Mais pour qui sont ces serpents qui sifflent autour d'elle ? J'y vois ceux de l'Injustice, de la Corruption, de l'Iniquité. Cher Baptiste, je pourrais t'en raconter là-dessus des vertes et des pas mûres. Mais toi-même tu te souviens sans doute comment tu fus dépouillé de ton douaire, le plus légalement du monde, par les gens de loi.

Le « un pour cent » a fonctionné aussi avenue Carnot à la façade du lycée qui porte le nom de ton arrière-grand-oncle : Blaise Pascal. On y voit deux femmes de pierre à queue de cheval, encadrant un écu où sont gravés ces mots : *Penser fait la grandeur de l'homme.* Mais ton grand-tonton ajoutait aussitôt, se contredisant, se complétant : *Mais qu'est-ce que cette pensée ? Qu'elle est sotte !... Qu'elle est grande par sa nature ! Qu'elle est basse par ses défauts !... Le grincement d'une girouette, le froid ou le chaud excessifs paralysent notre raisonnement.*

Quand j'étais élève moi-même, nous le savions si bien qu'en hiver, avant de recevoir un professeur fastidieux, nous ouvrions les fenêtres toutes grandes, les refermant juste à son entrée. Il s'étonnait, s'indignait : « Mais quelle température fait-il donc ici ? » Puis se recroquevillait contre le radiateur : « Grands dieux, messieurs ! Je ne puis penser ! »

Dans l'attitude du penseur, Pascal figure en personne à l'intérieur de sa maison. Non point penseur de Rodin, homme de Cro-Magnon émergeant douloureusement de sa gangue animale. Mais penseur des *Pensées,* en un marbre qui fut blanc, debout, accoudé à une colonne, enveloppé d'une sorte de toge. Une jambe repliée, le mollet avantageux, le nez emprunté à son masque mortuaire. Dans cette position incommode, il lit un ouvrage aux couvertures flasques. Peut-être l'*Apologie de Raymond de Sebonde.* Ou les *Entretiens* d'Épictète. Longtemps, il resta confiné dans une salle de la bibliothèque universitaire. Puis, estimant que le grand air lui ferait du bien, on le scella dans cette cour, au-dessus d'une pelouse piétinée. Son visage est noir, ou bleu, ou rouge, suivant la couleur du dernier flacon d'encre Waterman qui s'est écrasé dessus. Des inscriptions au pinceau embellissent la colonne et le socle : *Anarchie. Amour. La bourgeoisie au poteau.* Elles sont l'œuvre de lycéens contestataires, que la tolérante administration ne se soucie pas d'effacer. Les mânes de tonton Blaise en frémissent de plaisir, car nul ne contesta plus que lui.

A part cela, que dire de cette énorme bâtisse rougeâtre ? Des années durant, j'y ai enseigné la *Divine Comédie* et l'*s impur ;* à mes plus grands élèves, l'importance obsessionnelle qu'ont la pureté et l'impureté dans la grammaire et l'âme italiennes. Le lycée occupe l'emplacement de la caserne Gribeauval, construite sous le Second Empire pour abriter des cavaliers, qui reçut ensuite des artilleurs, des chasseurs à cheval et, après 1945, des familles d'immigrés. On l'a démolie enfin pour y construire le nouveau lycée de garçons et le Centre régional de Documentation pédagogique. Ainsi poussèrent ces immenses parallélépipèdes où s'entassent trois mille élèves. Dont la moitié au moins d'insatisfaits, trop riches, trop pauvres, incompris ou mal aimés.

L'architecture moderne est foncièrement parallélépipédique. Ce qui explique la plupart de nos dépressions nerveuses. Car l'âme humaine a besoin d'encoignures, de mystérieuses anfractuosités, de replis et de courbes, de soupentes imprévisibles. D'où la frustration des élèves dans leur nouveau lycée. De plus, les couloirs y sont trop étroits, et les w.-c. insuffisants.

C'est pourquoi je préférais, comme la plupart de mes collègues, l'ancien bahut de la rue du Maréchal-Joffre (ex-rue de la Halle-au-Blé), malgré la noirceur de sa façade. Ex-collège de Jésuites, devenu Collège Royal, puis Collège Impérial, il était bâti à chaux et à sable, avec des murailles capables de résister aux boulets de canon. Les cours ombragées de marronniers avaient en été une fraîcheur de puits. Les salles du rez-de-chaussée, voûtées, un peu sombres, étaient chauffées en hiver par des poêles à charbon. Ce qui donnait l'occasion à l'homme de service préposé au chauffage d'entrer au milieu d'une leçon, d'interrompre l'exposé pour tisonner et ravitailler le Godin. Parfois, de la poche de son tablier bleu, il tirait après l'opération un flacon de vin et buvait un petit coup en s'excusant : « Le charbon, ça donne soif. »

Il avait le nez rouge, la paupière lourde; on le savait discrètement ivrogne, mais consciencieux. Après son départ, je commentais avec philosophie : « Il n'y a pas de rose sans épines. » Ces salles gardaient d'ailleurs le souvenir (une plaque de marbre noir le rappelait) d'Henri Bergson qui avait enseigné ici de 1883 à 1888 : elles ne pouvaient conseiller que la tolérance.

L'établissement offrait toutes sortes de surprises. En certains endroits, les planchers fléchissants étaient rapetassés avec des plaques de métal. Mais les escaliers ne comptaient que des marches en lave de Volvic, creusées par des siècles d'usage. Des étages supérieurs, nous avions vue sur la rue Abbé-Girard (ex-rue des Aises) et la rue Neuve-des-Carmes. Au cours d'une lecture de *L'Inferno,* il arrivait que nous fussions distraits par d'harmonieux miaulements. Un doigt se levait : « *Si ode una fisarmonica !* » C'est-à-dire : « On entend un accordéon. »

La curiosité l'emportait sur les convenances. J'accordais une récréation de cinq minutes : mes élèves se pressaient aux fenêtres pour admirer un des derniers chanteurs des rues. Un homme superbe, portant cape, lavallière, large chapeau à la Bruant. On lui jetait des sous qu'il ne daignait ramasser qu'après avoir fini son morceau. A présent que le vieux lycée n'est plus lycée, transformé en maison de culture populaire, le conservatoire a pris possession de certaines de ses salles. Ce sont les gens de la rue qui lèvent la tête en passant et reçoivent sur le front une rafraîchissante dégoulinade de doubles croches.

La bibliothèque était comble d'ouvrages poussiéreux que personne ne touchait jamais du doigt, en compagnie de quelques rares nouveautés. Mais le bibliothécaire appartenait à tous les âges. Il avait vécu la guerre 1914-1918 et, par son père, celle de 1870. Il montrait, tirées de ses archives, des rédactions corrigées par Henri Bergson ou écrites par Paul Bourget, Emmanuel Chabrier, Joseph Malègue. La conversation déviait ensuite sur la chasse aux champignons, le roman policier américain ou l'acupuncture. La bibliothèque était le dernier salon où l'on causât.

Mais le vieux lycée ne recevait d'élèves qu'à partir de la seconde. Les plus jeunes devaient fréquenter le Petit Lycée, alors sis en face de l'actuel, en bordure des rues Audollent et Delarbre. Il comportait aussi des classes primaires fort recherchées pour leur progéniture par les marchandes du quartier, qui se confiaient : « Vous comprenez, au Petit Lycée, le recrutement est tout de même beaucoup moins laïque que dans les écoles communales ! »

Aussi, les classes ne suffisaient-elles pas à recevoir

les petits petits-bourgeois, mis grâce à elles à l'abri de la contagieuse laïcité.

Les bâtiments en ont été démolis, les terrains annexés par « Jeanne-d'Arc », le lycée de filles. Aucune trace écrite ni palpable ne reste des anciens profs masculins qui s'évertuèrent en ces lieux trois quarts de siècle. Notamment de l'ineffable Paga, historien-géographe, qui avait besoin de chahut comme les plantes d'oxygène. Ses élèves avaient coutume d'écrire son sobriquet à la craie blanche sur les murs de Clermont, avec une flèche indiquant la direction de son domicile. Pendant l'occupation, les Allemands suivirent un jour ces signes mystérieux, aboutirent place Delille, sonnèrent à sa porte. Il eut toutes les peines du monde à leur démontrer que ce PAGA était une appellation affectueuse de ses grimauds, non le sigle d'un mystérieux réseau de Résistance.

Certains professeurs, comme je le fus, avaient leur emploi du temps partagé entre le grand et le petit lycée. De 8 à 9, je devais en haut commenter *Davanti San Guido* à une classe de première ; de 9 à 10, expliquer en bas les *sdruccioli* et *bisdruccioli* à une classe de troisième. Il s'ensuivait à l'interclasse des échanges galopants de professeurs entre les deux maisons. Les montants saluaient du bras les descendants, sans prendre le temps de leur serrer la main. Tout au plus se lançaient-ils, à la montagnarde :

« Alors, vous montez ?

— Oh bien, tenez. Et vous, vous descendez ? »

Les gens du quartier réglaient leurs réveils sur notre passage. Quant au censeur, répartiteur des services, il ne manquait pas de s'informer chaque année de notre poids et de l'état de notre cœur, craignant de provoquer par ces allées et venues sportives des accidents circulatoires dont l'État aurait dû payer les conséquences.

C'est assez dire si le transport et la réunion des deux lycées rue Carnot soulagea nos jambes. N'empêche que dans ces parallélépipèdes sans chaleur ni souvenirs, je pensais avec mélancolie à la vieille maison d'en haut, témoin de tant d'histoire clermontoise ; à ses clochetons, ses cheminées, ses balconnets, son beffroi et son horloge. Au retour de mon exil de France et d'Auvergne, elle m'avait accueilli maternellement, sachant bien que je ne la quitterais plus, sinon contraint et forcé. J'y avais pris en amitié les choses et les gens. Même le concierge Rigaudy, un Creusois de courte taille que les potaches surnommaient *Riquiqui.* Lui se grandissait en nous interpellant ainsi : « Collègue, vous avez une lettre recommandée. » Ce terme familier agaçait très fort quelques-uns d'entre nous ; notamment ceux qui appartenaient au « cadre supérieur ».

Quand j'entre à présent dans le vieux lycée, je n'y reconnais que les murs. Il a été distribué à cent associations culturelles ou humanitaires, les *Amis des Arbres,* les *Amis des Fleurs,* les *Amis des Papillons,* les *Amis des Sentiers Battus,* toutes d'une indéniable utilité. On y a aménagé de belles salles d'exposition et de conférences. Il m'arrive parfois d'y faire moi-même une causerie dans une ancienne classe que je fréquentais jadis, mais devant un auditoire bien différent, *con altra voce omai, con altro vello*[1]. Seul effet qui persiste : je dois toujours de temps en temps me laisser interrompre par la brusque cataracte de la chasse d'eau automatique dans les proches cabinets. On s'y habituait. Comme les voisins d'une voie ferrée au passage des trains.

Bien d'autres mutations se sont produites, cher Sang-de-Chou, à Clermont au cours de ces trente

1. « Avec une autre voix maintenant, et une autre toison. » (Dante.)

dernières années. Avec plus ou moins de bonheur. Les anciens jardins de l'Hôtel-Dieu ont été sacrifiés au profit de magasins préfabriqués dont l'ensemble est d'un effet médiocre. En face, s'est édifiée une Maison des Congrès très utile et très fonctionnelle une fois qu'on en a découvert la porte d'entrée. De même, une Maison des Sports place des Bughes, ancien champ de manœuvre pour les régiments de la ville, ancien marché aux Jarres si l'on en croit son nom. La Tiretaine, pour peu de temps encore, coule dans le voisinage à visage découvert. Une gracieuse église, Notre-Dame-de-la-Route, protège avenue Bergougnan les automobilistes partis vers les hauteurs. En revanche, le nouveau temple protestant, rue Marmontel, ressemble à un clou de tapissier.

Rien ne se perd, tout se transforme. Le bulletin municipal m'apprend que des parcs de vaste extension vont fleurir à Montjuzet, à la Croix-de-Neyrat, sur la place du 1er-Mai. Déjà le contour de cette dernière a été jalonné par une plantation de cent vingt-trois platanes. Si l'on en croit le regretté Fernand, un corps urbain d' « inspecteurs de platanes » a même été prévu, chargé de veiller sur leur croissance et leur prospérité. Espérons que ces arbres dissimuleront un jour la forêt d'horrifiques H.L.M. qui a poussé sur ces zones périphériques, en direction de Gerzat et de Cébazat.

Quoi qu'il advienne, désormais Clermont n'est plus le Noir que très partiellement. Autour de l'ancien noyau de pierre volvicoise ont surgi les immeubles de béton ou de verre : Clermont-le-Blanc, Clermont-le-Transparent. Mille choses sont venues l'embellir ou l'agrémenter : des rues piétonnières dont le pavage dessine des cercles et des étoiles ; des bancs publics ; des aires de jeux ; des boulodromes ; de petits squares ; des théâtres de verdure ; des piscines ; des vasques fleuries ; des panneaux d'affichage libre ; des candélabres modernes, mais aussi des lanternes de style. Les nuits ont perdu de leurs ombres inquiétantes.

Il y a eu enfin, comme à Thiers, les restaurations. A Clermont même, elles se limitent pour l'instant à la rue des Chaussetiers, où l'on a vu reparaître quelques belles devantures en anse de panier que dissimulaient d'affreuses vitrines d'aquarium. Il reste beaucoup à faire. En revanche, Montferrand est sorti de sa laideur. Tenue longtemps en grand mépris par les édiles clermontois qui n'y descendaient qu'une fois l'an pour couronner et embrasser la rosière, cette ancienne ville indépendante tomba, après le mariage forcé de 1731, dans l'oubli et la crasse. Un méchant bourg peuplé de vaches, de cochons et d'hommes sauvages, si l'on en croit Desdevises du Dézert qui la visita en 1869. L'arrivée de l'industrie fournit de la besogne à beaucoup de Montferrandais, mais n'arrangea point l'habitat. Les usines Michelin, les pistes Michelin, le stade Michelin, les cités Michelin, l'église Michelin, la coopérative Michelin encerclèrent la vieille bastide qui devint comme « un fossile enchâssé dans l'alluvion urbaine », selon l'expression du géographe Philippe Arbos. Les habitants s'arrangeaient comme ils pouvaient dans leur coquille, comblant une fenêtre par-ci, brisant des meneaux par-là, vendant leurs immenses cheminées pour les remplacer par des cuisinières à charbon, bazardant aux Américains des tympans sculptés, installant dans leurs cours des clapiers et des poulaillers, pratiquant ce que Théophile Gautier appelait des « raccommodages d'Auvergnats ».

Mais en même temps, l'incurie officielle dont la ville était victime la protégeait des destructions et « réhabilitations » massives. Elle dura jusqu'à la loi de 1962, dite « loi Malraux », sur la protection et la restauration du patrimoine historique et artistique de la France. L'occasion fut saisie par la municipalité de Clermont-Ferrand, inspirée par Me Louis Deteix, adjoint spécial de Montferrand, « notre maire », comme l'appellent les Mulets Blancs. Pas question de blanchir leur quartier, condamné à une noirceur indélébile ; mais on pouvait le décroûter. Les travaux commencèrent en 1972 et se poursuivent encore. Les maçons dégagèrent les ogives, les portes et les fenêtres Renaissance, rétablirent les arcades, détruisirent les cagibis à poules et à lapins, abattirent les murs parasites, dissimulèrent les boîtes aux lettres, enterrèrent les lignes électriques et les tuyaux à gaz. Aux yeux stupéfaits de la population est apparue peu à peu une ville incroyable, comme on n'en voit qu'au théâtre ou au cinéma. D'abord réticents, les propriétaires collaborent aujourd'hui volontiers à la grande entreprise, sachant bien que leurs demeures y gagneront en beauté et en valeur commerciale. La rue de la Rodade, la rue Jules-Guesde, certains hôtels du XVIe, la maison de Lucrèce, la maison de l'Éléphant en sont métamorphosées.

Qu'on ne dise donc plus Clermont-Ferrand-le-Laid. Même si certains de ses traits présentent quelque imperfection. Ce n'est point ostensiblement une ville à touristes. Son nom ne dépasse pas les frontières de la France, bien que plusieurs de ses produits jouissent d'un renom international. Ni trop grande, ni trop petite, ni très belle, ni insupportable à vivre, moyenne en tous ses aspects, elle est peuplée pour moitié d'Auvergnats, comme il est naturel, et pour l'autre part de Français moyens, côtoyant des immigrés qui ne sont excessifs ni par leur nombre ni par leur état. Quand on demande à l'un de ces tard-venus s'il aime sa ville d'adoption, il répond d'ordinaire : « Moyennement. »

Clermont-Ferrand n'a jamais suscité de passion fulgurante. Il faut pour en goûter le charme des années de fréquentation, de patience, d'étude. Mais une fois qu'il t'a gagné à lui, inspiré cet amour moyen, c'est un amour qui dure. Je compte sur toi, cher Sang-de-Chou, pour faire, si une occasion se présente, connaître davantage son nom en Bavière. Même s'il est un peu dur à prononcer à une bouche étrangère, comme m'en apporta la démonstration ce petit garçon qui, par le train, y descendait de Paris pour la première fois, et demandait fréquemment à sa mère :

« Mais quand donc qu'on arrive à Quincon-Léfant ?... A Féron-Clément, quand c'est qu'on y arrive ? »

Tout le monde ne peut s'appeler Villeneuve-la-Rivière.

Je t'embrasse. Ménage-toi.

Vichy, le 10 mars 1981

Mon cher Sang-de-Chou,

Tu le sais : au temps de notre enfance, quand un Thiernois, une Thiernoise avaient besoin d'une chose compliquée peu trouvable en leur cité, toilette de bal, cor de chasse, éventail, vase japonais, rideaux de dentelle, ils ne se rendaient pas à Clermont, lointain chef-lieu du département, mais au plus proche Vichy. Vichy était la capitale des Bitords [1]. C'est pourquoi tu fus conduit à y transporter ton appendice intestinal.

Notre vieil hôpital ne jouissait alors des services d'aucun chirurgien permanent. Lorsque la nécessité s'en présentait, on allait en emprunter un aux villes environnantes mieux loties. A moins qu'on ne lui expédiât le malade. Quand tu te plaignis de fortes douleurs au ventre, ton médecin décréta donc : « C'est une appendicite. Sans doute même un peu de péritonite. Il faut l'envoyer à la *Pergola* de Vichy. »

Les Pascal obtempérèrent sans discuter. Ce nom

1. Surnom des Thiernois.

fleuri, la *Pergola,* évoquait des terrasses couronnées de pampres ou de glycines. En y entrant, tu les cherchas sans les voir. Mais la dame blanche qui te reçut t'annonça, la bouche en cœur : « Vous serez logé aux *Bleuets.* »

Ta mère Marguerite (le père ne t'avait pas accompagné à cause du billet aller et retour qui coûtait huit francs) et toi-même, pilotés par une autre dame blanche, vous passâtes devant les *Hortensias,* les *Mimosas,* les *Jacinthes,* les *Tulipes.* Vous atteignîtes enfin les *Bleuets :* une chambre très ordinaire avec quatre occupants. A la *Pergola,* il n'existait aucune fleur, sauf dans le vocabulaire.

Néanmoins, on t'y soigna correctement. Après quinze jours de privations, de soif, de fièvre, de compote et de biscottes, tu ressortis allégé de ton appendice et de toute ta graisse. Tu te promenas le long des rives de l'Allier, toujours accompagné de ta mère. Elle te paraissait grande et forte quand tu étais gamin. A l'âge quasi adulte, tu découvris ce qu'elle était réellement : petite et malingre. Cinquante kilos toute mouillée. A dix-sept ans, tu la dépassais de la tête. Et ce jour-là, elle te recommandait cependant : « *Poïo-te sobre me che te te senti fotchigà.* Appuie-toi sur moi si tu te sens faible. »

Des hommes et des femmes endimanchés et de bonne santé ramaient sur la rivière pauvre en eau, encombrée d'îles. Quelquefois, ils s'embobinaient dans les fils des pêcheurs et recevaient des bordées d'injures. Une heure plus tard, vous prîtes le train qui vous ramena au pays des couteaux et vers ta Caisse d'Épargne. Voilà tout ce que tu connais de Vichy : la *Pergola* sans fleurs et l'Allier maigre.

Cela ne réduisit en rien son prestige à tes yeux. Nous constations parfois des absences dans notre voisinage : telle fille avait disparu. On nous expliquait qu'elle était partie « faire la saison ». Nous pensions qu'il existait ainsi des faiseuses de saisons qui s'employaient à nous confectionner un beau printemps, un bel été, un bel automne. En novembre, elles s'en revenaient, laissant la saison froide se faire toute seule. Puis, nous perdîmes de nos illusions. Nous sûmes que ces demoiselles partaient seulement pour Vichy, alors au plus brillant de son éclat, travailler dans les restaurants et les hôtels, amasser un pécule qui leur servirait de dot.

Autres disparitions frappantes : au terme de leur carrière, un certain nombre de fonctionnaires, de commerçants, d'industriels quittaient notre ville mâchurée et se retiraient à Vichy où ils finissaient leurs jours à cultiver un bout de jardin, à regarder couler l'eau de l'Allier, à assister à de grands spectacles qui se donnaient au Casino, à des courses hippiques, à des corridas, tout en suçant des pastilles à la menthe et des sucres d'orge. L'antichambre du paradis.

A peu près au même âge que toi, j'eus enfin l'occasion de voir de mes yeux cette ville des merveilles. En revenant avec l'*Indépendante* d'un concours de gymnastique à Montceau-les-Mines. Avec nos casquettes bleues et nos culottes blanches, deux heures à tuer en attendant le départ du train des couteliers. J'en vins à bout en errant dans les parcs magnifiquement verts et fleuris, eux, contrairement à la *Pergola*. Parcourus de toilettes luxuriantes, de burnous, de gandourahs, de saris, de dolmans rouges, verts ou bleus, de turbans, de chéchias, de panamas, de capelines, de canotiers. A la source Chomel, je bus un verre — et je crus nécessaire d'aller jusqu'au fond — rempli d'une eau tiède, à saveur d'œuf pourri, que me tendait une serveuse souriante, couronnée de dentelle. D'autres serveuses s'adressaient à leurs buveurs en les appelant : « Monsieur le Président... Madame la Comtesse... »

C'étaient la première comtesse et le premier président que je côtoyais de ma vie. A leur exemple, après une longue hésitation, je laissai tomber une piécette dans une soucoupe, ce qui me valut un autre sourire.

Afin d'entendre le concert donné sous le kiosque, devant le Grand Casino, je m'assis sur une chaise inconfortable. Une dame surgit soudain, se jeta sur moi comme la chatte sur le souriceau, me tendit un ticket rose en exigeant cinquante centimes. Je n'en compris pas la raison. « C'est pour la chaise, expliqua-t-elle. Mais vous savez, le ticket est valable toute la journée ! »

Je ne pus profiter qu'un moment de ma redevance. Après le troisième morceau de musique, je m'éloignai vers la gare, ébloui par le luxe de cette ville où il fallait payer pour boire de l'eau et pour s'asseoir.

Sache que rien de tout cela ne serait sans la gravelle de Napoléon III qui fit ici cinq ou six séjours à l'époque où Vichy guérissait de n'importe quoi. En compagnie de son impériale épouse, de ses maîtresses, de sa cour, de ses généraux. La ville lui doit son chemin de fer, ses parcs, ses chalets dont la façade regarde la rivière, tournant le dos aux ovations importunes, son Casino, son église Saint-Louis, et bien d'autres choses. Spécialement son goût des fêtes, des parades, du carnaval, de l'opérette. La gravelle devint une mode internationale. Après Napoléon, d'autres majestés, d'autres altesses vinrent y soigner la leur.

Un jour, on s'aperçoit que les eaux vichyssoises sont spécialement efficaces contre les maladies hépatiques. Dès lors, toute la partie rose du monde sur les planisphères, qui représente l' « Empire colonial français », leur en expédie des cargaisons. Gros propriétaires du Sahel et de la Mitidja, sultans, cheiks, beys, caïds, glaouis, nababs, capitaines de spahis, marabouts y apportent leurs jaunisses et leurs figures grêlées-

comme des écumoires. Certains directeurs d'hôtels n'hésitent pas à prendre leur voiture pour aller les recevoir au Havre, à Bordeaux, à Marseille, au débarqué de leur paquebot. Ils occupent les loisirs que leur laisse la cure à faire plusieurs fois chaque jour la promenade des sources qui va de la Grande Grille au parc des Célestins, flâner sous les marronniers et les platanes, arpenter les galeries couvertes, se saluant du canotier, de la main ou de l'ombrelle. Lente pavane de très importantes personnes, faux malades ou véritables. On vient à Vichy pour soigner son foie. Ou pour se reposer. Ou pour acheter. Ou pour s'amuser. Ou pour tout cela en même temps. Le Casino des Fleurs, le Grand Casino présentent des œuvres rarement jouées ailleurs : *Gwendoline* d'Emmanuel Chabrier, *Ariane* de Massenet ; ou de grands classiques : *Carmen, La Damnation de Faust, Les Contes d'Hoffmann ;* interprétés par les plus célèbres chanteurs de France, d'Espagne ou d'Italie. Vichy est tauromachique : la ville la plus septentrionale du monde à pratiquer légalement la mise à mort. Hippique comme Saint-Cloud. Carnavalesque comme Nice. Boutiquier comme Paris : ses vitrines débordent de frivolités, de bijoux, de parfums, de livres, d'œuvres d'art, des trésors de la province et des colonies. Il offre aux oisifs fortunés les peu avouables délices de sa roulette, de ses tripots, de ses clubs secrets, de la *Roseraie,* dont les roses, contrairement à celles de la *Pergola,* sont palpables et bien en chair.

La guerre 1939-1945 transforme Vichy en capitale-malgré-elle, d'abord assez fière d'accueillir le gouvernement nouveau, ensuite peu à peu embarrassée de ce cadeau empoisonné du destin, à mesure que l'adjectif *vichyssois* s'efface devant *vichyste.* Une période dont tu n'as qu'une idée assez vague, puisque tu te trouvais alors en villégiature parmi les houblons bavarois, loin de nos crises de conscience et de nos luttes fratricides.

Du moins les hôtels fonctionnaient-ils bien, remplis de ces touristes particuliers, ministres et ministroïdes, qui logeaient leurs classeurs dans la salle de bain et leur téléphone dans le bidet. Maudit par les uns, encensé par les autres, Vichy a été long à se remettre de sa promotion. Plusieurs années après la guerre, l'équipe de football locale, lorsqu'elle se déplaçait à Nîmes ou Orléans, se faisait conspuer, voire bombarder de flacons vides ; le public confondait ses joueurs avec les fidèles du Maréchal.

Résidant alors aux confins de l'Allier et du Puy-de-Dôme, j'ai fréquenté la ville libérée de frais pour essayer d'y obtenir, selon la formule administrative, le « permis de conduire les véhicules automobiles à pétrole ». A l'auto-école de la rue Lucas qui me prodiguait son enseignement, je ne devais pas me présenter les mains vides : *On est prié d'apporter son essence,* disait un écriteau. Faute de quoi, il fallait la payer à un tarif exorbitant. Plus que capitale de la France occupée, Vichy a été un lustre durant capitale du marché noir. En y mettant le prix, on y trouvait tout ce qui manquait ailleurs. Mais en 1946, après le départ des pompes pétainistes, sans spectacles, sans fiacres, quasi sans voitures, sans clientèle thermale (cinq années de restrictions alimentaires avaient guéri tous les foies), réduite à ses sordides trafics clandestins, elle m'apparut aussi triste qu'une fille de joie dont plus personne ne veut. Comme elle se sentait loin de sa vocation naturelle, qui est de guérir, ou du moins de soulager !

Et pourtant, bien d'autres catastrophes l'attendaient. La première a été la perte des colonies. Les maharadjahs, les empereurs, les hauts fonctionnaires réduits au chômage renoncèrent aux eaux minérales. Plus de dolmans, de turbans à plume sous les marronniers des parcs. Si quelque habitué oriental venait encore, par nécessité hygiénique, c'était anonymement, en complet veston. Par bonheur, la Sécurité sociale prit la relève du colonialisme. Les salariés hépatiques purent à leur tour désintoxiquer leur foie aux délices des sources. Clientèle moins dépensière que la précédente, qui se contente — hors les frais de cure obligatoires et toujours mal remboursés — d'acheter des cartes postales, le journal quotidien, quelques bâtons de sucre d'orge.

La seconde catastrophe a été la perte de la foi thermaliste. C'est le destin de toutes les fois organisées de se perdre un jour ou l'autre. De dévier vers de nouvelles adorations. Cependant que les pays de l'Est, l'Allemagne fédérale, l'Italie continuent de croire au pouvoir qu'a le vieux Borvo, divinité des sources chaudes, de ramoner l'appareil digestif, les reins, les artères, les articulations, la médecine française s'est mise à placer les eaux minérales au même rang que les remèdes de bonne femme, à ne plus jurer que par la chimiothérapie. Elle a redécouvert l'opinion de Voltaire et la partage : « Les voyages aux eaux ont été inventés par des dames qui s'ennuyaient chez elles. » Résultat : les chaires d'hydrologie ont disparu des facultés. Les médecins thermalistes doivent se prolonger au-delà du raisonnable, faute de successeurs. On en connaît d'ultra-centenaires, déjà pratiquement morts, qui se maintiennent en état de survie grâce à des décharges électriques, comme la grenouille de Volta. C'est une chose fort impressionnante que d'être ausculté par un vieillard qui reste prostré dans son fauteuil jusqu'à ce que son assistante vienne presser un bouton. La Sécurité sociale, dont l'incroyance est toujours proportionnelle à son déficit, renâcle à accorder les remboursements des cures, puisque, pense-t-elle, quelques boîtes de comprimés peuvent agir aussi bien. Le public a suivi : il trouve plus commode de se soigner à domicile que de s'installer à Vichy trois fois trois semaines, malgré les agréments accessoires.

La troisième catastrophe a été, en 1966, la mainmise sur la Compagnie fermière de la société Perrier recommandée par le feu roi d'Angleterre dont elle se vante d'avoir été le fournisseur. Cette entreprise multinationale, née à Vergèze, dans le Gard, d'une idée plus que d'une source (celle de servir l'eau pétillante en un *quart* moulé sur la forme de la main), se soucie comme d'une guigne du thermalisme et de la crénothérapie, c'est-à-dire de la guérison par les cures. La seule chose qui l'intéresse est la vente de boissons en bouteilles : Perrier, Saint-Yorre, Vichy-État, Contrexéville, San Pellegrino, sodas, pepsi-cola, jus de fruits, débitées sur tous les continents. Il s'ensuit que la ville aux parcs ne représente pour elle qu'une sorte de citron dont elle entend exprimer le jus au maximum, sans se soucier de la pulpe ni de l'écorce. La nouvelle C.F.V. s'arrange pour envelopper de brouillards les contrats qui la lient à l'État, propriétaire du sous-sol, échapper aux obligations qui lui incombaient de tradition et les rejeter sur la ville de Vichy. Celle-ci, pour sauvegarder au mieux le patrimoine thermal, paie de sa poche — avec l'argent des contribuables — les travaux d'aménagement, les réparations, les entretiens, l'animation, la modernisation du domaine dont elle a la jouissance : plus de dix millions de francs lourds ont été ainsi dépensés au profit de la Compagnie fermière.

Vichy a son mur des lamentations : le hall des Sources, spacieuse verrière encombrée de tables et de chaises métalliques, ornée de végétations incolores, inodores, insipides où l'on a rassemblé les sources survivantes : Chomel, Grande Grille, Lucas et Parc. Plus de donneuses d'eau, mais des robinets permanents que les vieux Vichyssois appellent les « pissotières », auxquels les nouveaux buveurs viennent remplir leur verre comme ils l'entendent. Les débordements inondent le sol. A la création de ce hangar, en 1971, la presse locale affirmait qu'il serait « un mini-paradis pour les curistes » ! C'est là cependant que se réunissent les retraités, les nostalgiques, les intégristes du système thermal pour pleurer en chœur la fin prochaine de Jérusalem :

« Hélas, hélas, hélas ! Rendez-nous les Célestins, Lardy, Dubois la Généreuse !

— Vous savez que la Compagnie fermière a réduit encore le personnel, cette année ? Et ça dure ainsi depuis dix ans !

— Hélas, hélas, hélas !

— Elle a fermé le Franc-Chastel, seul musée du thermalisme vichyssois !

— Tous nos hôtels disparaissent, vendus par appartements ! Adieu *Astoria, Ambassadeurs, Hôtel des Bains, Pavillon Sévigné !*

— Le *Parc,* de pétainiste mémoire, est habité par des médecins, un parapsychologue, une auto-école !

— Sacrilège ! Sacrilège ! Sacrilège !

— Il paraît que la ville a acheté le *Queen's,* pour l'arracher aux convoitises des promoteurs. Mais elle ne sait pas bien encore ce qu'elle en fera.

— Côté animation, vous avez vu les programmes qu'on nous annonce ? Lamentables ! Lamentables ! Lamentables !

— Les grands opéras de jadis remplacés par des opérettes, les opérettes par des concerts de musique enregistrée, les œuvres dramatiques par des conférences ! On va toujours au moins coûteux.

— Et nos parcs ? Ils font pitié ! Avec leurs bancs boiteux, leur gazon pelé et les vides qui se créent, faute de replanter les arbres abattus.

— Pas étonnant si la clientèle riche se dirige à

présent vers l'Allemagne, vers l'Italie ! Sans doute bientôt vers le Japon !

— Les commerces de luxe ferment leurs portes. Même Cardin, qui avait pourtant une dette de reconnaissance envers la ville où il fit son apprentissage de tailleur. Les magasins modestes vivent de soldes, réels ou fictifs. Soldes perpétuels de chaussures, de vêtements, de lingeries, d'affûtiaux de toute espèce proposés dans les vitrines ou sur les trottoirs, constamment farfouillées par les mains des *gobelets*.

— Les villas disparaissent, soldées à qui veut les prendre. La *Pergola* a été rasée au sol, remplacée par un immeuble de co-propriétés. En somme, tout Vichy est en solde !

— Hélas, hélas, hélas !

— Rendez-nous notre riche clientèle ! Et pour cela, restaurez un Vichy de luxe, des spectacles de luxe, des soins de luxe, des occasions de dépenser à pleines mains ! Vichy a déjà perdu son âme. Il ne lui reste plus qu'à perdre son corps !

— Il ne faut pas mépriser un thermalisme populaire, appuyé par la Sécurité sociale. La clientèle de ceux que nous appelons les *gobelets*. Organisons des meublés thermaux, des campings thermaux, des loisirs thermaux à bon marché.

— Pourquoi ne pas jouer sur les deux couleurs ?

— Sans doute. Mais avec précaution. Pour ne pas effaroucher les riches, nous devons établir une véritable ségrégation entre eux et les prolétaires. Ne pas mélanger les serviettes et les torchons. Faire en sorte que les deux catégories se rencontrent le moins possible. »

Intéressé par ce chœur, j'ai osé m'approcher et poser quelques questions auxquelles on a bien voulu répondre :

« Messieurs, je suis un étranger à la ville. Mais je

sais que naguère les femmes des environs venaient faire la saison à Vichy. Est-ce toujours le cas ?

— Vichy a maintenant du personnel de reste : chômeurs et chômeuses. Inutile de recourir aux saisonniers.

— J'ai entendu dire aussi qu'en faveur de votre riche clientèle, Louison Bobet était venu pédaler sur les rives de l'Allier.

— Vous faites allusions à son *Institut ?* Il n'a pas grand-chose à voir avec le bicarbonate de soude, élément de base de nos eaux minérales : on y pratique l'*illutation.*

— Qu'est-ce que c'est que ça ?

— Comment ! Vous ne connaissez pas l'illutation ?

— C'est bien la première fois que... »

Les choristes se sont regardés en ricanant : « C'est la première fois que Monsieur entend parler de l'illutation ! »

Après quoi, l'un d'eux a bien voulu m'expliquer :

« Voilà. On prend de l'argile, de la marne, des algues de culture. On malaxe tout ça. On en enduit le patient. Il retrouve alors son apparence du samedi originel, lorsque Dieu, créant le premier homme, souffla sur un tas de boue. Mais l'*Institut* propose aussi d'autres traitements : gymnastique, pédalage en chambre, massages, saunas, bains bouillonnants.

— Et c'est efficace ?

— Certaines personnes trop bien nourries réussissent à perdre quelques kilos. Mais le nombre de ces privilégiés ne suffit pas à redresser la situation désastreuse de notre thermalisme.

— Hélas, hélas, hélas !

— Savez-vous qu'en vingt ans Vichy a perdu plus de la moitié de ses curistes ? Que la « reine des villes d'eaux » reçoit à présent moins de monde que des stations aussi insignifiantes que l'étaient naguère Royat, Châtel-Guyon ou la Bourboule ?

— Désolation ! Désolation ! Désolation ! »

Au sortir de la verrière, j'ai cherché à voir ce qu'étaient devenues les sources disparues. L'Hôpital conserve encore sa rotonde et son autonomie. Un écriteau y annonce cette bonne nouvelle : les curistes pourront dorénavant trouver chez leur pharmacien habituel de son eau *embouteillée*. Ah ! pouvoir mettre tout Vichy en bouteilles ! Le rêve de la C.F.V. ! Un peu plus bas, le long des grands parcs, le petit parc des Célestins est toujours ouvert au public ; mais sa buvette inutile, ornée de nymphes et d'amours en pleurs, reçoit seulement les feuilles mortes et les chiens perdus.

Déchue de sa royauté thermale, trahie par ses fermiers infidèles, mais protégée par sa Vierge noire, Vichy a cependant su exploiter d'autres sources de vie. Celle, d'abord, de la *culture*. Tu te rappelles, mon cher Baptiste, le mépris qu'à son égard professent généralement nos compatriotes thiernois ? Pauvres gens mal lavés, mal rasés, mal instruits. Ici, en entendant ce mot, personne ne tire son mouchoir pour jouer du cor dedans ; on te désigne une direction :

« Rue du Maréchal-Foch. »

C'est que la culture y a son centre, sous le patronage de Valery Larbaud, dont il faut bien prendre garde de prononcer le prénom *Va-le-ry* et non point *Va-lé-ry* pour éviter toute confusion. Un prénom aussi vichyssois qu'il est possible puisque, dérivant de *valens*, il signifie « en bonne santé ». Larbaud, toute sa vie, justifia très mal le sien, au physique comme au moral. Il dut l'opulence de sa jeunesse aux sources minérales qu'exploitait sa famille, mais rompit avec elles dès le premier jour de sa majorité. Il n'appréciait guère d'ailleurs la fréquentation de Vichy qu'il appelait *Crétinville.* Il est incroyable comme la malheureuse reine a pu indisposer les écrivains. Chacun ayant à cela de bonnes raisons. Mme de Sévigné se plaignait du traitement, qui lui semblait *une bonne répétition du Purgatoire.* Flaubert, de sa vertu : *Contrairement à la plupart des pays d'eaux, l'embêtante petite ville où je suis présentement contient peu de « cocottes ». Elles attendent pour accourir la venue de l'Empereur.* Ivan Tourgueniev, d'être française : *Tout ce qui est français me pue au nez, et à choisir je préfère avoir affaire à des épiciers plutôt qu'à de beaux esprits français. Je vis à Vichy dans un modeste hôtel, où je rencontre à la table d'hôtes quelques épiciers français. L'un d'eux a un charme particulier. Il est convaincu que les paysans russes vendent leurs enfants pour le sérail du grand Khan des Tartares. Bien entendu, je ne le dissuade pas.* Valery Larbaud n'eut donc pas grand chagrin à quitter les rives élavériennes pour se lancer dans une existence de voyages et d'aventures. Il fut écrivain français, anglais, espagnol ; il figure à la *Pléiade* chez Gallimard. Ce qui ne l'empêchait pas de jouer aux soldats de plomb à quarante-cinq ans et d'organiser à Valbois, près de Saint-Pourçain, une « grande revue de la garnison péruvienne, par Blaise V, roi de la Thébaïde ». Aux deux tiers du chemin de sa vie, il tomba dans la paralysie et un oubli injuste dont il sort maintenant, à titre posthume. Même si ne le lisent encore qu'un petit nombre de fervents, quiconque suit cette rue du Maréchal-Foch doit du moins lire son nom au fronton de ce bel édifice : on y trouve une riche bibliothèque, des salles d'expositions et de conférences. Cinq cents manifestations s'y tiennent chaque année. La plus typique est l'attribution du « prix littéraire Valery Larbaud » par lequel Vichy essaie de se concilier la faveur des gens de plume et de culture.

En effet — je crois pouvoir l'affirmer — Vichy ne reçoit pas que des crétins. Il suffit pour t'en convaincre que tu regardes passer dans ses rues par milliers des jeunes gens multicolores, élèves du Cavilam (Centre audiovisuel de Langues modernes). Fondé en 1964, il enseigne l'anglais, l'allemand, l'espagnol, le français par des procédés essentiellement mécaniques. Les salles de cours sont remplacées par des laboratoires ; les professeurs par des projecteurs, des films, des diapositives et toutes sortes d'instruments en *phone :* magnétophones, téléphones, électrophones, mégaphones, bigophones ; la répétition est la base de l'enseignement. Les résultats sont prodigieux : après trois mois de cours, des Chinois qui, avant de venir, ne savaient pas un mot de notre idiome, non seulement parlent clairement le français, mais sont capables de s'exprimer en bourbonnichon. Le Cavilam a ramené dans les parcs un certain nombre des visages bronzés, des saris indiens, des boulou-boulou africains qui firent jadis leur splendeur, même s'ils fréquentent peu les « pissotières » du hall des Sources. Ils logent chez l'habitant, dans la ville ou ses environs. M. et Mme Saint-Joanis ont ainsi toute l'année un pensionnaire asiatique ou africain.

Car voici, cher Sang-de-Chou, l'étonnante nouvelle que doit t'apporter cette lettre : j'ai retrouvé les instituteurs qui laissèrent à Saint-Rémy-sur-Durolle une empreinte ineffaçable dans ton esprit. Du petit péquenot que tu étais, ils firent un garçon instruit, capable de résoudre des problèmes de périmètres. Oui mon vieux, les Saint-Joanis en chair et en os, aussi verts, aussi bien-portants qu'on peut l'être octogénaires. Lui cultive encore son jardin ; elle tricote des chandails pour ses petits-enfants. Car leur fille est mariée, pharmacienne, mère de trois ou quatre mioches. Celle qui te saluait aux Bessières en mettant sa langue entre ses dents, comme font les Anglais quand ils disent *the :* « Bonthour, Thang-de-Thou ! »

Au fond, rien d'étonnant à cela : Vichy et les rives de l'Allier ont toujours été un séjour apaisant pour les enseignants de la région thiernoise retirés du combat. Vichy est leur Côte d'Azur.

Nous avons parlé de toi, naturellement. M. Saint-Joanis m'a rappelé le dictionnaire illustré qui fut ton livre de chevet. Le jour où tu le corrigeas : « Il ne faut pas dire *Les perce-neige blancs...* mais *Les perce-neige blanches...* » La stupeur de tes copains se demandant, est-ce qu'il aura le culot d'avoir raison contre le maître ? Et ses félicitations à lui, après vérification dans le Larousse. Et la jalousie des autres qui ne t'appelaient plus Sang-de-Chou, mais Sang-de-chouchou. Bien sûr, il savait tout de ta vie bavaroise et de ton goût pour les coloquintes. Voilà une raison de plus pour que tu nous reviennes. Ne tarde pas trop. Ils habitent au fond d'une ruelle tranquille, à l'entrée de Vichy, en venant de Thiers, face au grand S que dessine le cours de l'Allier.

« Monsieur, m'a confié M. Saint-Joanis, sans le Cavilam, je crois que ma femme et moi serions morts d'ennui. Comment occuper cette oisiveté interminable, qui nous atteignait à cinquante-cinq ans ? Pendant toute notre carrière, nous avions toujours eu, à nous deux, cinquante, soixante, soixante-dix élèves avides de savoir. Soixante-dix oisillons le bec ouvert à qui nous apportions la becquée quotidienne. Et tout à coup, plus rien. Admis à faire valoir nos droits à la retraite. Pendant quelque temps, notre déménagement, notre installation nous ont occupé l'esprit. Mais ensuite, peu à peu, nous nous sommes sentis envahis par le vide. L'évidence de notre inutilité. Ne se savoir utile à personne, voilà, cher Monsieur, une terrible impression. Condamnés à vivre pour vivre. Le jardin, le tricot, la lecture, le billard, la télé... Mais il y a tant de jours dans une année ! Alors... le cafard... le marasme... l'envie de disparaître.

« Jusqu'au matin où nous avons su que le Cavilam cherchait des familles pour recevoir ses étudiants. Nous en avons pris un. C'était un Turc. Le premier Turc que nous rencontrions de notre vie. D'un coup, notre vide a été comblé. Je lui donnais des leçons gratuites de grammaire, le masculin, le féminin, *la* perce-neige et tout ça. Les participes passés. Ma femme lui préparait des *guenilles* et des *pompes* aux pommes. Quand il est tombé malade, nous l'avons soigné de notre mieux. Bref : il est devenu l'un des plus brillants sujets du Cavilam. A son départ, nous pleurions tous les trois. De Turquie, pour la fête des Mères, il envoie à ma femme une boîte de lokoums. Il lui écrit qu'elle a été sa seconde maman.

« Après lui est venue une Cingalaise. Elle chantait tout le temps dans sa chambre comme un oiseau. Puis ce fut une Japonaise. Puis un Kényan. Nous avons des amis — que dis-je ! des enfants ! — dans tous les coins du globe. »

Il me montre des lettres, roses, brunes, bleues, parées de timbres éclatants. Il me lit des passages... « Eh bien, Monsieur, ajoute-t-il avec tristesse, je suis incapable de vous montrer une seule lettre de mes élèves français. Dieu sait pourtant si j'en ai formé, non pas dix ni douze, mais des centaines. Sans doute des milliers. Pas une seule ! Peut-être que la gratitude n'est pas une qualité de chez nous. »

Si tu décides de ne pas revenir, je te communique leur adresse : *M. et Mme Saint-Joanis, 20 rue des Trois-Sœurs, 03200 Vichy.* A tout hasard.

Une rivière, en principe, c'est fait pour les poissons plus que pour les hommes. Aussi n'ai-je pas voulu quitter la ville sans consulter les habitants légitimes de l'Allier. *Ruens Elaver,* comme l'appelle César, avec ses crues excessives, ses étiages prononcés. Il est devenu en toutes saisons un superbe plan d'eau grâce au pont-barrage construit en aval de l'hippodrome, à hauteur du parc omnisport.

D'octobre à mars, le saumon à dos bleu et ventre rouge peuple l'Allier et ses affluents supérieurs où il est la proie de pêcheurs intrépides qui le pourchassent jusque dans ses plus profonds retranchements. Quand ils ont réussi à en prendre un, ils le pèsent, publient son poids, se font photographier par *La Montagne* et interviewer par FR3-Auvergne. Mais il arrive qu'à l'inverse le poisson entraîne le pêcheur et sa ligne au fond de l'eau, l'amène à ses saumoneaux et saumonettes, disant : « Voyez le beau Parisien que j'ai pris ! Il pèse au moins 130 livres ! »

Je me suis posté sur la rive droite, près de l'escalier en chicane aménagé à leur intention pour les aider à franchir le barrage. Après deux heures d'attente inutile, je suis passé à tout hasard sur l'autre rive, à proximité du parcours de canoé-kayak creusé de main d'homme dans le parc. Or, à ma grande surprise, j'ai vu bientôt une échine bleue émerger de la rivière et s'approcher du canal cimenté. Je me suis mis à plat ventre, la figure au ras de l'eau, faisant : « Pstt ! Pstt ! »

Le saumon a sorti sa gueule ronde, ses gros yeux de myope. Et me voyant désarmé, inoffensif :

« C'est moi que vous appelez ?

— Oui. S'il vous plaît. Puis-je vous poser quelques questions ?

— Que voulez-vous savoir ?

— D'abord, pourquoi n'empruntez-vous pas l'escalier à saumons aménagé sur l'autre rive ?

— Parce qu'on s'y casse le nez. C'est trop abrupt. Ça n'est pas fonctionnel. Nous préférons ce ruisseau artificiel qui donne aux hommes l'illusion d'un torrent de montagne. Il zigzague agréablement à travers les jeux de boules, de balles ou de billes et nous ramène sans effort à notre voie traditionnelle.

— Que pensez-vous du plan d'eau ?

— Il y aurait beaucoup à dire.

— Mais encore ?

— Il convient mieux aux hommes, qui restent dessus, qu'aux poissons qui vivent dans ses profondeurs polluées. Dans ce cloaque se déversent les ordures de trois départements. Aussi le traversons-nous au plus vite. Nous filons vers le sud, avides de boire aux eaux plus pures de la Sioule, des Couzes, de l'Allagnon. Pardonnez-moi si je ne peux m'attarder davantage. »

D'un saut de carpe, mon interlocuteur se hissa dans le canal et s'éloigna tout frétillant.

Pollution ! Le mal qui répand la terreur ! Est-ce que la pollution, mon cher Baptiste, atteint ta forêt bavaroise ? Tes biches souffrent-elles de pollution ? L'Allier moyen et inférieur en souffre mille. La baignade y est rigoureusement interdite. Vichy lui-même le pollue car, depuis la guerre, de très nombreuses industries se sont implantées sur ses rives. La reine des villes d'eaux a déposé son manteau royal pour enfiler une salopette. Elle fabrique de tout : des saucissons, des conserves, des colles et mastics, des pastilles, des produits de beauté, des câbles métalliques, des robots, des remorques, des découenneuses. A Abrest, Ligier construit des voitures de sport ultra-rapides, ultra-coûteuses, et des boîtes à roulettes ultra-économiques ; il peut ainsi servir la riche clientèle aussi bien que les *gobelets.*

En repartant, je suis monté en direction de Cusset vers la colline des Hurlevents, d'où l'on découvre un superbe panorama sur la vallée de l'Allier, sur Abrest, Hauterive, Saint-Yorre. Mais le paysage est aussi littéraire. Il y a quelques années, Georges Frélastre, conseiller général, autre nourrisson des sources, eut la belle idée d'installer là-haut une table d'orientation où l'on avait représenté, non point l'habituel horizon topographique, avec ses cimes, ses plaines, ses vallées, mais les lieux illustrés par un écrivain. On s'en était tenu, naturellement, aux défunts, pour ne pas avoir d'histoires avec les vivants oubliés. En qualité de vivant, j'étais avec quelques collègues de plume convié à parrainer le baptême. Dieu sait s'il fut béni ! Stoïquement, les autorités, les littérateurs, les journalistes restèrent le temps qu'il fallait sous leur parapluie, mal protégés du déluge. Ils purent cependant, sur la plaque émaillée, distinguer quelques indications. Au nord-nord-ouest, Ygrande, village natal d'Émile Guillaumin. Presque dans la même direction, Cérilly, la maison de Charles-Louis Philippe. Valbois, résidence de Valery Larbaud. Plus à l'est, Moulins et Théodore de Banville. Au sud, Ambert d'Henri Pourrat, d'Emmanuel Chabrier, d'Alexandre Vialatte. Juste dessous, Vichy de Maurice Constantin-Weyer. Juste derrière, le Vernet, de l'Académie du Vernet... C'est là, dans la mairie, que les discours inévitables furent enfin prononcés, bien au sec, mais mouillés de Saint-Pourçain.

Avoue, cher Sang-de-Chou, qu'il s'agit là d'un endroit singulier. On monte sur cette colline avec l'espoir d'y trouver des champignons. Et l'on y trouve une académie ! Fondée en 1948 par douze peintres ou écrivains « pour l'encouragement des lettres et des arts », elle décerne des prix, organise un salon, publie des almanachs et des cahiers. Elle a choisi ce village, une des plus petites communes du Bourbonnais, pour qu'on ne l'accuse pas de folie des grandeurs, et parce que le vin y est bon.

Voilà qui doit t'intéresser. Je connais ton aversion bien auvergnate pour l'eau dite « de consommation courante » aussi bien que pour l'eau médicinale. Si donc tu reviens par ici chercher le souvenir de ton appendice et embrasser tes anciens maîtres, sois tranquille, nous n'irons pas boire ensemble sous le hall des Sources.

En attendant cette heureuse éventualité, cher Baptiste, n'abuse pas de ta soif.

Noa Yang, le 13 avril 1981

Mon cher Baptiste,

En pensant à toi, à ta condition de *déraciné,* de *transplanté* — comme on dit actuellement, comparant les immigrés à des végétaux qu'on porte dans un autre sol, certains s'adaptent, d'autres languissent, quelques-uns en meurent — j'ai voulu visiter Noa Yang, bourgade proche de Souvigny où dorment plusieurs grands Bourbons. En vérité, le nom officiel est Noyant-d'Allier. Après la plate départementale, entre Saint-Pourçain et Cressanges, le terrain se plisse de grosses collines que boise au nord la forêt de Messarges. Un petit affluent de l'Allier, la Queune, aux eaux boueuses, serpente au pied de l'escarpement. La route se hisse en tortillant du derrière jusqu'à l'église, devant laquelle une blanche statue de la Vierge monte la garde. Un beau donjon carré, couvert de ces petites tuiles plates qui sont l'orgueil des anciennes toitures bourbonnaises. Le presbytère habillé de vigne vierge. Quelques maisons neuves. La mairie. L'école. Une place déserte, où errent parfois un tondu et un pelé.

J'avais lu le roman de Jeanne Cressanges (homonyme du village voisin ? Ou pseudonyme ?) : *La Feuille de bétel.* Je te le recommande, pour le jour où tu auras envie de sortir de ton Dumas. Tu t'y retrouveras peut-être, sauf qu'il s'y consomme beaucoup d'amour entre hommes et femmes, et que tu réserves le tien à tes biches.

Je connaissais le cas de ce village sur lequel s'abat un jour un nuage d'Asiatiques : Vietnamiens, Eurasiens, Laotiens, Cambodgiens, plus tard Hindous venus de ces villes de l'Inde qui nous ont appartenu et qui, débitées à la queue-leu-leu, forment une si jolie comptine :

Pondichéry,
Mahé,
Karikal,
Yanaon,
Chandernagor.

Rien ne m'avait échappé du double traumatisme : celui des Bourbonnichons à demi ensevelis sous ces sauterelles jaunes ; celui des Asiates descendus du train un jour du terrible froid de 1956 :

Ils sont arrivés en plein hiver ; il paraît que chez eux, ça n'existe pas. Ils se sont bouclés dans les maisons des corons, ont fermé leurs volets, bouché tous les joints avec du papier et sont restés là plusieurs jours sans sortir. On disait : « Ils vont tous crever. » Alors, il y a des gens qui se sont occupés d'eux, qui leur ont appris à faire du feu, car ils ne savaient rien faire, rien ! A croire que, chez eux, ils restaient couchés et que la nourriture leur tombait dans le bec. C'est que chez nous, c'est pas comme ça. C'est dur !

J'avais senti l'hostilité des autochtones : *On ne s'y fait pas.* Surtout chez les vieux : *Moi qui suis vieille, je n'en verrai pas la fin. On m'enterrera dans la même terre que ces gens, ça me fait froid dans les os rien que d'y penser.* Tu as connu cela chez les Loichinger, quand le *Grossvater* levait son bâton sur toi, en criant : « Cochon de Franzouse ! »

Mais vous étiez, en principe, des ennemis. Ici, tout le monde a la nationalité française. Ce qui n'empêche pas les vieux de dire les « Chinois », les « Jaunes », les « Niacouets ». Les filles aux yeux bridés sèment la perturbation dans le pays. A la saison chaude (qui commence pour elles en avril !), elles vont se baigner chaque jour dans l'étang, vêtues seulement de leur espèce de pyjama de soie blanche qui, une fois mouillé, leur colle à la peau et les rend plus désirables que si elles étaient franchement nues. Les paysans, jeunes ou vieux, vont assister à ce spectacle en se dissimulant parmi les broussailles. Ça les congestionne et les rend dingues ; ils se battent pour les Niacouettes comme des chiens pour la même femelle.

Pourtant, Noyant fut autrefois une commune sans peur et sans reproche. Les fermes environnantes se consacraient principalement à l'élevage de la volaille et des bœufs charolais. Peu de cultures. Les fenaisons étaient la grande affaire de l'année. Et puis, il y avait le charbon : le bel anthracite luisant extrait parfois à fleur de terre. Les vieux racontaient qu'aux siècles passés, pour arracher la houille, on se contentait de creuser un puits ordinaire, d'y descendre avec une pioche et un panier ; dès qu'on atteignait l'eau, on l'abandonnait pour en creuser un autre à côté. Ensuite, vint une exploitation plus méthodique, confiée à la Compagnie des Mines de Commentry, Châtillon et Neufmaison. Après la guerre de 1914-1918, faute de main-d'œuvre locale, on fit appel aux Polonais recrutés dans les villages de Galicie, expédiés comme des bestiaux, à pleins wagons. On les installa dans des corons, au lieu-dit La Brosse, le long de l'étroit chemin qui s'éloigne vers le nord-est et va rejoindre la N. 145 sans passer par Châtillon. Chaque maisonnette portait un gros numéro peint en blanc sur la façade grise ; deux fenêtres mansardées s'ouvraient dans la toiture ; devant, un jardinet que les mineurs entreprirent de cultiver avec amour. L'ensemble formait un quartier bien distinct du village, séparé de lui par le cimetière et des terrains vagues. Plus tard, il s'y construisit un bureau de poste et une école que fréquentèrent les petits Galiciens.

Noyant changea ainsi de caractère, de bourg agricole devint industriel, passa de 1 000 à 1 600 habitants. Les sangs polak et bourbonnichon se mêlèrent. Les enfants nés de ces alliances eurent les cheveux blonds, les yeux clairs mais s'exprimèrent en roulant l'*r* sur la langue, de la façon la plus bourbonnaise qui fût. Aux élections, les nouveaux électeurs votaient rouge. Le charbon partait vers les forges de Commentry, vers les industries montluçonnaises par la ligne de chemin de fer Moulins-Montluçon.

A partir de 1943, sous l'occupation allemande, son extraction fut arrêtée, pour des motifs non point patriotiques, mais techniques : le charbon restant gisait à de trop grandes profondeurs, inaccessibles aux moyens de l'époque. Parfait. Le voici en réserve : on ira le chercher un jour avec des foreuses perfectionnées. En attendant, la paix revenue, les jeunes mineurs partirent travailler dans le Nord, abandonnant les corons aux vieux qui pouvaient en jouir jusqu'à leur décès. Peu à peu, les maisons se vidèrent. Pour ne pas avoir à les entretenir, la compagnie des Charbonnages les abandonna aux Domaines. La voie ferrée perdit peu à peu ses voyageurs ; il n'y circule plus aujourd'hui, de loin en loin, que quelque train de marchandises.

Pendant ce temps, la France s'enlisait en Indochine dans la guerre des rizières. Après neuf années de sang, de boue et de napalm, on en vint aux accords de

1954 qui consacraient à Genève notre défaite, depuis longtemps acquise, tout en sauvant la face : une promotion de saint-cyriens reçut même à son Triomphe le nom de ce désastre : *Diên-Biên-Phu.* L'armée française devrait évacuer le pays qui perdait son appellation coloniale d'*Indochine* pour celle de *Viêt-nam.* Mais un Viêt-nam partagé en deux comme une motte de beurre par le fil du 27e parallèle : le Nord communiste et le Sud capitaliste. Cette situation provoqua l'exode de 800 000 Vietnamiens du Nord vers le Sud. Hommes et femmes qui refusaient le communisme pour des raisons philosophiques, religieuses, culturelles, économiques. Propriétaires fonciers, riches commerçants, membres des professions libérales dont les femmes n'avaient pas l'habitude du travail manuel, confié aux boys et aux boyesses. Catholiques, Eurasiens fruits de la longue présence française au pays des Tonkiki, des Tonkinoises. Hanoï ne les retint pas, sachant bien qu'il les récupérerait un jour, ou content de s'en débarrasser. Les réfugiés du Tonkin trouvèrent dans le Sud un asile précaire. Car le chef de la moitié méridionale, Ngo Dinh Diem, s'étant fait nommer président de la République, imposait une dictature personnelle et familiale, refusait le référendum prévu par les accords genevois sur la réunification éventuelle des deux Viêt-nams, ce qui provoqua la naissance d'un nouveau maquis où nationalistes et communistes s'entendirent pour combattre Diem et ses créatures. En même temps, jaloux de ses prérogatives, celui-ci précipita le départ des dernières troupes françaises : elles s'embarquèrent à destination de l'Afrique du Nord où une autre guerre les attendait. Les Eurasiens profitèrent de ce reflux, abandonnèrent leur sol natal et partirent faire la connaissance de ce pays lointain, la France, qui se disait leur Mère et leur Patrie. Ils emmenaient avec eux qui un père, qui une mère, et tous les débris transportables de leur fortune.

Ils confiaient le reste, terres, maisons, parents invalides, au Destin. Voilà comment, sur les directives du gouvernement français, une centaine de ces familles afflua sur Noyant-d'Allier et vint occuper les corons vides.

Au cours des années qui suivirent, il en arriva beaucoup d'autres. Les corons débordaient. On s'entassait à dix-huit ou vingt dans des maisonnettes conçues pour six. Il fallut ouvrir de nouvelles classes dans des baraquements provisoires ; la municipalité dut en entretenir et meubler dix-sept dont certaines ne contenaient qu'un ou deux enfants du pays. Tous ces petits Jaunes piaillaient en vietnamien dans les cours de récréation ; mais en face des instituteurs, ils mettaient beaucoup de bonne volonté à apprendre le français. Sitôt qu'ils le connaissaient, ils réussissaient souvent brillamment et damaient le pion aux Noyantais. Tout cela était difficile à supporter.

Pendant ce temps, la République versait des allocations, des secours, des indemnités, des retraites aux parents et les entretenait à ne rien faire. Ils passaient leurs jours à fumer tabac ou opium, à boire du thé, à préparer et manger avec des baguettes leur cuisine à base de riz blanc et de poisson pourri. Au moment des repas, il flottait sur La Brosse, disait-on, des fumets insoutenables. En revanche, l'épicier ambulant qui les ravitaillait faisait de bonnes affaires. C'est qu'ils n'étaient pas arrivés démunis ; beaucoup apportaient des dollars, des bijoux, des métaux précieux, des ivoires, de la riche vaisselle, des vêtements de soie, des baguettes d'encens. Rien de commun avec ce qui serait plus tard les *boat people,* pourchassés par les pirates et les requins de toutes sortes.

La campagne environnante, ses bocages, ses prairies, ses forêts, étaient bien incapables de leur fournir du travail. Ils ne cultivaient pas même le jardinet coronique, parce que l'agriculture n'était pas du tout leur fait, se contentant d'en cueillir les fleurs. D'ailleurs, à quoi bon semer si tu n'as pas une espérance de récolte ? Beaucoup, principalement les jeunes, ne se sentaient à Noyant que de passage : ils retourneraient un jour dans leur pays. C'est ce qu'explique le facteur de Jeanne Cressanges : *Ils ont tous laissé quelqu'un là-bas. Tu comprends, quand ils sont partis, ils ont dit : « Nous, on part devant, et puis, vous, vous viendrez nous rejoindre »,* mais maintenant, ils commencent à comprendre qu'ils ont fait une boulette, et c'est eux qui écrivent : « *Restez là-bas ; peut-être reviendrons-nous.* » *C'est surtout les jeunes qui disent ça, parce que les vieux, ils ont leur fierté, ils ne veulent pas avouer qu'ils se sont trompés, et puis ils se disent que crever là ou ailleurs !... Tandis que les jeunes, ce n'est pas la même chose. On leur avait dit qu'ici c'est le paradis ! Alors ils se disent que chez eux ils seront peut-être moins mal. Y en a qui commencent à penser que le parti communiste a du bon.*

Et s'ils n'envisagent pas le retour, c'est de Paris qu'ils rêvent. Paris est un monde. Paris se trouve sur une autre planète que Noyant. A Paris, quand on est débrouillard, ou beau, ou belle, on trouve toujours de l'argent à gagner.

Beaucoup prirent en effet leur billet pour Paris. Les corons se trouvèrent décongestionnés.

Noyant, ce dimanche matin, sous un beau soleil de septembre, semble quasi abandonné. Une ou deux personnes seulement, au visage bien de chez nous, errent çà et là. « J'arrive trop tard, me dis-je. Les Asiates sont repartis. La commune a été rendue aux Bourbonnichons. » Rien d'étonnant à cela : vingt-cinq ans se sont écoulés depuis l'exode vietnamien. Il n'en sera resté qu'une ou deux douzaines, unies par le mariage aux familles du terroir. Voici justement un couple d'amoureux, se tenant par la taille : elle petite et brune, lui grand et blond. Future alliance polono-asiatique, sans doute. C'est bon : je renoncerai à présenter Noyant à Sang-de-Chou, puisqu'il n'est plus Noa Yang.

Par habitude toutefois, par une vieille amitié avec Dieu, je pousse la porte de l'église. Alors, j'ai le souffle coupé : ils sont tous là ! Assis, debout, pressés les uns contre les autres, hommes, femmes, enfants, jeunes, vieux, presque tous asiatiques, manifestement asiatiques, indiens, vietnamiens, cambodgiens. Leurs peaux sont devenues parfaitement claires et roses, sauf chez quelques grand-mères boucanées et plombées de petite vérole, ou quelques noirauds de Chandernagor. En 1958, Jacques, le héros de *La Feuille de bétel,* m'avait précédé dans cette église : *J'avais oublié la blancheur de sa voûte, la nudité romane de ses pierres. Je me heurte à des socques, abandonnés au pied du bénitier par des Vietnamiennes. Un frémissement parcourt l'assistance où des visages inquiets se retournent... Des Vietnamiennes chantent : « Le voici l'agneau si doux, le vrai pain des anges... » Leur nasillement qui déforme les mots me fait entendre la chanson des filles de l'étang.* Plus loin, une paysanne du pays se plaindra : *Ces femmes ont pris notre place. Nous, les anciennes, on est parquées au fond de l'église.*

Depuis, plusieurs choses ont changé. Les rares Noyantaises de souche qui assistent à la messe ne sont pas reléguées près de la porte, mais se trouvent mêlées fraternellement au reste de l'assistance. Plus de socques sous le bénitier. Je m'en apercevrai à la sortie : femmes et filles d'Asie sont habillées, chaussées à la française, excepté certaines qui, pour honorer le Seigneur, ont revêtu la tunique fendue et le pantalon annamite. Les voix claires des fillettes chantent sans le moindre accent un cantique à la Sainte-Vierge. Le prêtre, certes, en ornements verts, est vietnamien ; il prêche partie dans sa langue, partie dans la nôtre. Le sermon du jour commente la parabole des talents qu'il faut faire fructifier, là où Dieu nous a mis, et non laisser dormir au fond d'une cassette sans profit pour qui que ce soit. Travaillez de vos mains ou de votre tête. Enrichissez-vous honnêtement. Ne soyez à la charge de personne. Partagez ensuite votre aisance avec les pauvres. L'Évangile d'aujourd'hui parle comme François Mitterrand, candidat à la présidence de notre République. Après quoi, le prêcheur vert s'exprime en vietnamien pour être entendu des grand-mères, et je ne sais plus ce qu'il dit.

Car en vingt-cinq ans de présence à Noyant — une institutrice me le confirmera — les grand-mères asiatiques n'ont appris que quelques mots de français. Encore les prononcent-elles de façon quasi inintelligible. Chez les enfants d'âge scolaire et les jeunes adultes, nés ici depuis 1956, le phénomène est inverse : ils comprennent encore un peu le langage de là-bas, mais n'en parlent pas une syllabe. Quand les aïeules variolées dormiront toutes en terre bourbonnaise, le vietnamien ici importé sera aussi complètement oublié que le dialecte auvergnat à Saint-Rémy-sur-Durolle. Hélas, mon cher Baptiste, il en est ainsi déjà. Un jour que je me trouvais là-haut, devant l'*Europe*, je me suis adressé à un groupe de gamins dans l'idiome de tes vieux, leur proposant d'entendre le conte de *L'Écrevisse et la grenouille :*

« *Volé co sabì l'istouèro do jambre è de lo garnodo ?* »

Ils m'ont considéré avec ahurissement, se sont regardés entre eux, et l'un a chuchoté :

« Ça doit être un Portugais. »

Et je vais te dire la chose à la fois la plus risible et la plus triste du monde. Sais-tu où l'on apprend aujourd'hui le patois (mais il faut dire l'*occitan !*) que nous parlaient nos mères ? Dans les facultés ! Dans les lycées ! De la bouche de professeurs diplômés ! Et ils donnent là-dessus des notes et des mentions à leurs élèves ! Et quand ceux-ci vont essayer leurs connaissances dans un village d'Auvergne encore patoisant, ils font sourire les paysans. Ils auraient mieux fait d'apprendre l'esperanto.

Mais revenons à Noa Yang. La messe que je viens d'entendre, célébrée par le prêtre vert, est exceptionnelle : il se trouve que le curé titulaire souffre d'un lumbago et que son collègue immigré le remplace provisoirement. En temps ordinaire, il habite Paris, mais il rend de fréquentes visites à ses compatriotes noyantais pour leur apporter des réconforts spirituels.

« C'est un saint homme, reconnaît la gouvernante du titulaire, qui me reçoit à la place de son maître alité.

— Et si vous n'aviez pas ces paroissiens venus d'Asie ?

— L'église serait à peu près vide. Confiée au curé de Souvigny. »

Leur nombre a déjà diminué considérablement. Depuis 1959, Noyant a perdu le tiers de sa substance. A l'école, il reste six classes sur dix-sept et la proportion d'élèves eurasiens n'y est plus que d'un sur quatre en moyenne. Je demande :

« Croyez-vous qu'ils partiront tous, peu à peu ?

— Sûrement pas. Ceux-ci sont bien ancrés au pays. Bien acceptés maintenant par la population locale. Jeanne Cressanges a fortement exagéré l'hostilité des débuts. C'était le fait de quelques vieilles personnes isolées. La commune avait d'ailleurs l'habitude des étrangers, puisque nous avions accueilli précédemment les Polonais. Aujourd'hui, les jeunes se mêlent et s'entendent parfaitement. Ils font du sport ensemble, dansent ensemble. Les mariages mixtes sont monnaie courante. Et si les anciens montrent plus de réserve de chaque côté, c'est qu'ils sont séparés par le mur de la langue.

— La meilleure ancre me semble être le travail, non ?

— Justement. Plusieurs travaillent à Moulins. D'autres à Bourbon. Quelques-uns ont trouvé un emploi sur place. Ainsi, notre secrétaire de mairie, épouse d'un petit-fils de Polonais. Certains occupent un poste à Paris, mais préfèrent laisser ici leur famille ; ils viennent la voir chaque week-end. C'est la preuve qu'elle ne s'y trouve pas si mal. »

Il reste que les corons forment une excroissance. On est tenté de dire : un ghetto. Mais non : n'importe qui peut y entrer ou en sortir. Les ex-Polaks sont encore nombreux à y vivre. Ils ont donné à leurs voisins le goût du jardinage, et chaque parcelle à présent déborde de roses et de laitues. *Voisinage,* dit un proverbe, *est demi-parenté.* Les rues portent aussi des noms fleuris qui cherchent à dissimuler la laideur de cet entassement : allée des Lilas, allée des Mimosas, allée des Capucines... C'est comme à la *Pergola* où tu as perdu ton appendice. Vieux truc charlatanesque.

Une autre preuve que La Brosse cesse d'être un endroit à part : des pavillons nouveaux sont en train de se bâtir au-delà des anciens corons. Noyant s'agrandit vers l'est. Encore quelques décennies, et les maisons polono-asiates se trouveront vraiment incluses dans le village bourbonnais.

En attendant, les femmes vietnamiennes ont gagné à leur cuisine beaucoup de Noyantaises et celles-ci, quand elles ont envie de varier leur fricot, vont acheter sur place, à l'épicerie asiatique, les ingrédients nécessaires : germes de soja, marmelades de prunes à la rose ou à la cannelle, *mamtom* (qui est un fromage de crevettes), litchis (petits fruits ronds, rouge et vert), mangues, et même *nuoc-mam :* cette puante saumure de poisson qui sert d'assaisonnement et à laquelle on finit par s'habituer. De leur côté, elles ont enseigné à leurs voisines à préparer le pâté aux pommes de terre, le lapin à la crème, le *piquenchâgne,* qui est du pain fourré aux fruits. Échanges culturels.

Les jeunes des trois races n'examinent pas la hauteur de leurs pommettes respectives pour s'accepter ou non autour des puissantes motos japonaises. Ils parlent de centimètres cubes, de kilomètres-heure, du Bol d'Or du Castelet. Ils en astiquent amoureusement les chromes. La « bécane », comme ils l'appellent, est leur étendard, leur patrie commune, leur raison de vivre. Motards de tous les pays, unissez-vous. C'est fait. Ils ont obligé le gouvernement à plier le genou, à renoncer à la maudite vignette.

Mais La Brosse n'est plus un quartier : c'est une forêt. Une forêt d'antennes de télé. Autre lien solide : la télévision. Avec ses riches heures et ses inepties. Dès 20 heures, chaque famille tourne le bouton de son poste et reçoit la même avoine spirituelle. Les grand-mères variolées regardent et écoutent aussi, sans rien y comprendre. Définitivement irrécupérables.

Toutefois, la plus belle occasion de rassemblement est la fête du Têt, le Jour de l'An chinois. Elle commence avec la lune nouvelle qui suit le 20 janvier de l'année grégorienne. Le premier jour est consacré au nettoyage des tablettes des ancêtres et de tous les ustensiles de bois servant au culte. Car beaucoup de familles entretiennent dans un coin de leur logis un autel surchargé de dorures, d'ampoules coloriées, de guirlandes, de brûloirs à encens, devant lequel viennent prier fréquemment les grand-mères à variole. Le culte des ancêtres et celui du Dieu unique en trois personnes ne sont d'ailleurs pas incompatibles.

Le second jour, les femmes cuisinent un grand repas, dans une salle municipale, auquel elles convient la population autochtone. Celle-ci se régale de cœurs de bambou en vinaigrette, de rissoles au crabe et aux champignons, de beignets aux crevettes, de riz blanc ; boit du thé sans sucre et du *choum-choum,* alcool de riz digestif. Vient ensuite un spectacle composé de chants et danses, d'acrobaties asiatiques. Parfois y participe une vedette, comme Roger Pachi, champion de karaté. La journée se termine par un bal « à la française », où triomphent par conséquent le *rock'n roll* et le *reggae.* Les trois races trépignent et transpirent en commun. Les jolies petites Eurasiennes rient de toutes leurs dents qu'elles ont éclatantes, qu'elles ne noircissent pas comme leurs aïeules en mâchant de la feuille de bétel.

La grande différence, cher Baptiste, entre ces transplantés et toi, c'est qu'ils forment un groupe et que tu es seul. Ils s'appuient les uns aux autres et se gardent ainsi de la francisation totale, comme les brebis se gardent des ardeurs du soleil. Mais toi, qui te garde ? Ton Telefunken ? Le comte de Monte-Cristo ? Déjà tu parles bavarois à ta chatte Greta. En quelle langue rêves-tu ? En quelle langue t'adresses-tu à Victor et Marguerite Pascal, tes parents défunts ? Gardes-tu encore le souvenir de nos *guenilles* et de la *pompe* aux pommes ?

Je t'en prie, ne te laisse pas entièrement choucroutiser.

Saint-Éloy-les-Mines, le 18 avril 1981

Mon cher Sang-de-Chou,

S'il est bien vrai que les vivants ont des problèmes, les morts ont aussi les leurs.

Je n'oublie pas qu'un certain temps — à l'époque où tu étais le seul homme valide de Saulburg — tu remplis les fonctions de fossoyeur communal. Pour t'amener là, ton supérieur, le *Förster* aux blanches moustaches, dut user de roublardise et te laisser croire qu'il s'agissait simplement de creuser des trous d'un mètre sur deux, profonds d'un mètre cinquante. Tu t'écrias d'abord :

« Ce sont de sacrés, sacrés trous !

— Peut-être bien. Mais un trou est un trou. Qu'il s'agisse d'y placer un cercueil ou un mât de cocagne, où est la différence ?

— Permettez ! Creuser un trou pour un mât de cocagne est une affaire saine et joyeuse. Pour un cercueil, c'est une besogne triste et dégoûtante.

— Prends-le comme tu voudras. On te paiera pour ta tristesse et ton dégoût. »

Habilement, tu en profitas pour obtenir une meilleure rétribution.

Je pensais à cela au retour de Noa Yang, me dirigeant vers Saint-Éloy-les-Mines où je savais trouver là-dessus matière à réflexions. Par un savant détour, j'ai emprunté la N. 144, la plus favorable pour arriver au cœur du problème. Au pont de Menat, j'ai traversé la Sioule. Ce fond de vallée fut longtemps paradis des pêcheurs. Ils viennent encore tremper leur fil dans la rivière ; mais depuis 1947 un mastodonte de béton s'est planté là : une centrale thermique, fumante et encombrante. On ne voit qu'elle, on ne sent qu'elle. Des wagonnets aériens suspendus à des fils apportent de Saint-Éloy sa pitance quotidienne, après dix kilomètres de voyage. Ensuite, l'on remonte en zigzag jusqu'à La Boule. On redescend de même vers Saint-Éloy-les-Mines. Après ces derniers virages, il y a sept ans, l'automobiliste recevait une sacrée surprise.

Certes, un panneau l'avertissait : *Affaissements miniers.* Mais il aurait fallu le compléter par quelque idéogramme nouveau. Une biche, deux enfants se tenant par la main vous conseillent de ralentir si vous ne voulez pas écraser ces gentils animaux. A hauteur du vieux bourg de Saint-Éloy, les Ponts et Chaussées auraient dû montrer deux squelettes en balade : *Attention ! N'écrasez pas nos morts !* Car on entrait directement dans un cimetière.

On l'avait pourtant construit sur un versant escarpé, tourné vers le soleil couchant. Au lieu-dit les Rinchauds. Que certains farceurs écrivaient « les Reins Chauds », à cause de la douceur du site. Il faisait bon dormir éternellement sur cette pente sablonneuse et douillette. A peine y avait-on besoin de lever un peu la tête pour regarder au fond de la colline, de l'autre côté de la route, les jeunes gens taper dans leur ballon sur le terrain de foot. Placé entre elles, le même cimetière suffisait à deux paroisses, au bourg ancien et au nouveau.

Celui-ci était né de la mine. Le charbon, ces pierres noires capables de brûler, on le connaissait depuis des siècles. Les paysans, les forgerons, les maréchaux-ferrants l'exploitaient à ciel ouvert pour leurs propres besoins. La première concession fut accordée en 1837 par ordonnance royale à MM. Thévenin et Rambourg, propriétaires des forges de Commentry. On planta des chevalements de bois au-dessus des puits dans lesquels, grâce à un treuil à main, les *charbonniers* descendaient, la corde enroulée autour de la cuisse. On ficelait de même les chevaux, la tête en haut, la croupe en bas. Les hommes transportaient le charbon sur l'échine, dans des sacs.

La paroisse ne comprenait d'abord que deux hameaux, le Bourg et la Vernade. Des maisons nouvelles les réunirent et le nom de Saint-Éloy prévalut. Plus tard, Saint-Éloy-les-Mines. Après la Grande Guerre, comme à Noyant, vinrent les Polonais : expédiés à la manière de colis postaux, une étiquette suspendue au cou par une ficelle avec cette adresse : *M. le Directeur des Houillères de Saint-Éloy, Puy-de-Dôme, France.* On les logea dans des baraques de parpaings à Montjoie, près de la Nouvelle Mine. Ils se nourrissaient de pain tartiné de saindoux. Leurs enfants allaient à l'école couverts de crasse et de vermine ; les instituteurs les déshabillaient, les trempaient dans des *bacholles* à vendange demi remplies d'eau. Les femmes sortaient le dimanche en vêtements bariolés, mais les hommes portaient le sombre, comme en deuil de quelqu'un ou de quelque chose. Ils pleuraient leur patrie lointaine et se consolaient à la bière renforcée de rhum. Longtemps, ils rêvèrent d'un retour qui d'année en année devenait de plus en plus improbable.

Le bourg ancien demeurait à l'écart, sur son

quant-à-soi, séparé du neuf par des prairies, attendant que ce dernier fît les pas nécessaires pour le rejoindre. L'autre s'y employait, s'étirait démesurément de chaque côté de son pont ferroviaire qui finit par le diviser en deux quartiers : il y eut le Haut Saint-Éloy et le Bas, dont les commerçants se regardaient en chiens de faïence, cherchant à se voler la clientèle. Avec un seul libraire, et dix-sept ou dix-huit charcutiers à cause du goût qu'ont les Polonais pour les cochonnailles, mais les Éloysiens de souche ne crachent pas dessus. Bref, ce fut la prospérité. Assurée par trois mille mineurs bien gagnants et bien dépensants. Après la nationalisation des Houillères, en 1946, le rendement de l'abattage doubla en quelques années, grâce à l'emploi d'engins de desserte électriques. Outre son salaire, chaque mineur rapportait à sa famille quatre tonnes et demie de charbon annuelles. Le sous-sol fut creusé de toutes parts, sans ménagement ; les débris s'amoncelaient en terrils, à l'extérieur. La centrale de Menat absorbait le schlamm et le combustible de basse qualité.

La vie était plaisante dans les maisons ouvrières d'une propreté méticuleuse : parquets cirés, poêle fourbi, volets peints, rideaux immaculés, jardins fleuris. Les Polonais avaient quitté leurs casernes de Montjoie, s'étaient mêlés au reste de la population par le domicile et par le sang : leurs blondes filles aux yeux bleus trouvaient aisément preneurs parmi les autochtones. La demeure des parents cultivait toujours le souvenir de la Pologne, ornée d'images pieuses ou patriotiques, de portraits de la Vierge noire de Czestochova, de saint Stanislas, de Pilsudski, de Paderewski, du cardinal Wyszinski. Des bandes d'étoffe épinglées aux murs et au dossier des chaises disaient : *Sois le bienvenu. Partage notre pain. La paix soit avec toi.* Mais leurs enfants, nés en Combraille, parlaient avec l'accent traînard du pays et se sentaient ici chez eux. Les vieux Polaks se résignèrent à mourir en France et à se faire enterrer aux Rinchauds.

Puis le charbon tomba en discrédit. On l'accusa d'être trop polluant et trop cher. Le mazout bon marché le remplaçait avantageusement dans le chauffage domestique et l'industrie. D'ailleurs, nos filons s'épuisaient, leur exploitation allait cesser peu à peu. C'est alors que la nationale 144 commenca de s'affaisser à hauteur du vieux bourg. Une maison qui se trouvait là celle d'un marchand de cycles, pencha dangereusement, tantôt d'un côté, tantôt de l'autre : il fallut l'évacuer. La départementale qui conduit à Youx et à Montjoie fut sapée à son tour. On entreprit de combler les galeries minières déjà abandonnées pour essayer d'arrêter le désastre.

La gîte du cimetière s'accentuant de jour en jour, il se mit à déverser sur la route sa cargaison de fosses, de croix, de pierres tombales. Sans l'avertissement des panneaux, sans la cuvette dangereuse pour les amortisseurs, les voitures auraient écrabouillé les morts comme des hérissons. Et quelques-uns passèrent en effet sous les roues. Comment les retenir ? On en vint à la solution radicale : le déménagement. Un site fut choisi assez loin de toute circulation, au lieu-dit les Nigondes. Sa pente était tournée franchement au midi : les reins des défunts n'y perdraient point en chaleur. Au pied passe la Bouble, toute gazouillante, toute prête à recevoir sans façon les morts rejetés en cas de nouvel affaissement.

Le transfert a duré trois années, aux frais des Charbonnages. J'ai rencontré quelques héros de cette sale besogne. Encore marqués par d'épouvantables souvenirs :

« Vous ne pouvez imaginer ce que c'est que de relever les macabs. Ceux qui dorment dans la terre depuis des années sont les plus faciles, parce qu'il ne reste plus que des ossements. Mais les macabs de fraîche date ! Essayez de vous représenter. On travaillait avec des gants et des bottes ; il aurait fallu aussi des masques à gaz. Surtout quand on pénétrait dans les caveaux où il y avait eu de la fermentation. Avec quelquefois de l'eau jusqu'aux genoux. C'est ça, le repos éternel. Quand on soulevait les cercueils pour les sortir, ils tombaient en poussière. Monsieur, je vais vous donner un bon conseil : faites-vous mettre dans la terre, pas en caveau : c'est plus propre et plus sûr.

— De temps en temps, ajoute un autre, tu ouvrais la boîte de quelqu'un que tu avais connu de son vivant. Ça te flanquait un drôle de choc de le revoir dans c't état. »

Le plus traumatisé a été le fossoyeur en chef, celui qui recrutait des aides provisoires. Un certain temps après la fin du déménagement, il s'est fait sauter la cervelle d'un coup de fusil. On l'a mis aux Nigondes, parmi ses anciens clients.

Les sépulcres en lave grise ont été reconstitués dans le nouveau cimetière avec leurs bandeaux sculptés, leurs épitaphes, leurs entourages, les portraits de leurs occupants. Il a fière allure maintenant, parcouru d'allées bitumées, orné d'une grande croix et d'une stèle brisée. Les Zerkowski, Pogorzelski, Kasperek, Peronczyk y sont mêlés aux Charbonnier, Sivade, Beaulaton, en bon voisinage. Les fossoyeurs d'occasion reconnaissent que durant le transfert il a dû s'en perdre quelques-uns ; qu'il a pu aussi se produire des mélanges et des confusions. Qu'importe ! Exceptionnellement, ici le contenant a plus de prix que le contenu, fragile et putrescible. La pierre de Volvic, au contraire, est inaltérable. C'est sur elle désormais que les vivants viennent pleurer ; c'est elle qu'ils fleurissent à la Toussaint.

Près des Rinchauds, le sol s'affaisse toujours. Mais un phénomène nouveau a complété le changement de paysage : les sources souterraines, autrefois pompées dans les galeries minières, remontent à la surface. L'ancien terrain de foot s'est transformé spontanément en deux étangs que sépare une sorte de levée naturelle. Là où les jeunes gens allaient taper dans le ballon rond, à présent on vient pêcher le gardon et l'ablette. Quant à la route de Montjoie, elle a dû plusieurs fois être surélevée. Elle conduit maintenant à la zone industrielle du Sucharet où se sont installées des usines de textiles, d'aluminium, de tuyaux d'amiante, de matières plastiques, signalées de loin par le long pistil jaune de Franconit.

Seul sur son éminence, le vieux bourg reste imperturbable avec son église romane au clocher pointu, devant laquelle la pierre tombale de l'ancien curé reçoit les visiteurs au garde-à-vous :

Ici repose Blaise Édouard CHARASSIN
prêtre vertueux
zélé pasteur
décédé à Saint-Éloy le 27 Sbre 1859
âgé de 55 ans, emportant avec lui l'estime
l'affection, les regrets de sa famille, de
ses paroissiens et de ses confrères.
DE PROFUNDIS

Le village est peuplé de mineurs retraités éleveurs de poules et de lapins. L'allocation en charbon ne les intéresse plus ; ils préfèrent l'équivalent en argent qui leur permet de se chauffer au mazout. L'exploitation est arrêtée depuis 1978. Le peu de réserves qui subsiste, les terrils vont se faire brûler à la centrale de Menat, dont l'arrêt est prévu pour la fin de 1981 ou 1982. Des trois mille mineurs d'autrefois, une cinquantaine sont encore en activité ; encore doivent-ils se rendre chaque jour à Buxières, dans l'Allier, sur le bassin de l'Aumance.

Désormais, Saint-Éloy n'a plus de raison de se faire appeler *les Mines*. Les chevalements et machineries qui encombrent le centre du bourg doivent disparaître, pour céder la place à d'autres constructions, peut-être à un jardin public. Les deux étangs naturels, améliorés, filtrés, encadrés, deviendront des « plans d'eau ». Saint-Éloy-les-Mines, Saint-Éloy-le-Noir cédera la place à Saint-Éloy-le-Vert, à Saint-Éloy-l'Aquatique. Tout au plus reproduira-t'on en modèle réduit les anciennes installations minières, pour les montrer aux enfants de l'an 2000.

Quant à l'ancien cimetière déserté, il est abandonné aux broussailles. Personne n'en veut. Un jardinier avait pensé le prendre en fermage, sûr que les choux, les salades, les carottes y auraient magnifiquement prospéré. Mais la clientèle aujourd'hui se fait délicate, elle veut tout savoir de ce qu'elle consomme, elle n'aurait pas apprécié des légumes engraissés par la cendre des morts. Ce n'eût pourtant été qu'une illustration supplémentaire d'une éternelle vérité : les morts ont toujours nourri les vivants. Que mangerions-nous sans les céréales, les fruits, les espèces animales ou végétales, cadeaux du Créateur sans doute, mais recueillies et améliorées par nos ancêtres ? Et quel meilleur emploi de notre substance que de rendre à la terre les sucs qu'elle nous a prêtés ?

C'est ce que me laissait entendre un des fossoyeurs d'occasion : « Voyez-vous, Monsieur, si l'on m'avait écouté, on aurait fait un grand feu de joie avec tous ces débris. Au lieu qu'il a fallu les tripatouiller, les mettre dans des boîtes nouvelles, et ainsi de suite. Enfin, tout ça fait marcher le commerce. »

Encore une manière qu'ont les morts de nourrir les vivants.

Tu vois, mon cher Baptiste, que les fossoyeurs ne sont pas aussi insensibles que tu l'imaginais dans ton enfance, lorsque tu les croyais « gens qui n'ont pas la larme facile, plutôt capables de jouer aux osselets avec les rotules des déterrés ». Ne te doutant pas qu'un jour tu remplirais leur fonction. Une des plus utiles qui soient au monde. Il est vrai qu'elle est double : inhumer, exhumer.

« Inhumer, Monsieur, m'expliquait celui de Saint-Éloy, c'est de l'amusement. Je peux faire ça en blouse blanche, comme un pharmacien. Donnez-moi de l'inhumation tous les jours, le dimanche et les fêtes, et je vous dirai merci. Mais exhumer !... C'est là qu'on voit les vocations véritables ! »

Puis il a ajouté : « En plus, après ce genre de déménagement et de mélanges, je me demande bien comment le Père Éternel s'y retrouvera le jour de la Résurrection ! Faudra pas trop qu'il se fie aux étiquettes ! »

Garde-toi vivant le plus longtemps possible. Car ta vie m'est chère.

Volvic, le 18 juin 1981

Cher Sang-de-Chou,

C'est le temps des cerises. Mais elles sont rares cette année à cause des froids tardifs du mois d'avril :

S'il pleut à la Saint-Georges,
Sur cent cerises, restent quatorze !

Or figure-toi qu'il a neigé ! Les survivantes sont donc comptées.

Cependant, elles mûrissent bien, même si elles sont un peu biscornues, par la grâce des jours chauds que nous avons en ce moment.

En revanche, je suis plutôt en froid avec les moineaux de mon jardin. Ils semblent avoir appelé à la rescousse tous leurs confrères du voisinage et se donnent rendez-vous sur mon bigarreautier. Oh ! je connais la vieille histoire du seigneur prussien qui, irrité de voir ainsi piller ses arbres, fit fusiller par ses serviteurs tous les oiseaux de la région : l'année suivante, il n'eut pas de cerises du tout. Pas question que j'imite son geste. Je n'ai d'ailleurs ni serviteurs ni arme à feu. Ce qui me choque, c'est le gaspillage ridicule auquel se livrent mes clients : mon cœur auvergnat n'arrive pas à l'accepter. Avec patience, j'ai tenté de me faire comprendre : « Que vous appréciez mes cerises, je veux bien l'admettre. Dans un certain sens, je trouve même cela plutôt flatteur. Que vous choisissiez les plus rouges, les plus mûres, les plus sucrées, la chose me paraît logique, à votre place, j'en ferais autant. Mais quand vous avez entamé un fruit, je vous le demande, pourquoi la fois suivante en attaquez-vous un autre au lieu de finir le premier ? »

Sur le moment, ma question a paru les surprendre. Ensuite, ç'a été une série de *cui, cui, cui* qui ressemblait fort à une cascade de ricanements. Faisant mine de ne pas entendre, je leur ai proposé : « Partageons. Je vous abandonne celles qui sont au bout des branches et que je ne puis atteindre, n'ayant pas d'ailes comme vous. Laissez-moi celles du milieu. »

Mais cet arrangement ne les a pas convaincus davantage. J'en ai eu la preuve le lendemain. Alors, je me suis fâché tout rouge. Rouge bigarreau : « Bande de galapiats ! Parasites ! Vandales ! Gauchistes ! »

Mes injures, je dois le reconnaître, ont obtenu plus de succès que mes raisonnements : toute la bande froufroutante s'est envolée vers les cerisiers de mes voisins. Mais ils reviendront, j'en suis certain, comme le général MacArthur.

Tout part et tout revient. Guerre et paix. Flux et reflux. Alternance des saisons, des oiseaux et des hommes. Je veux t'emmener aujourd'hui en une maison qui demeura inhabitée six cents ans peut-être et qui connaît ces temps-ci, tous les jours sauf le mardi, de belles affluences. Elle se trouve à Volvic, dont les eaux embouteillées coulent sur toutes les tables françaises. Ou plutôt, *sous* Volvic. Nous y serons au frais.

A l'âge où les enfants manœuvrent des tartines de confiture, j'eus l'occasion de manœuvrer de sombres tartines dont chacune pesait bien cinq cents kilos. J'avais accompagné mon beau-père sur son camion *Peerless* — Sans Pareil — surplus américain de la Grande Guerre, aux bandages claquants, aux chaînes ferraillantes. Peut-être avait-il participé aux contre-offensives de Saint-Mihiel et de Montfaucon dont parlaient tardivement les cartes postales de 1919. Nous arrivâmes à Volvic où nous devions charger plusieurs pierres tombales. C'était la première fois que je voyais cette commune, ces carrières, cette capitale du monument funéraire.

Nous visitâmes les immenses trous d'où sortait la pierre brute. Des hommes chaussés de sabots s'y affairaient, autour de grues en bois. Formées d'un mât vertical, tronc de chêne retenu par huit haubans, elles ressemblaient à des parapluies ouverts dont le vent eût emporté l'étoffe, ne laissant que les manches et les baleines. Du pied, partait un bras oblique à 45 degrés, dont la pointe était retenue par deux tiges de fer au sommet du parapluie ; de là pendaient une poulie, un filin relié au treuil. Ces machines soulevaient les blocs liés de chaînes, les posaient sur des chars tirés par des bœufs. Nous vîmes les tailleries où la pierre était découpée par d'énormes passe-partout comme ceux des bûcherons. Six dalles funéraires furent empilées sur notre *Peerless.* Pour me faire plaisir, les ouvriers consentirent à me laisser manœuvrer la chaîne du palan. Ainsi, je fis monter et descendre le couvercle d'une tombe inconnue, à un âge où la mort ne représentait rien pour moi, sinon un état physique particulier, comparable à ceux que nous apprenions en classe : état solide, état liquide, état gazeux.

A présent que je sais, je comprends l'intérêt qu'il y a à coucher sa parenté dans un caveau en lave de Volvic : c'est du sérieux. Non seulement parce que ça dure et peut abriter plusieurs générations de réservataires, sans qu'aucun ravalement soit jamais utile, mais parce qu'elle porte les couleurs de la tristesse. C'est pour ainsi dire une pierre qui *pleure* d'elle-même, ce qui ménage en certains cas les yeux des survivants. Dans toute la région, les gens qui ont soin de l'opinion qu'ils laisseront d'eux-mêmes ne peuvent goûter un authentique repos éternel que sous une pierre tombale en lave de Volvic. On cite l'exemple de ce professeur de la faculté de Clermont qui pendant vingt années partagea son temps libre entre la préparation de ses cours et celle de son mausolée, le bâtissant de ses mains pierre à pierre, allant sur place choisir dans la carrière le bloc à sa convenance, comme faisait à Carrare Michel-Ange, gravant sa propre épitaphe, laissant seulement le soin à un héritier d'ajouter la date finale.

Mais ce matériau — andésite pour les géologues — a beaucoup servi aussi à héberger les vivants. Il fut apprécié par la bourgeoisie de Basse-Auvergne, la magistrature, la noblesse de robe, les apothicaires, les commissaires-priseurs, les huissiers et autres gens graves. La plupart des demeures anciennes en sont faites dans Riom le Beau, qui fut aussi Riom le Sévère par les Arnauld et leurs amis, et s'efforce d'être Riom le Juste par sa Cour d'appel et sa Cour d'assises. Alexandre Vialatte en venait à se demander — sans pouvoir se répondre — si cette pierre est janséniste parce qu'elle est noire, ou noire parce qu'elle est janséniste. Il va de soi qu'elle a servi à loger Dieu. Son emploi dans les églises coïncida en Basse-Auvergne avec l'arrivée d'un goût nouveau, le gothique, descendu de Paris, des Flandres, de l'Allemagne. L'avènement se fit à la fin du XIIe siècle. Jusque-là, les châteaux, les cathédrales, les maisons solides s'édifiaient en arkose, en granit, en tuf volcanique : Notre-Dame du Port à Clermont, Notre-Dame d'Orcival, Saint-Austremoine à Issoire, Saint-Julien à Brioude en portent témoignage. On ignore qui fut l'initiateur du changement, mais l'on est certain que la pierre de Volvic se trouva d'enthousiasme adoptée par l'entière Limagne et les montagnes avoisinantes. Tous les ajouts à ce qui existait déjà se firent en lave noire. Par endroits, on se soucia même de démolir une partie des anciens édifices pour les reconstruire avec le nouveau matériau. Ainsi, la collégiale d'Ennezat nous offre-t-elle aujourd'hui ses deux moitiés : la claire en arkose, de pur style roman, et la sombre, de style gothique. Celles qui ne suivirent pas le mouvement eurent grand tort, car elles portent aujourd'hui des marques de décrépitude. Dans l'église du Marthuret, à Riom, on a été obligé d'enlever de la façade la ravissante mais fragile *Vierge à l'oiseau,* de l'abriter à l'intérieur, de la remplacer au-dehors par une copie en Volvic, inattaquable aux pluies, aux gelées, aux ciels les plus acides. Cette pierre craint seulement le frottement des semelles et des doigts : les mains dévotes finissent par ronger ses bénitiers ; dans les escaliers, aux endroits de grand passage, il faut changer parfois une marche, tous les cent ans.

Troisième usage : elle fait le ravissement des sculpteurs. Tels Didier Sandrin, directeur de l'École d'architecture et sculpture volvicoise, fondée au début du XIXe siècle par le comte de Chabrol. Vers 1860, elle se trouvait sous l'autorité du frère Gamaliel ; avec l'aide de ses élèves, il entreprit la taille d'une immense statue de la Vierge qui fut dressée sur la colline de la Bannière, au-dessus du bourg. Pour l'amour de la lave enfumée et de l'Auvergnate dont il avait fait sa femme, le sculpteur américain Ralph Stackpole s'installa en 1952 à Chauriat et y vécut les vingt dernières années de sa longue existence dans leur double familiarité. « Il n'y a pas, m'avouait-il, de matériau plus noble et plus réjouissant pour le burin. »

Il en goûtait la dureté sans excès, le grain sans traîtrise. Ses œuvres abstraites parsemaient son jardin-atelier. Chaque jour, il y creusait quelque ligne, arc ou parenthèse, suivant ses inspirations de la nuit. Parfois, l'une d'elles s'en allait vers quelque exposition parisienne, athénienne, new-yorkaise : *Projet de monument au prisonnier politique inconnu, Pierres pour un palais de fougères, Chemins dans la pierre...* Ce qui ne l'empêchait pas, un foulard de cow-boy noué autour du cou, de travailler le bois dans sa grange remplie de totems et de divinités mexicaines. Quand ses mains n'eurent plus la force de tenir les outils, il se mit à peindre. Il vieillit encore, il échangea le pinceau contre la plume, écrivit des poèmes, acharné à poursuivre, sous des formes diverses, le même gibier. De déchéance en déchéance, il fut enfin immobilisé sur son fauteuil : « Il me reste seulement les gestes. »

Et ses mains modelaient dans l'air une glaise invisible.

Près de lui, sa femme Ginette tissait des tapisseries. Elle lui survécut six ans. Aux obsèques catholiques de cette peu-croyante, le curé de Chauriat réu,it la pensée de leurs deux âmes pour les recommander ensemble : « Elles ont toujours vécu si près de la Beauté qu'elles ne pouvaient, sans le savoir, être bien loin de Dieu. »

Ralph Stackpole, né dans l'Oregon, a sans doute eu la surprise d'être reçu Là-Haut par un chœur d'anciens *imagiers* volvicois, en sabots cerclés de fer sous la longue chemise de nuit dont sont vêtues les âmes éternelles. Ils l'ont conduit sur leur chantier, disant dans leur langage :

« Nous t'attendions, petit frère, pour mener plus avant notre ouvrage.

— A quoi travaillez-vous en ce moment ?

— A perfectionner les portes du Paradis. »

Le même comte de Chabrol, préfet de Paris sous la Restauration, s'efforça de répandre sa pierre dans la capitale. Mais il eut surtout l'idée d'un émail spécial d'une grande solidité qui, appliqué dessus, pénétrait dans les interstices et se laissait peindre comme la porcelaine. De cette invention naquit l'art de l'émaillage sur lave que pratiquent aujourd'hui maints dilettantes dispersés dans le département, et plusieurs industries. Ainsi, l'usine Saint-Martin dont il reste à Mozat, faubourg de Riom, d'anciens bâtiments, vastes comme des basiliques, établis sur les rives de l'Ambêne. Là, jusqu'en 1971, travaillaient une trentaine d'ouvriers. En se retirant des affaires, fortune faite, le propriétaire d'alors jugea tout naturel de fermer les portes de la maison et de mettre à la rue l'ensemble de son personnel. Un de ses émailleurs, Léopold Chevalier, eut l'audace de prendre en location une des basiliques et d'y continuer l'émaillage, avec la seule aide de sa femme et de sa fille. La lave lui arrive de Volvic débitée en plaques d'épaisseurs diverses. Il la découpe, la ponce, la mastique. Leurs trois paires de mains commencent à ce moment la besogne la plus fine : au moyen de calques, elles dessinent sur ces sortes d'ardoises les motifs désirés, lettres, chiffres, prés, rivières, montagnes. Elles composent ensuite les couleurs en diluant dans l'eau des poudres mystérieuses, oxydes, silices, kaolins, qui changeront de nuance à la cuisson. Je demande :

« Avez-vous des recettes précises, des proportions chiffrées ?

— Non. Je fais tout à vue de nez.

— Et ça marche ?

— En général, ça marche. »

On les étend au pinceau, minutieusement, en

donnant du relief aux majuscules. Cela deviendra des plaques de rue, des cadrans solaires, des échelles d'étiage, des tables d'orientation. Le plus difficile est de passer le blanc des tables de laboratoire, un blanc parfaitement uniforme et sans nuances, peint au pistolet. On enfourne le tout verticalement dans les fours électriques où la cuisson se fait à 900-940 degrés. L'atelier déborde de plaques indicatrices, échantillons de bourgs lointains et inconnus : *Avenue Marie-Louise, Chemin Fleuri, Le Port au Bois, La Fond Vachette.* Avec parfois un avis surprenant : *Appontage interdit, Fouilles en cours, Réservé aux dames.*

De temps en temps, la famille Chevalier est amenée à faire œuvre de création. En toute modestie. Un marchand de vin commande : « Je voudrais pour mon salon une table avec des raisins, des bouteilles, des tonneaux. Quelque chose qui rappelle mon commerce. Vous pouvez me fournir ça ? »

Un autre client souhaite pour son comptoir une dalle émaillée représentant des charcuteries. La demoiselle, qui a suivi les cours de l'école clermontoise des Beaux-Arts, emploie son talent à peindre sur la lave des jambons et des saucisses. Son père sourit : « La meilleure leçon qu'on puisse recevoir dans ce métier consiste à faire aussi bien qu'on peut quelque chose qui ne vous plaît pas. »

Accessoirement, Mlle Chevalier dessine et peint aussi quelque chose qui lui plaît : des plaques grandes comme des *ex-voto* à accrocher aux murs. Volcans, arbres, poulains, coquelicots. Non sans répugnance, elle consent à en vendre quelques-uns aux visiteurs.

« Vous les signez ?

— Non. A quoi bon ? Si les clients apprécient cela, ils sauront bien où me retrouver. »

Tu vois, mon cher Baptiste, que la lave de Volvic sert à beaucoup de choses nobles. Sans parler de ses usages vils : dalles percées, bordures de trottoirs, caniveaux, bornes, cuves industrielles. Cadeau du volcanisme tertiaire, elle descendit un jour d'un strombolien tout neuf : le puy de la Nugeyre. C'est-à-dire de la *Noyeraie.* Il dort à présent sous une barbe touffue de noisetiers et de petits chênes. Quand on a réussi à s'y insinuer, à se hisser au plus haut de la crête, on a la satisfaction de contempler le cratère égueulé, large et profond, couvert d'une herbe grasse, d'où s'échappèrent diverses coulées pendant des dizaines de siècles. La dernière, la plus épaisse, fournit aux Volvicois leur célèbre filon. Il ne manquait que l'occasion de l'exploiter.

Elle leur vint, comme j'ai dit, du style gothique. L'évêque de Clermont, Hugues de la Tour du Pin, avait assisté à Paris à l'inauguration de la Sainte-Chapelle ; il en revint ébloui et décida de mettre sa vieille cathédrale préromane, mastoc et décrépite, à la mode parisienne. Il consulta son architecte Jean Deschamps et posa la première pierre en 1248, avant de s'en aller mourir à la croisade.

Ce matériau, sans nul doute, était déjà employé par les vignerons de l'endroit qui, pour construire leurs bicoques, s'en allaient ramasser des fragments épars dans ces étendues rugueuses qu'on appelle ici *cheyres,* couvertes de bouleaux, de pruneliers, de bruyères, de genêts, de petits pins, de genévriers. Pour satisfaire Jean Deschamps, une carrière fut ouverte dans une cheyre appartenant au sire de Bosredon, au lieu-dit *la Tranchée d'Argent,* parce que des particules de mica y scintillaient. Six ouvriers, armés de pioches, de masses, de leviers et de coins. Les blocs partaient à dos de mulet vers Clermont ; les débris rocheux sortaient de la carrière à dos d'homme dans des hottes d'osier, allaient s'accumuler en monticules, le long des chemins, formant ces *éclatiers* où les pauvres gens venaient puiser gratis les pierres de leur maison. Avant d'atteindre la roche dure et franche, il fallait en effet enlever la *rougne,* c'est-à-dire la croûte formée de terre et de lave tendre, qui pouvait atteindre en certains endroits plusieurs mètres d'épaisseur. C'est ce qu'on appelle le *dérochage;* on le pratiquait généralement en hiver, mieux valait laisser la bonne lave au chaud dans le ventre maternel.

La pierre exploitable forme des *bancs* de dix à quinze mètres d'épaisseur. Les carriers savent distinguer le sens de la lave qui, comme le bois, a des fibres; celle qu'on dit *de bon arbre* se laisse fendre aisément; mais la fibre *de travers* exige plus de peine. Le refroidissement de la pâte volcanique a provoqué des fissures, les *levaisons :* c'est là-dedans que les *tireurs* insinuaient leurs coins de fer, séparés par une largeur de main. Quand ceux-ci ont détaché le bloc de la muraille, l'homme le taille grossièrement à la boucharde et au têtu, avant de l'expédier.

Après cinquante ans sans doute de cette exploitation, la Tranchée d'Argent se trouva épuisée, tandis que la cathédrale de Clermont n'en était qu'à sa mi-longueur. Jean Deschamps venait de mourir, cédant la maîtrise de l'ouvrage à son fils Pierre, dont il avait choisi le prénom dans une intention précise : tu es Pierre, et par la pierre, tu achèveras ma maison. Alors, pour trouver une autre lave, un carrier volvicois, Cordier, a l'idée de creuser une galerie sous la *rougne;* ainsi, il atteindra le roc directement. Bientôt, le couloir se fait caverne. On s'enfonce de plus en plus dans le ventre de la Nugeyre : il y aura un kilomètre au moins de galeries. Au fond de ce trou, la besogne aidant, on est à l'abri du froid. Non de l'eau qui dégouline en toutes saisons; en fin de journée, les tireurs sont trempés comme des soupes. La lumière arrive par l'entrée.

Quand elle ne suffit pas, on s'éclaire avec des torches résineuses plantées dans la paroi. Les pierres sont portées à bras d'homme jusqu'à l'extérieur, les plus pesantes poussées sur des rouleaux. Mais afin d'éviter l'effondrement de la voûte, on prend soin de ne pas enlever toute la substance et de laisser çà et là des parties intactes formant des piliers naturels. En avançant, on remblaie les vides.

Pendant un siècle encore, la lave sera extraite de cette façon. Puis les générations sucessives se lasseront de ce travail de taupes ; elles retourneront aux carrières à ciel ouvert. Les galeries abandonnées serviront de refuge aux mendiants, aux brigands, aux lutins, aux amoureux. On en racontera de belles sur leur compte, pendant les veillées volvicoises !

C'est vers 1970 que naît l'idée d'aménager la caverne de Cordier en musée souterrain pour expliquer le volcanisme auvergnat et honorer les carriers du XIIIe siècle. Ainsi, après la *Maison des Volcans* à Aurillac, la *Maison de la Gentiane* à Riom-ès-Montagnes, la *Maison de l'Herbe,* près de Saint-Alyre, la *Maison du Fromage* à Egliseneuve-d'Entraigues, la *Maison de la Maison* à Sailles, l'Auvergnat aura sa *Maison de la Pierre* à Volvic. Pas question de dégager tout le chantier médiéval : on s'est contenté d'un hectomètre. Ce qui a néanmoins exigé l'enlèvement de dix mille mètres cubes de débris. On a rebouché un effondrement de la voûte, muré les deux sorties, reconstitué les ténèbres dans lesquelles s'échinaient les carriers, à la clarté fumeuse de leurs torches, mis en scène un spectacle « son et lumière » de quarante minutes.

Devant la porte de fer, Allemands, Anglais, Belges, Hollandais attendent leur tour. Des Français crachent des noyaux de cerise. Enfin, la porte s'ouvre, nous laisse entrer, se referme. Nous voici dans une fraîcheur surprenante et une obscurité totale. Une voix sort de l'ombre : « Mesdames, Messieurs, vous vous trouvez ici sous une coulée de lave descendue il y a cent mille ans du puy de la Nugeyre... »

Les petits enfants serrent le cou, la main ou les jambes de leur mère. Ils sont prévenus qu'ils vont entendre les bruits vrais d'une éruption enregistrés dans les entrailles d'un volcan de Sumatra, en pleine activité : « N'ayez pas peur ! Ce ne sera rien d'autre qu'une bande magnétique ! »

Des veilleuses s'allument au ras du sol, balisant le parcours à suivre dans notre descente aux enfers. On marche sur quelque chose d'indéfinissable et de gluant. On comprend ensuite qu'il s'agit d'une piste en béton, souillée de terre et bordée de cordes, comme la passerelle d'un navire. « Avancez sans crainte ! » recommande le guide, en ajoutant aux loupiotes le faisceau de sa lampe de poche. On progresse à pas précautionneux.

Le volcan de Sumatra commence ses éructations. Nos yeux s'habituent peu à peu à la rare clarté. On arrive dans une immense caverne ; au centre se dresse une colonne irrégulière, telle un os de jambon mal rongé. D'ici ont été extraites une partie de la cathédrale de Clermont, la Sainte-Chapelle, le Marthuret de Riom et l'église de Montferrand. Des lumières rouges ou bleues soulignent les reliefs. Dans cet antre ont peiné, il y a six siècles, les pauvres tireurs de lave, avec leurs masses et leurs coins, à mains nues, les pieds dans de gros sabots, mais la tête offerte aux éboulements, aux éclats qui volent ou qui tombent.

Je les imagine poussant leurs blocs de la poitrine comme ces damnés de Dante dans le quatrième cercle de l'*Enfer :*

Qui vid'io gente più che altrove troppa,
E d'une parte et d'altra, con grand'urli,
Voltando pesi per forza di poppa.
(Là je vis des gens plus nombreux qu'ailleurs,
D'un côté et de l'autre, poussant de grands cris,
Roulant des poids à force de poitrine.)

Des lampes dissimulées, rouges, bleues, projettent sur les parois nos ombres fantastiques. Sur nos têtes, malgré la sécheresse extérieure, pleuvent les sources de la voûte. Mais il s'agit d'eau de Volvic, filtrée par six couches de cendres et de pouzzolanes. Comme le champagne, elle mouille mais ne tache pas.

Le volcan sumatrien donne plus fort de la gueule : la pétarade, les explosions deviennent terrifiants. La progression se fait difficile, il faut descendre des marches, en remonter d'autres. Tout à coup, un mammouth me dégringole sur le paletot, m'aplatit contre la muraille suintante en poussant un juron hollandais, je rentre la tête dans le cou, je me cramponne aux cordes comme je peux. Il s'agit d'un gros Néerlandais qui a perdu pied. Tels sont les risques du Marché commun.

Enfin, on arrive dans un amphithéâtre aux gradins inondés. Pour protéger nos fondements, le guide dispose dessus des feuilles de plastique mousse. Quand tout le monde est assis, un écran s'illumine et nous régale d'un montage audio-visuel qui raconte la coulée de la Nugeyre, la beauté des volcans en éruption, la terreur émerveillée des témoins préhistoriques, l'histoire des travailleurs de la pierre et de la caverne où nous palpitons.

Enfin, la lumière revient. A trois places de moi, je reconnais mon Batave qui ne m'honore ni d'un mot ni d'un regard, ne soupçonnant pas que je suis son sauveteur. Au sortir de la caverne, la tête encore pleine de grondements et les épaules humides, on traverse une sorte de parvis où se trouvent rassemblés divers ouvrages d'andésite, autour d'une grue de bois désaffectée. Les carriers appellent cette mécanique un *manège* parce qu'elle tourne sur sa base grâce à un pivot enfoncé dans une dalle ; il y manque seulement la musique et les chevaux de bois.

Ayant retrouvé le grand soleil, les Européens se détendent, rient de leurs frayeurs, se photographient les uns les autres devant les pierres travaillées, découpées au marteau-piqueur par une ligne de trous rapprochés comme les timbres-poste. Les Français se remettent à cracher leurs noyaux de cerise. Ils vont se désaltérer au chalet d'accueil de la *Société des Eaux de Volvic.* Car l'eau y coule gratis à pleins verres et, par un miracle digne des noces de Cana, y a le goût de l'orange, du citron, du pamplemousse ou du cassis. A moins qu'on ne la préfère naturelle et pure. L'eau « minérale la plus pure du monde », se prétend-elle. Car ce produit tout simple, l'eau pure, est devenu si rare, si précieux dans nos villes qui s'abreuvent communément aux rivières et au débouché des égouts que les Auvergnats de Volvic se permettent de vendre la leur au prix du vin. Un jour, sans doute, mettra-t-on aussi l'*air pur* en bouteilles. Disponibles dans les pharmacies et les épiceries de luxe, avec ce genre d'étiquettes : *Sancy, 1886 m; Puy Mary, 1787 m; Mont Lozère, 1699 m.*

On peut aussi sans crainte s'abreuver à la fontaine de la Reine. Cet ouvrage, « chef-d'œuvre » d'un compagnon tailleur de pierre du XVIIe siècle, se dressait naguère devant l'hôtel-Dieu de Clermont. En 1814, après la première chute de Napoléon, la duchesse d'Angoulême, fille de Louis XVI, dite Madame Royale, visitait l'Auvergne où de forts sentiments légitimistes persistaient. A l'entrée de Montferrand, elle fut accueillie par un arc de triomphe, une compagnie d'infanterie, un discours du maire. Or voici qu'un groupe de jeunes hommes, portant le plastron blanc des vignerons endimanchés, dételle les chevaux du carrosse, se met dans les brancards et tire la voiture pour honorer son illustre passagère. Ainsi gagnent-ils aux Montferrandais le surnom éternel de *Mulets blancs.* Ils arrivent au galop à l'octroi de Clermont, se dirigent vers la préfecture au milieu des ovations et des rires, font une halte devant l'hôtel-Dieu car ils ont soif. Avant de boire du vin de leur *bousset,* ils en offrent un *tassou* à Son Altesse. « Non, merci, mes amis, dit-elle en souriant. Le vin n'est pas pour moi. Mais je veux bien, si vous me la présentez, boire une tasse de l'eau de cette fontaine. »

En ce temps-là, l'eau de Clermont, descendue de Royat et de la Font-de-l'Arbre, valait bien celle de Volvic. La duchesse la trouva délicieuse. Ainsi la fontaine fut-elle, un peu abusivement, baptisée « fontaine de la Reine ».

Il y a quelques années, les aménagements de voirie la condamnaient à disparaître. A être jetée aux ordures, après tant d'autres. Sur la suggestion de Louis-Stéphane Modange, les Sources de Volvic adoptèrent cette orpheline, la déménagèrent pierre à pierre, la reconstruisirent près du Goulet. S'il existait un honorifique Ordre des Sources et des Fontaines, Louis-Stéphane Modange en devrait être le premier chevalier.

Volvic a son slogan : *Cité de l'eau et de la pierre.* Si j'étais volvicois et en âge d'avoir des enfants, j'appellerais une de mes filles *Source,* bien que ce prénom ne figure pas au calendrier, pour la vouer à la pureté, à la fraîcheur, à la générosité, aux chansons.

Qu'en penses-tu, toi qui te prénommes *Baptiste,* c'est-à-dire « celui qui immerge », comme saint Jean ?

Te doutais-tu que tes parents t'avaient placé de la sorte sous la bénéfique influence de l'eau, toi qui en es un si petit consommateur ?

Ha, ha, ha.

Sommet du puy de Dôme, 22 juillet 1981

Mon cher Baptiste,

Comment va ton nez? Dans ton enfance, tu le trouvais peu à ton goût m'as-tu dit : trop long, trop gros, surtout trop relevé. Tu le pétrissais, l'amincissais. Les soirs d'hiver, en allant te coucher, tu emportais une demi-brique chaude enveloppée d'un linge afin de dégeler tes draps. Lorsqu'elle avait perdu sa chaleur, tu la remontais et la posais sur ton pif pour qu'elle le redressât pendant ton sommeil. Au cours de la nuit, elle manquait à sa mission, glissait, dégringolait sur le plancher avec un bruit terrible qui réveillait toute la maison. De la chambre d'en dessous, la mère Pascal appelait :

« Qu'est-ce qu'y a ?
— Rien. Rien du tout.
— T'as tombé du lit ?
— Mais non.
— Tu fais l'estonambule ?
— C'est mon livre qui est tombé.
— Toujours tes saletés de bouquins ! »

Résultat de ces efforts ? As-tu souci encore de la forme de ton nez et de ses dimensions ? Lors de notre rencontre bavaroise, il me sembla plutôt fastueux, bien accroché à la façade comme une belle enseigne, prometteur d'une riche boutique. Il t'a fallu un demi-siècle d'efforts pour en arriver à ce point.

Car vois-tu, on peut changer en un instant l'expression de ses yeux ou de sa bouche ; mais seule la nature, les saisons, les tempêtes, les nourritures que tu lui apportes peuvent changer l'expression de ton nez. Quant à ses lignes fondamentales, elles dépendent de ton caractère, de ton esprit et de ton cœur.

Or il en est des paysages comme des visages.

Je promenais un jour à travers l'Auvergne un de mes petits-enfants — qui habite en temps normal la région parisienne — pour essayer de faire de lui un Auvergnat convaincu. Voici que soudain il s'écrie :

« Le puy de Dôme ! Touzours le puy de Dôme ! Z'en ai ras le bol du puy de Dôme ! On le voit de partout ! »

J'ai expliqué, avec l'accent de Fernand Raynaud :

« C'est calculé pour ! »

La même omniprésence agaça les frères Goncourt, en termes plus choisis : *Et sempiternellement à l'horizon, cet éternel puy de Dôme, dont le cône bleuâtre ressemble si épicièrement à un pain de sucre enveloppé de son papier.*

Pour moi, il n'y a aucun doute : cette éminence ronde a été placée astucieusement par le créateur au centre de l'Auvergne afin d'être en effet vue de tous et de partout, comme le nez au milieu de la figure. Du moins dans la Basse, bien que dans une bonne partie de la Haute elle ne passe pas inaperçue. Le puy de Dôme est le nez de l'Auvergne, s'il eût été différent toute sa face aurait changé.

Les physiognomonistes s'accordent à dire que le nez confère au visage son caractère le plus remarquable. Il fut bourbonien dans la famille des rois de France, aquilin chez le Grand Condé et Abraham Lincoln. Ton oncle Blaise Pascal et Alexandre Vialatte le portèrent finement busqué. Il détermine la race, révèle la jeunesse ou le grand âge, la sagacité ou la sottise, la sincérité ou le mensonge, la rancune, la curiosité, la gourmandise, la froideur.

Voilà pourquoi le puy de Dôme parle plus que toute autre montagne du Massif Central. Penche la tête afin de le mieux considérer (en venant d'Aigueperse par exemple), de sorte que le Nid de la Poule soit bien à sa place, en saillie à la racine de l'arête. Retroussé, épaté, légèrement camus, il exprime comme fait cette sorte de pifs la bonhomie, des sentiments affectueux, la douceur, le rire facile. Un nez de grand-père. Toutefois, son profil se modifie suivant que tu l'examines de l'ouest, de l'est, du nord ou du midi ; à le bien regarder, il remplace donc la boussole et t'indique ton orientation. Il remplace également le baromètre. De Thiers, toi et moi avons vu en fin de jour les couteliers lever les yeux de leur enclume et considérer derrière lui les teintes du couchant, afin de prévoir le temps du lendemain. Avant de mettre un pied dans la rue, les Clermontois observent si le puy de Dôme a mis ou non son chapeau de nuées ; si oui, aucun ne se hasarderait dehors sans parapluie, ne fût-ce que pour aller acheter le journal au kiosque de Jaude. Ses oracles ne se trompent guère : le puy de Dôme a le nez creux.

C'est qu'il n'ignore rien de notre passé, de notre présent, de notre futur. Il était déjà là lorsque les Celtes, venant de l'Europe centrale, envahirent ce pays à petites étapes, en compagnie de leurs femmes, de leurs enfants, de leurs vaches, de leurs bœufs. Impressionnés sitôt qu'ils le virent par l'éloquence de ce tarin, ils décidèrent d'implanter à sa pointe le culte de Teutatès, le plus grand de leurs dieux, protecteur des chemins, gardien des voyageurs, maître de la victoire. L'équivalent chez les Latins à la fois de Mars, de Mercure et de Jupiter. Pour le gravir plus commodément, ils creusèrent dans le flanc sud un chemin zigzagant. Il y est encore. Mais dans quel état! Nous en reparlerons.

Ainsi le mont Doumias (telle était son appellation d'alors) devint-il un de ces hauts lieux où souffle l'esprit. (En grec : *anémos,* qui veut dire à la fois « âme » et « vent ». Il y souffle encore si rudement à certaines saisons que les visiteurs doivent se bien cramponner à leur chapeau.) Teutatès fut remplacé par Mercure. On vint ici longtemps en pèlerinage de tous les coins de la Gaule et de la Germanie : des *ex-voto* dédiés au *Mercurio Arverno,* au *Mercurio Dumiati* ont été retrouvés en Rhénanie, en Basse-Meuse, dans le Limbourg et jusque sur les rives du Danube. C'est dire la vastité de sa circonscription : le puy de Dôme était La Mecque du monde celtico-romain.

Il y eut ensuite sept cents ans de ténèbres. Au cours desquels le mont Doumias continua d'arrêter les nuages, de prendre et de quitter son chapeau, de humer la direction des vents. Le christianisme, si habile à récupérer les lieux de cultes établis, n'eut garde de négliger cette cime. Nous en possédons une preuve datant du XIIe siècle. En ce temps-là, rapporte le moine de Cantorbéry, Robertsen, dans ses *Matériaux pour l'Histoire de Thomas Becket,* une chapelle dédiée à saint Barnabé occupait le sommet du puy de Dôme, desservie par deux ou trois moines. Ceux-ci avaient eu sans doute des relations verbales ou épistolaires avec Thomas Becket, ce fils de Normands, réfugié en France et plus précisément en Auvergne pour échapper à la haine du roi Henri le Second. Mais il eut le tort de rejoindre Cantorbéry, son siège archi-épiscopal. « Eh quoi ! s'écria un matin le roi devant ses courtisans. Cet homme qui a mangé mon pain, qui est venu sans sou ni maille en ma cour, que j'ai élevé au-dessus de tous, voilà que pour me frapper aux dents il dresse son talon ! Personne ne me vengera donc de ce clerc insolent ? » Quatre chevaliers qui étaient là entendirent ces mots comme un appel au meurtre. Ils rassemblèrent quelques soldats et se présentèrent à Cantorbéry. A leur vue, les serviteurs de l'archevêque l'entraînèrent dans la cathédrale et se dissimulèrent dans les coins ombreux. Mais Becket refusa de barricader ses portes, disant : « La maison de Dieu ne doit être fermée à personne. » Les chevaliers le massacrèrent, puis firent main basse sur les objets précieux du cloître. Or, pendant que se déroulait en Angleterre cette séquence shakespearienne, un des ermites du puy de Dôme en eut la vision précise et simultanée, au cours de sa prière nocturne. Ainsi, il est tout à fait légitime d'affirmer que le premier essai historique de télévision en direct et en couleurs — et même en Eurovision — eut lieu en Auvergne l'année 1170 au sommet du puy de Dôme. Voilà comment la montagne sacrée des Arvernes découvrit sa vocation scientifique et tout spécialement télévisuelle.

Elle lui fut confirmée par l'expérience de Pascal, ton cher oncle supposé. Celui-là aussi on le trouve partout dans la région. Tu m'as dit un jour que Blaise Pascal à Clermont, c'est comme Marius à Marseille. On rapporte ses bons mots et ses bons tours. En 1648, voici qu'il se met d'accord avec le puy de Dôme et qu'à eux deux ils réussissent à peser l'air et inventent le baromètre.

Malgré tant de services rendus à la science, l'ingénieux volcan dut attendre deux siècles pour que fût installé à son sommet le premier observatoire permanent de montagne. L'initiateur, Émile Alluard, un disciple de Blaise, fut d'abord tenu pour un fou :

« Eh quoi ! Vous prétendez faire vivre des gens à cette altitude été comme hiver ? Ils deviendront très vite idiots ou enragés ! Imaginez leur solitude !

— Il n'y aura pas de solitude ! Construisez un chemin carrossable. Et je vous garantis que dix mille curieux feront l'ascension chaque année ! »

Après des années d'efforts et de propagande, Alluard obtint gain de cause. L'inauguration eut lieu en 1876 sous la présidence d'Agénor Bardoux, député du département, arrière-grand-père de Valéry Giscard d'Estaing. Surplombant les ruines du temple à Mercure Doumias, la construction comprenait un bâtiment rectangulaire aux murs épais, recouvert de planches qui lui donnaient un vague air de chalet suisse, aux doubles fenêtres : habitation et bureaux. Sur le point culminant, une tour en brique également vêtue de bois, surmontée de l'abri aux instruments et de la girouette, réunie à la maison par un escalier souterrain. De la plaine, on ne distinguait que cette tour, comme une verrue sur le nez du grand-père. De moins loin, elle ressemblait plutôt à un pressoir.

Agréable quelques semaines d'été, la vie était là-haut rude en effet le reste des saisons. Pluie, vent, froid s'acharnaient sur les ermites météorologiques. Certains hivers, la maison et la tour ne formaient plus qu'un bloc de glace. Le seul lien avec le monde des vivants était le télégraphe, auquel succéda le téléphone. Il y a une dizaine d'années, j'ai recueilli les souvenirs de Mme Veuve Georges Fondras, née Francine Monnet, qui vit le jour le 16 avril 1885 à l'observatoire, neuf ans seulement après sa fondation :

« Ma naissance a été certainement, sinon la seule, du moins la première officiellement enregistrée sur ce sommet. En ce court laps de temps, mon père avait eu trois prédécesseurs. On avait choisi le premier, nommé Vollentonovitch, parce qu'il avait été précédemment gardien de phare, ce qui l'avait habitué au désert. Il arrondissait son salaire en servant aux visiteurs des pommes de terre frites. Malgré cela, il n'arrivait pas à vivre et il renonça bientôt. Le second résista à peine quelques mois. Rongé par la solitude, on le trouva pendu dans les bois d'Allagnat. Le troisième tomba malade et partit pour l'hôpital. Mon père, Annet Monnet, lui, résista vingt-huit ans. Pour nourrir sa famille, il élevait des vaches et vendait du lait aux touristes. Ma mère filait le chanvre à la quenouille, préparait les repas, cuisait le pain. On avait deux ânes qui permettaient de descendre aux provisions de lard, d'huile, d'épicerie ; elles se conservaient bien dans la fraîcheur du tunnel. Mon père empruntait le sentier du Nid de la Poule, et je le suivais des yeux avec la longue-vue de l'observatoire. Je le voyais s'éloigner en direction de la Font-de-l'Arbre, puis disparaître. Avec cette même lunette, je pouvais lire l'heure à l'horloge du théâtre de Clermont ! Nous n'étions pas en peine pour régler la nôtre.

« Nous eûmes pour compagnie un météorologiste de profession, M. David. Je le vois encore piétinant la neige de ses gros sabots. Il venait de Thiers comme vous et ne s'entendait pas toujours avec Annet Monnet qui, lorsqu'ils se disputaient sur la direction du vent ou autre chose, le traitait de “ fils de rémouleur ”. C'est pourtant lui qui m'apprit à lire, à la veillée, à côté de notre poêle. Par la suite, on me mit pensionnaire à Orcines, chez les sœurs de Sainte-Anne.

« A la belle saison, les visiteurs ne manquaient pas. Le matin de la Saint-Jean, ils arrivaient même en foule, de tous les côtés, voir se lever le plus long jour de l'année. Ils apportaient des vivres, des bouteilles, ils chantaient, dansaient, cabriolaient, c'était une fête païenne comme avant Jésus-Christ. Je leur vendais des bouquets de fleurs, œillets et pensées sauvages, boutons d'or ; ou des pierres pailletées que j'avais trouvées dans mes fouilles personnelles, de ces petites bombes volcaniques que nous appelions " larmes de volcan ". Je leur montrais aussi les squelettes : ceux qui avaient été découverts dans les sarcophages de basalte. Des Gallo-Romains, sans doute. Anciens prêtres du temple à Mercure. On les avait remisés dans une cabane. Ce petit commerce me rapportait quelques sous.

« Nous étions gardés par deux chiens danois. Et il nous les fallait bien. Plus d'une fois, ils ont mis en fuite les brigands qui rôdaient autour de la maison et n'avaient pas peur de faire l'ascension au clair de lune. Cette cime offrait mille sortes de dangers. Le vent, qui soufflait avec une force terrible. Un jour, un berger qui gardait ses brebis fut emporté par une rafale ; on le retrouva mort, étranglé par le cordon de sa limousine. La foudre, qui nous tombait dessus fréquemment, car l'éminence et l'isolement de la montagne en font une sorte de paratonnerre naturel ; nous protégions les villages des environs, mais rien ne nous protégeait. La neige et la glace : en hiver, il fallait libérer la girouette à coups de marteau.

« Mais elle nous offrait aussi ses plaisirs. Le panorama superbe sur tout l'alignement des puys, avec leurs têtes rondes ou creuses. Il y en a trente-deux au nord et trente-deux au sud du puy de Dôme, voyez comme tout cela est bien combiné. Mon père m'avait appris leurs noms un à un : le Pariou, le Clierzou, le Sarcouy, la Nugeyre, Louchadière, Côme, Chopine et ainsi de suite. De même qu'il m'enseignait les étoiles et les constellations. Elle nous offrait la mer de nuages. Imaginez tout autour de vous une étendue de vagues blanches, éblouissantes mais figées, sous le ciel bleu et le soleil qui les éclaire. Tandis que les Clermontois nous téléphonaient : “ Ici, c’est le brouillard, on ne voit pas ses pieds. ”

« Annet Monnet gagnait 66 francs par mois, sur lesquels devaient vivre trois personnes et les animaux que j’ai dits. Mais le puy de Dôme nourrissait largement les ânes et les vaches. Malgré notre pauvreté, ma mère s’écriait parfois : “ Nous avons trop de bonheur. Est-ce que nous le méritons ? Dieu un jour nous l’enlèvera. ”

« A partir de 1906, il y eut le chemin de fer à forte pente qui amena les promeneurs sans fatigue. De plus en plus nombreux. Pour les recevoir, un hôtel-restaurant s’établit sur la plate-forme, à l’enseigne l’*Auberge du Temple de Mercure,* propriété de M. Bertrand qui possédait déjà à Clermont le *Terminus.* Mais il restait fermé de la Toussaint à Pâques.

« Cette même année, je me suis mariée avec Georges Fondras. Et ce fut encore un jour d’orages. Làhaut, nous recevions la foudre en toutes saisons. »

Le simili chalet suisse existe encore, mais la tour-pressoir s’est envolée. Démolie pour faire place à un observatoire plus moderne et à un relais de télévision haut de 80 mètres, marqué de graduations rouges qui le font ressembler de loin à un thermomètre médical. Les naturels ont été longs à accepter cette incongruité : un thermomètre médical sur le nez de l’Auvergne ! Ce n’est point par là qu’on prend la température.

En 1926, l’ancienne voie ferrée à disques avait été remplacée par une « route automobile » bitumée, interdite aux piétons et aux cyclistes. En fait, la première autoroute de France : il n’y manquait rien, pas même le péage. Dès lors, les touristes affluèrent par centaines de mille chaque année, dépassant de loin les prévisions d’Émile Alluard.

Cependant, le puy de Dôme ne jouissait encore que d'une modeste renommée. Beaucoup de Français, nuls en géographie, hésitaient sur sa véritable nature, se demandant s'il s'agissait d'une ville (par confusion avec Le Puy) ou d'un département (par confusion avec la Drôme). L'année 1952 mit les choses au point et le fit connaître de la France entière et même de ses alentours : ce jour-là, en effet, le Tour de France fit pour la première fois étape sur sa cime. La victoire de Fausto Coppi lui rendit d'un coup l'ancienne célébrité du mont Doumias. Ce n'était pourtant pas le premier exploit sportif auquel il participait. En 1891, partant du col de Ceyssat et suivant l'antique « chemin des ânes », le cycliste Ladoux avait déjà fait son ascension en 28 minutes. En 1913, le garagiste Morand avait mis 10 minutes et 49 secondes pour gravir en voiture ces mêmes lacets avec trois passagers. En 1911, Eugène Renaux avait atterri non loin du temple avec sa « cage à poules ». Bien d'autres gloires l'attendaient.

La tour de télé était en cours de construction lorsque, sur l'initiative du préfet Yves Pérony et du Conseil général du Puy-de-Dôme, fut institué le *prix des Volcans.* Récompense destinée dans ses débuts à un écrivain auvergnat ou chantre de l'Auvergne, elle fut par la suite élargie à n'importe quel auteur, n'importe quelle inspiration : la province de Pascal et de Chamfort leur conférant sa consécration personnelle. Ainsi seront couronnés des prosateurs ou des poètes d'origines aussi diverses que Roger Blondel, Anne-Marie de Backer, Georges Conchon, Jean Dutourd, Fernand Lequenne, Charles Le Quintrec, Pierre Loubière, Pierre Moussarie, Roger Quilliot, Gilles Rosset, Daniel Sarne, André Wurmser, Claude Michelet... Tout cela sous le patronage de Miguel Angel Asturias, Max-Pol Fouchet, Hervé Bazin et autres glorieux présidents. Connais-tu tout ce monde-là ? Entends-tu parfois leur nom dans ton Telefunken ? Mais la plus grande originalité du prix consistait sans nul doute dans le lieu de son attribution : le sommet d'un volcan. Après avoir par le passé joué un éminent rôle religieux, politique, scientifique, sportif, le puy de Dôme devint une sommité littéraire.

Aux alentours de la Pentecôte — période favorable climatiquement et spirituellement —, le jury prenait place dans un petit car frété par l'Association départementale du Tourisme et du Thermalisme, et se hissait par la belle spirale bitumée qui s'enroule autour du volcan. Chaque fois, il admirait successivement tous les horizons offerts à ses yeux, les échines grises des puys alignés comme un troupeau de pachydermes, les plaines étendues jusqu'aux crêtes encore neigeuses des monts Dore, du Cantal et du Forez. Au *Restaurant des Dômes* (successeur de l'*Auberge* susnommée), inévitablement, nous trouvions Alexandre Vialatte. Arrivé avant nous par je ne sais quelle voie terrestre ou aérienne. Premier lauréat du prix, nous l'avions ensuite inclus dans le jury, malgré son refus de principe : « Je veux bien m'agréger à vous, mais non comme juré. C'est trop de responsabilité. Je vous apporterai seulement une opinion, un appui moral. »

Nous n'en demandions pas davantage. Il coiffait un étrange chapeau de coutil acheté par correspondance d'après le catalogue de la Manufacture d'Armes et Cycles de Saint-Étienne. Un jour que j'avais fait allusion à sa couleur brune, Vialatte avait protesté : « Je ne permets pas ! Mon chapeau est blanc ! Ce n'est pas ma faute s'il a essuyé les intempéries. »

Dans la rotonde vitrée et panoramique, nous délibérions, distraits par la beauté du paysage ou le passage des aigles. Alex émettait des réserves sur la correction de la langue, s'indignait, d'une allitération malencontreuse. « Tout de même, se corrigeait-il, ce romancier a le sens de la transition. Très peu d'auteurs savent aujourd'hui pratiquer la transition. »

Il refusait donc de voter. Du moins mettait-il à notre disposition le fameux couvre-chef pour recueillir nos bulletins. C'était sa manière de participer. Exceptionnellement, lorsque deux candidats recueillaient le même nombre de voix, il consentait à formuler la sienne pour faire pencher un des plateaux de la balance. Mais quels remords ensuite en constatant que l'autre écrivain avait été battu !

Les résultats proclamés, le champagne sablé, nous nous groupions sur la terrasse pour la photo de famille, avec pour toile de fond le chantier de la tour en train de pousser. Vialette approuvait cette construction qui allait hausser de huit bons décamètres l'altitude du volcan. « Le puy de Dôme, disait-il, ne sera jamais trop élevé. De toute manière, sa hauteur physique n'égalera point sa hauteur morale. » Après quoi, nous allions nous asseoir sur l'herbe rude, méditant à voix haute sur les siècles qui passent, Teutatès et Mercure Dumias, météorologie et futurologie, T.S.F. et T. V. A.

Le prix des Volcans n'existe plus. Supprimé en 1975 par une décision du Conseil général, sans explication à personne. Alors qu'il avait atteint sa dix-huitième année d'âge, celle de la majorité légale, sans doute en fait n'était-il jamais devenu un prix littéraire majeur, malgré sa croissance indubitable dans l'opinion des auteurs, des éditeurs, des journalistes, des lecteurs. Mais il importunait trop d'envieux, de petits esprits, de médiocres politiciens, trop d'indifférents. Ou peut-être a-t-il disparu pour la plus auvergnate des raisons : par économie. Quant à moi qui, avec d'autres, ai combattu longtemps pour qu'il prospère et honore l'Auvergne, je ne puis que répéter à peu près les paroles de Job : « Le Conseil général nous l'avait donné. Le Conseil général nous l'a enlevé. Que le saint nom du Conseil général soit béni. »

Alexandre Vialatte du moins ne l'a pas vu disparaître : il était parti avant lui. Aussi discrètement qu'il avait vécu. Dans l'hôpital parisien où il essayait de se remettre d'une opération de l'aorte, il profita d'un moment de solitude pour s'enfoncer dans un sommeil irréversible et quitter ce monde kafkaïen où toujours il s'était senti mal à l'aise : il venait de l'enclos du Seigneur, là où naissent les belles âmes et les oiseaux de feu. Dix ans après, la France découvre ce très grand écrivain qu'elle ignora de son vivant, ce délicieux humoriste, ce poète pudique, ce remarquable auvergnatologue. Il bénéficie de ce que Nietzsche appelle une « naissance posthume ». Triste consolation pour nous qui l'avons bien plus tôt découvert et aimé. Paix donc à ses cendres comme à celles du prix des Volcans : de toute manière en perdant Vialatte, le prix n'était plus que l'ombre de lui-même. Et c'est miracle qu'il lui ait survécu quatre années.

Heureux ceux qui ont eu le bonheur de connaître Alexandre vivant ! Je le vois encore rire des yeux derrière ses grosses lunettes, rire de la gorge, de ce rire quasi silencieux qui était le sien, qui est celui de son humour. Jusqu'à ses dernières années, il resta un adolescent qui jouait des niches à la société, s'amusant à nous faire croire qu'il élevait un boa dans sa chambre, inventant des événements absolument historiques, des citations de Marmontel, des proverbes bantous. Je me souviens d'un long bavardage que nous eûmes ensemble à un carrefour de Clermont très fréquenté. Nous nous tenions au milieu, gênant considérablement la circulation. Un peu comme la fontaine d'Amboise lorsqu'elle se trouvait encore au point de rencontre du cours Sablon et de l'avenue Carnot. Les voitures devaient nous contourner, Vialatte semblait sourd aux coups de klaxon et aux injures : il m'entretenait de l'imparfait du subjonctif. La grammaire était son beau souci. « Jamais, affirmait-il, une langue n'est trop difficile. Jamais elle n'oppose trop d'exceptions à ses règles. Sinon, où serait le plaisir ? Ce serait comme si n'importe qui pouvait jouer Chopin au piano. » Pour moi, j'aurais volontiers battu en retraite vers le plus proche trottoir ; mais il était en train d'évoquer le cas de nos grands-mères auvergnates et patoisantes à qui l'imparfait du subjonctif était aussi familier que la soupe aux choux : *Aguesse vogu que vou me veguessé !* (J'eusse voulu que vous me vissiez). Il ne pouvait être question que je l'abandonnasse à cette croisée des chemins.

La conversation dévia ensuite vers La Fontaine, vers les fables, et il me récita cette fable express non dépourvue d'à-propos :

A l'entrée de la rue Saint-Jacques,
Un agent debout sous la pluie,
Malgré l'orage et son ennui,
Se tenait un matin de Pâques.
Moralité :
Flic, flaque.

Il l'attribuait à Joseph Chabreduc, poète et chasseur de vipères.

Il ne faut pas oublier Alexandre Vialatte, ce serait un crime contre l'humanité. Et contre l'Auvergne.

Crime que commet pourtant la gardienne du cimetière où il repose pour l'éternité. A ses obsèques à Ambert, nous étions trois pelés et quatre tondus. Son ami Jean Banière fit un très joli discours. Puis on l'enfonça dans le carré de famille. Rien n'avertit de sa présence sous cette terre sans bouquet, si ce n'est un nom et deux dates : *1901-1971,* gravées dans le dossier de la tombe. Il y a quelques années, un de mes amis de passage dans la capitale des chapelets voulut lui rendre visite, demanda l'emplacement à ladite gardienne qui est une dame âgée.

« De quel Vialatte parlez-vous ? fit celle-ci. Est-ce du capitaine ? »

Le capitaine Vialatte était le père d'Alexandre, officier de carrière sans vocation qui mourut en paix, après avoir évité au maximum les champs de bataille. Comme on le comprend ! Et c'est lui seul qui restait dans le souvenir de la concierge du cimetière.

Henri Pourrat a son monument. Alexandre Vialatte ne pourrait-il avoir son buste quelque part, sa rue, sa plaque-souvenir ? Ne pourrait-on donner son nom à une école, à une bibliothèque, à un kiosque de gare ? Il naquit à Magnac-Laval (Haute-Vienne) ; passa plusieurs années d'enfance à Bellac (Creuse) ; fut élève au collège d'Ambert, à celui de Dôle, à Sainte-Geneviève de Versailles ; répétiteur à Thiers ; étudiant à la faculté de Clermont ; vacancier à Nice et à Firminy. Il soigna son cœur et son foie à Châtel-Guyon, bien que cette station thermale se soit plutôt vouée aux intestins ; écrivit *Les Fruits du Congo* à Saint-Amant-Roche-Savine ; il s'assit et prit l'air de nombreuses fois au sommet du puy de Dôme qui appartient au département homonyme. Voilà bien des communes qui furent honorées de son passage. Ohé ! Messieurs les Maires !

En attendant, le volcan qui a vu naître, grandir et mourir tant de choses, tant d'idées, tant de gens, sent pousser d'autres verrues sur son blair historique : des radars militaires, des entonnoirs paraboliques dont le commun des visiteurs ignore l'usage, mais qu'il devine fort importants. Plus aucune vache, aucun âne, aucune chèvre ne fréquente ces pâtures inutiles ; mais du balcon d'orientation au premier étage de la tour, auquel les promeneurs ont le droit de monter, on distingue encore sur le dos des volcans circonvoisins des troupeaux de brebis, pareilles à des grains de riz éparpillés. L'admiration s'y exprime en toutes les langues du monde.

Certains jours d'été, au sommet du Dôme, la confusion est inextricable. Chiens, femmes, enfants, pères de famille, Japonais cherchant à se photographier, voitures, motos s'entortillant les unes dans les autres, sans un agent pour régler ce méli-mélo, sans un feu rouge, sans une ligne jaune ! Extraordinaire embouteillage à 1 465 mètres d'altitude ! Car les piétons montent aussi. Ne disposant point de la « route automobile », ils peuvent grimper à pic en s'accrochant au poil-de-bouc ; ou emprunter la plus ancienne voie, celle du *chemin des ânes*. Par là se hissèrent jadis les chars attelés de huit chevaux en flèche qui transportaient les blocs du temple gallo-romain, la bécane de Ladoux et la voiture de Morand. Chose difficile à croire quand on voit son état de délabrement actuel, les rochers, les troncs d'arbres qui l'encombrent, les profondes ravines qui le coupent. Il est question de le restaurer. C'est que les pluies et les tempêtes rongent la montagne jusqu'à l'os. Mais que faire pour retenir sa substance ?

Depuis quelques années, une autre sorte de visiteurs entreprend l'ascension. On les reconnaît dès le péage à leurs voitures de petite taille porteuses de longs rouleaux bariolés. Quand elles ont péniblement gravi les quatre kilomètres de route pentue, elles arrivent au haut toutes fumantes. Il en descend deux garçons en blue-jean qui, après un moment de repos, déchargent leurs toiles, les déroulent, les ajustent, et construisent un de ces énormes cerfs-volants qu'on appelle *deltaplanes* ou *ailes delta,* formés en effet d'un triangle d'étoffe très ouvert, retenu par une armature en tubes de duralumin.

A la médiane est suspendu un autre triangle, à peu près équilatéral. L'homme volant s'attache par une sangle à son sommet, se couche sur la base, tandis que ses semelles se reposent sur une sorte d'étrier. En se penchant de droite et de gauche, il décrit dans l'espace de larges courbes, porté par les courants aériens dont il sent la vigueur dans la tension qu'ils impriment à ‰a toile. Mais avant d'en arriver là, il lui faut d'abord décoller, et il ne peut le faire que si le vent souffle assez fort — pas trop — et dans la bonne direction, l'emportant loin du point de saut. Les jours d'été sont les plus favorables à ce dangereux exercice. Une fois sur place, au bord du précipice, entouré par un cercle de curieux admiratifs, l'homme-oiseau arrache une touffe d'herbe, en laisse tomber les brins, apprécie à la façon dont ils s'éparpillent la direction et la force du vent. Au moment propice, il court quelques pas, s'élance, part à l'horizontale, dans un *ah !* de la foule. Bientôt, il est loin d'elle, se rapetisse, s'élève, étrange insecte aux élytres rayés de rouge. Là-haut, le ventre scié par sa tringle, il évolue au-dessus des forêts et des routes, dans un silence merveilleux que trouble seule la vibration de ses toiles. Toute l'Auvergne est au-dessous de lui, depuis la sombre cordillère du Forez jusqu'aux crêtes blanches du Cantal. Les plaines, les plateaux parsemés de villes et de bourgs. Le serpent bleu de l'Allier. Les villages le menacent de leurs clochers pointus. Il aimerait retourner à son point d'envol. Mais tout le monde n'est pas Eugène Renaux. Il choisit un terrain plus commode et plus bas. L'atterrissage est un moment difficile. L'homme-oiseau se tourne contre le vent afin que celui-ci le freine au lieu de l'emporter, laisse pendre ses jambes, en racle le sol, puis court, puis marche, puis s'arrête si possible. Pendant ce temps, dans la petite voiture, son copain est descendu du sommet pour venir le ramasser. Chaque année, il se casse un certain nombre de bras et de jambes à l'atterrissage. Cela ne retient pas les *libéristes,* amateurs de vol libre. La liberté vaut bien qu'on risque un peu sa peau, non ?

Voilà, cher Baptiste, quelques-unes des choses prodigieuses qu'on peut voir sur le nez de l'Auvergne.

Aie grand soin du tien. Ne te le pique pas trop souvent.

Je t'embrasse.

Randanne, le 28 août 1981

Mon cher Baptiste,

Je t'écris adossé à un autre *puy,* dit *de la Vache.* Car il semble étymologiquement que la première fonction de ces douces montagnes aux formes rondes soit celle de fournir à l'homme fatigué par une longue marche un dossier pour s'y *appuyer.*

Je suis venu ce matin. J'ai parcouru en tous sens les *cheyres* encore humide de rosée. Terres rocailleuses parsemées de chicots volcaniques, couvertes d'une herbe courte ou de bruyère et d'arbustes rabougris. Les orages récents m'avaient incité à monter jusqu'ici, dans l'espoir d'y rencontrer abondamment la lépiote élevée, dite aussi chevalier bagué, le mousseron de la Saint-Georges, la colbette et la pratelle des jachères, dite paturon, qui fréquentent ces lieux après les pluies chaudes. Mon espérance n'a pas été déçue et mon vagabondage s'est poursuivi pendant des heures. Alors, je me suis assis au pied d'un pin, déposant près de moi ma musette gonflée. Il faisait une chaleur contenue, pleine de crissements de sauterelles. L'air sentait les résines et le serpolet. Un écureuil bondissait de branche en branche, traînant derrière lui le panache de sa queue. Il m'a semblé que je m'enfonçais dans quelque chose de mou et de profond. Une sorte de lit de plume.

C'est alors que j'ai entendu un toussotement. J'ai relevé la tête. Un homme se tenait debout devant moi. Plutôt corpulent, mais haut de taille, vêtu d'une longue redingote, les jambes serrées dans des houseaux, la tête coiffée d'un chapeau de feutre aux immenses bords comme en portaient nos paysans vers 1840. Ses yeux vifs me regardaient fixement, il m'a semblé que c'est à moi qu'il en avait.

« Je vous ai réveillé, a-t-il dit. Veuillez bien m'en excuser.

— Moi ? Est-ce que je dormais ?

— A ce qu'il m'a paru. »

Son langage était légèrement démodé, comme sa vêture. J'ai questionné sur le même ton :

« A qui ai-je l'honneur ?

— Je suis François Dominique de Raynaud, comte de Montlosier. Vous êtes ici un peu sur mon domaine.

— Je vous en demande pardon, mais... »

Il a levé une main :

« Soyez tranquille, je ne vous fais aucun reproche.

— Ainsi, vous êtes Montlosier ? Le terrible Montlosier ?

— Pourquoi terrible ?

— Parce que vous fûtes autrefois tenu pour la plume la plus acérée du royaume. Parce que vous vous êtes battu jusqu'à un âge fort avancé.

— Il est vrai. J'ai eu bien des démêlés. Avec mon père, d'abord. Puis avec la Révolution. Avec Bonaparte. Et surtout avec les prêtres, malgré ma foi profonde en Dieu et en son Église. Une petite phrase me rendit célèbre, prononcée devant la Constituante où je siégeais comme député de la noblesse auvergnate. Vous souvenez-vous ?

— On discutait, je crois, de la constitution civile du clergé.

— Je m'y opposais farouchement : " Je ne crois pas, dis-je, qu'on puisse chasser les évêques de leur siège épiscopal. Si cependant on les chasse, ils se retireront dans la cabane du pauvre qu'ils ont nourri. Si on leur enlève leur croix d'or, ils prendront une croix de bois : *c'est une croix de bois qui a sauvé le monde.* " L'impression sur l'assemblée fut considérable. La formule, littéralement, lui coupa le souffle. Défenseur du clergé, j'ai cependant été payé d'ingratitude, comme seuls les curés sont capables de le faire. Je suis mort sans les secours extérieurs de la religion. Du moins avais-je dans mon cœur le secours de Dieu. C'était en décembre 1838. Tous les Clermontois voulurent m'accompagner jusqu'à Beaumont, en un immense cortège, alors qu'on transportait ma dépouille à Randanne.

— Parbleu ! Les curés ne vous pardonnaient pas vos attaques contre ce que vous appeliez le *parti prêtre !* Vous avez refusé la résipiscence !

— Le peuple de Clermont, lui, se souvient toujours de moi, n'est-il pas vrai ?

— Il connaît votre nom, qui a été donné à une rue de la ville. Mais beaucoup pensent que vous avez été général. D'autres vous croient préfet.

— Vraiment ? Ne lit-on plus les huit volumes de mon histoire de *La Monarchie française depuis son établissement jusqu'à nos jours ?*

— Heu...

— Et mon *Origine des fiefs ?*

— Vous savez, les fiefs de nos jours sont d'une autre sorte. En revanche, j'ai parcouru votre *Théorie des volcans d'Auvergne,* pleine de perspicacité et de vues très modernes. Car à mes yeux votre plus grand mér—te fut votre amour passionné pour notre chaîne des Dômes.

— Suspendue au cou de l'Auvergne comme une rivière de diamants. Vous avez raison : cette terre me tenait aux tripes. J'y revenais toujours après les tumultes de ma vie politique et littéraire, et je lui ai confié mon dernier sommeil. C'est elle que j'épousai à vingt-six ans en prenant une femme qui aurait pu être ma mère, mais qui m'apporta le domaine de Récoleine, avec quarante vaches et cinq cents moutons. Veuf sept ans plus tard, je me consolai dans la fréquentation de nos puys, les embrassant, les fouillant, les étudiant, dormant dessus comme vous étiez en train de faire vous-même. Seule la haine des Jacobins m'obligea à me séparer d'eux. Après un exil de dix années en Angleterre, je rentre en France. Je retrouve mes terres, non point vendues comme biens d'émigré, mais simplement occupées, labourées, fauchées par mes voisins comme bien sans maître. Je rassemble mes bienfaisants voleurs, je les remercie et je les chasse. Cela ne se fit pas sans discussions, procès, compromis. Aux terres reçues de ma femme décédée s'ajoutait l'héritage de mon père.

— Vous n'aviez pas, me semble-t-il, une grande tendresse pour le vieux comte ?

— D'où connaissez-vous si bien ma vie ?

— Je l'ai lue racontée par l'abbé Jean Brugerette, un Thiernois comme moi.

— Mon père, géant d'une force prodigieuse, inspirait l'effroi à tous les siens, à sa malheureuse femme comme à chacun de ses douze enfants. Si bien que notre mère songea plusieurs fois au suicide. Il fit de son vivant le partage de ses biens et me laissa Randanne, qu'il écrivait *Rand-âne,* songeant sans doute à *Rend-âne.* “ C'est tout ce qu'il mérite ! ” précisa-t-il. Lorsque le ciel eut la charité de nous l'enlever, je compris, aux précautions qu'on prenait pour m'annoncer cet événement, que c'était une chose importante et qui devait m'affliger. Je suis fâché de le dire : je ne le fus point du tout.

— Vous relevâtes ce défi. Vous acceptâtes ce désert de rocs et de bruyère au pied des volcans éteints.

— J'entrepris d'abord, avec l'aide d'une dizaine de valets, de dessécher un étang qui occupait ma meilleure parcelle. Puis nous nous mîmes à défricher, à reboiser. En certains endroits, le sol écorché laissait paraître les laves stériles. Il nous fallut prendre ailleurs de la terre, la transporter par milliers de tombereaux.

— Dans les familles paysannes des environs...

— Avez-vous remarqué qu'elles portent souvent les mêmes noms que nos puys ? *Montchal, Lassolas* ou *Lassalas, Monteillet, Montgy, Pourcharet...*

— ... on a gardé le souvenir de votre ardeur à la tâche, de votre voix autoritaire, de vos fantaisies, de vos fureurs. Je dirais également : de votre misanthropie. " Ah ! Celui-là, disent-ils, c'était un drôle d'aristocrate ! "

— En 1838, ces paysans à qui j'avais fait tant de misères, se relayèrent pour accompagner mon cercueil jusqu'à Randanne, sous une averse de neige. Il est pourtant vrai que j'ai aimé la nature plus que les hommes. Mais sans doute plus les hommes que moi-même. En la circonstance, d'autres propriétaires se seraient construit d'abord une maison : je pensai d'abord à mon bétail. Je commençai à creuser un trou dans le terrain. Deux domestiques de bonne volonté s'y casèrent. Douze maçons que je fis venir de la Marche (les Jacobins diraient de la Creuse) se casèrent à leur exemple du mieux qu'ils purent et commencèrent un logement pour mes animaux.

— Et vous-même ?

— Pendant que mes vaches occupaient de belles étables, je m'abritais sous un parapluie lorsqu'il pleuvait. Le soir, quand l'heure était venue de me coucher, je me faisais enfermer les pieds en bas, la tête en haut, dans une espèce de cavité naturelle en forme de four. On recouvrait le tout d'une grande planche, laissant assez de jour pour que l'air y pût pénétrer, mais assez peu pour empêcher les loups de me manger les oreilles. Un jour, sorti de mon trou, je construis de mes mains une cabane. Ulcéré du sort indigne fait à la noblesse, je cloue sur la porte cet écriteau : *Féodalité du XIXe siècle.* Cependant, quelques mois plus tard, l'essentiel étant accompli, je fais bâtir par mes Marchois une demeure habitable que le voisinage appelle pompeusement un *château.* Vous en jugerez vous-même. »

Par déférence, je m'étais levé et nous marchions côte à côte, Montlosier et moi, dans la cheyre qui s'étend devant le cratère égueulé du puy de la Vache. Il s'écria, le désignant :

« Quelle beauté, n'est-ce pas, que cette montagne rose ? Mais aussi quelle fragilité ! Toute constituée de pouzzolane, friable comme le sable des dunes, elle demande une vigilante protection. Or, c'est le contraire qui se produit : vos contemporains ont ouvert d'énormes carrières dans ses flancs. Je les ai vus. Ils se sont installés dedans comme des rats dans un fromage. Je sais bien qu'il faut des carrières : Volvic a les siennes depuis le XIIIe siècle. Mais arracher la pierre aux entrailles de la Nugeyre, l'équarrir, la débiter, la transporter exige des efforts considérables ; en sorte que si une de ses coulées est fortement entamée, le puy lui-même demeure intact. L'exploitation de la pouzzolane, au contraire, est d'une facilité enfantine. Avec elle, pas besoin de coins, de pioches, de poudre : il n'y a qu'à puiser. Vos pelles mécaniques s'en donnent à cœur joie dans cette semoule noire ou rose. Vos camions automobiles l'emportent à pleines bennes.

— Tout cela, dis-je, provient d'une conception abusive du droit de propriété.

— Que voulez-vous dire ?

— C'est une longue histoire.

— J'ai beaucoup de temps.

— Il faut remonter à la création du monde.

— N'hésitez pas.

— Au commencement, Dieu créa le ciel et la terre. Puis l'homme. Il lui donna la femme pour compagne.

— Pour son désespoir et sa consolation. C'est-à-dire pour le consoler des chagrins qu'il n'aurait pas eus si elle n'avait pas existé.

— Adam et Ève reçurent en cadeau de noces la terre entière et ils en tirèrent profit. Mais leur progéniture, corrompue par le Serpent, se disputa le sol, bien commun de tous, le dépeça, ce qui fut l'occasion de violences et de guerres infinies. Voilà comment le puy de la Vache — un de ces diamants dont vous parliez tout à l'heure — est tombé entre les mains de deux mille sept cent vingt et une personnes qui se disent ses propriétaires.

— De mon temps, elles étaient seulement six cent quatre-vingt-huit.

— Comme si Dieu avait créé le puy de la Vache pour ces deux mille sept cent vingt et une-là. Certaines vivent dans son voisinage ; d'autres à Paris ; d'autres encore aux Amériques. Curieux effet des lois humaines. Je comprends bien comment on peut devenir propriétaire d'une maison : en la bâtissant. D'un arbre : en le plantant. D'un cochon : en l'engraissant. Mais ce volcan, qui l'a planté, qui l'a bâti, qui l'a engraissé ?

— On voit, Monsieur, que vous avez lu Rousseau !

— Mais acceptons cette iniquité, adoucie du moins par les usages locaux : n'importe qui, riche ou pauvre, citadin ou campagnard, peut se promener sur le puy sans payer redevance, grimper sur ses flancs velus, cueillir la lépiote élevée qui pousse entre ses genêts, seule production de ce sol impropre à l'agriculture. A tel point qu'on a vu souvent l'un des deux mille sept cent vingt et un propriétaires se mettre les poings sur les hanches, regarder l'étrange montagne avec colère et s'écrier : " C'est-y pas malheureux de rien tirer de cette grande feignantasse-là ? Ah ! la vache ! la vache ! "

— Ainsi fut baptisé le volcan.

— Sans doute. Mais quelqu'un d'autre remarqua la semoule grenue dont il était composé, eut l'idée de l'associer à la chaux à la place du sable, en tira un excellent mortier de fondations. Modérée dans ses débuts, l'exploitation alla s'accélérant avec l'invention du *parpaing* d'aggloméré. A partir de 1950, l'usage de la pierre de construction (excepté dans les parements) tomba en désuétude. Le pays avait besoin de logements rapides et bon marché : le parpaing de pouzzolane lui apporta la solution. La France souffrit d'une boulimie de pouzzolane. On en exporte même en Amérique, où elle sert à construire des pistes sportives et des aérodromes. Voilà où nous a conduits l'abus du droit de propriété.

— De mon temps, monsieur, un propriétaire cherchait à améliorer son fonds, non à le détruire. Vous avez inventé une philosophie nouvelle. Puis-je vous en montrer les ravages ?

— Comment cela ?

— Acceptez-vous de me suivre au-dessus des puys ?

— Très volontiers. »

Le comte s'est approché de moi, m'a saisi par le collet et emporté dans les airs comme une cigogne emporte une grenouille.

« Mes champignons ! ai-je crié, tandis que le vent de l'altitude déjà sifflait à mes oreilles. J'ai oublié ma musette de champignons !

— Vous la retrouverez à notre retour. »

Avec un émerveillement impossible à décrire, j'ai évolué de la sorte, suspendu à la poigne vigoureuse de Montlosier, admirant les têtes rondes et les têtes creuses des volcans alignés. Nous survolions sans nous arrêter les cimes intactes, Mercœur, le Pariou, le puy de Côme, le Sarcoui, Louchadière, le puy Chopine, au-dessus desquelles je me contentais de recommander : « S'il vous plaît, monsieur le Comte, ne me lâchez pas ! »

Mais au-dessus des puys entamés, nous décrivions des cercles concentriques. Ainsi fait la buse lorsqu'elle s'apprête à fondre sur une poule isolée. Et j'entendais gronder la voix de l'irascible pamphlétaire : « Regardez ! Regardez ici le puy de Barme, en quel état il se trouve réduit ! »

Ce n'était en effet sous nos pieds qu'une dévastation de terrains rouges, une accumulation d'informes débris parmi lesquels des camions chargés se frayaient un chemin. De l'ancien volcan, il ne restait plus grand-chose.

« Je suggère, a ajouté le comte, que nous allions demander des explications. Qu'en dites-vous ? »

Sans attendre ma permission, il a piqué vers la carrière et nous avons fait, derrière un rocher, un atterrissage discret. Nous nous sommes avancés vers des ouvriers qui s'affairaient autour d'un trieur mécanique. Et le comte a demandé :

« Nous voudrions confabuler avec le maître de ces lieux.

— On voudrait voir le patron », ai-je traduit en langage plus moderne.

Ils nous ont indiqué un homme occupé à allumer sa pipe, à l'abri d'un pan de sa veste qu'il opposait au vent.

« Cette carrière vous appartient-elle ?

— Non. Elle appartient à une société. Je n'en suis que le gérant.

— Je vois, a fait le comte. Vous gérez le vandalisme et le pillage. Vous contribuez à la démolition de ces superbes monuments naturels que sont nos volcans. Combien de mètres cubes enlevez-vous chaque année ?

— Trente mille.

— A ce compte, dans dix ans, le puy de Barme aura disparu. Comme avant lui le puy de Lantégy, entre le col des Goules et Les Roches, qui a été rasé au sol.

— Cette démolition, comme vous dites, rapporte de l'argent aux communes, qui en ont grand besoin.

— Combien ?

— C'est tant au mètre cube.

— Elles vendent leur héritage comme Ésaü pour un plat de lentilles ! »

Et moi, ajoutant un argument de notre époque :

« Elles ont moins de considération pour les richesses de leur sol que le Libyen Kadhafi n'en a pour son pétrole ! »

Et le gérant :

« La pouzzolane est indispensable à la construction de nos routes et de nos maisons ! »

Et moi :

« Comment font les pays dépourvus de tout volcan : la Belgique, la Hollande, le Danemark ?

— Allez le leur demander ! »

Puis il ramassa par terre des débris pointus et se mit à nous bombarder en glapissant :

« Foutez-moi le camp ! Nous avons toutes les permissions voulues : municipales, préfectorales, épiscopales ! Vous, vous défendez la nature ? Moi, je défends mon biftèque ! »

Je ne sais ce qui serait arrivé si soudain je ne m'étais senti arraché du sol et emporté vers les nuages, tandis que, le poing tendu, l'homme continuait ses vociférations, peu étonné de notre envol : « Guenilleux ! Francs-maçons ! Monte-en-l'air ! »

Nous survolâmes le puy de la Taupe, aussi mal en point que le puy de Barme. Un moment après, Montlosier me redéposa près du pin où il m'avait pris. Ma musette de champignons y attendait patiemment mon retour. Quand nous eûmes nos quatre pieds par terre : « Pardonnez-moi, Monsieur, me dit-il, de vous avoir ainsi promené comme Ganymède, sans votre permission. Mais vous comprendrez un vieux pourfendeur de mon espèce, qui a combattu de son vivant par la plume, par les poings et par l'épée. Je fais ce que je peux pour défendre ce coin de territoire trempé jadis de mes sueurs. S'il vous arrive de rendre visite à mon " château ", poussez vos pas jusqu'à ma résidence éternelle que vous trouverez dans la forêt, en suivant une sente pleine d'orties. Aucune flèche ne l'indique. Je ne me suis pas fait déposer là pour y recevoir des visites ; mais je ferai pour vous une exception. Au plaisir de vous revoir, s'il plaît à Dieu. »

Il souleva son chapeau, s'empoigna lui-même par le collet et s'emporta vers les hauteurs avec l'exacte force ascensionnelle qu'il avait appliquée au mien. Alors, je me réveillai. L'éblouissement bleuté du ciel reparut derrière les branches du pin, bien que le soleil eût baissé. Les sauterelles crissaient toujours. Je me levai, me brossai de la main le derrière et l'échine, pris mon sac rempli de colombettes et de mousserons, me dirigeai vers le château de Montlosier.

Il demeure intact d'apparence, avec ses deux ailes reliées par un corps de bâtiment ; son escalier central finissant en clocheton ; l'horloge est arrêtée, mais la cloche pend encore, qui devait appeler naguère les convives dispersés; ses toitures d'ardoise; ses cheminées extérieures suintantes de rouille. Au rez-de-chaussée, la salle à manger a gardé la splendeur de ses boiseries et de son parquet chevronné. Tout cela a été acheté par le département, loué au *Parc naturel régional des Volcans.* Son but : protéger la nature et ses sites pour que le plus grand nombre possible de personnes en puisse jouir. Contre les rongeurs de pouzzolane et autres prédateurs, il ne dispose d'aucun moyen de coercition, d'aucun garde assermenté. Sa force est purement persuasive. Il favorise le tourisme, combat les tas d'ordures, améliore les routes, balise les sentiers, enseigne aux citadins les bons usages de la campagne : saluez toute personne de rencontre, ne vous vautrez pas dans l'herbe longue, refermez une barrière que vous aviez ouverte, éteignez les braises de votre feu. Il préserve les maisons des restaurations maladroites.

Il eût aimé restaurer les puys ravagés. Combler les vides : mais de quoi ? Il arrête du moins la dévastation quand les contrats le permettent. En ce qui concerne le puy de la Vache, faute de pouvoir le reconstituer, il veut le reverdir. On l'ensemencera de fétuque ovine, on le plantera de résineux. Le malheureux puy cessera de voir ses tripes lui ruisseler sur les pieds.

Ayant vu et entendu tout cela, j'ai pris le sentier de la forêt afin de dire adieu au comte de Montlosier. Non sans peine, au milieu des arbres plantés de sa main, j'ai trouvé une petite chapelle en lave de Volvic. Il y dort en compagnie de plusieurs autres comtes de Montlosier, ses descendants, dans un entourage de lierre et de pervenches. Au-dessus de la tombe, une croix de bois est plaquée contre le mur, entourée en auréole de la fameuse proclamation : *C'est une croix de bois qui a sauvé le monde.* Nul sommeil ne devrait être plus doux que le sien, entouré à jamais de ses amours, arbres, prairies, cheyres, volcans. Mais la trépidation des pelleteuses tourmente ses os.

De là, j'ai regagné le pied du puy de la Vache afin de profiter de la fraîcheur du jour tombant en écrivant à ton usage ce récit de ma journée.

Je t'embrasse fraternellement.

Bromont-Lamothe, le 4 septembre 1981

Cher Sang-de-Chou,

Je me rappelle qu'aux Bessières, près de Saint-Rémy-sur-Durolle, quand on t'avait botté les fesses, menacé de la maison de correction ou de l'échafaud, tu allais confier tes peines à tes meilleures amies : les vaches dans leur étable. A ton entrée, elles tournaient la tête, te considéraient de leurs gros yeux, cessaient un moment de ruminer. Tu les empoignais par les oreilles, par les cornes, tapotais leurs flancs, caressais sous leur ventre les précieuses veines qui sont la source du lait. Au bout d'un moment, leur calme, leur bonne odeur pacifique, la tranquillité avec laquelle la Patience laissait tomber une bouse — tchac ! — au beau milieu de tes gémissements, finissaient par te rendre le sens des réalités. « Finis ton cirque, Sang-de-Chou, te disais-tu, t'es pas si malheureux : t'as huit billes, un couteau, deux pièces de cinq sous, un chat, un chien, des copains d'école, ainsi de suite. Non, t'es pas malheureux. »

Ton père, c'était la même chose : il aimait ses vaches comme des sœurs. En vendre une était un drame épouvantable : toute la famille prenait le deuil et refusait de manger pendant huit jours.

Eh bien, mon cher Baptiste, essaye de te représenter cette espèce d'hommes inimaginables en Auvergne : des paysans sans vaches !

Car il existe de nouveaux paysans, de même qu'il existe de nouveaux philosophes, de nouveaux curés, de nouvelles mathématiques.

Jadis, le paysan était comme ton père un homme peu instruit, assez pauvre d'argent et parfois de terres, content néanmoins de son sort quoiqu'il n'en laissât rien paraître. Il cultivait ses champs, élevait son bétail, construisait sa maison comme l'avaient fait ses aïeux, sans rien changer à leurs coutumes.

Se fiant aux saints du calendrier pour régler ses travaux :

Per lo Sin-Tomaz,
Tyuò toun puor, mégre o bi graz.
(Pour la Saint-Thomas,
Tue ton porc, maigre ou gras.)

Per lo Sin-Clémen,
Se someno lou meyour froumen.
(Pour la Saint-Clément,
On sème le meilleur froment.)

Lo Sin-Lédgié
Dirocho lèi vatchié.
(La Saint-Léger
Fait descendre les vachers.)

Et même ses repas mobiles : *lo vespreyro,* le goûter de quatre heures qu'il valait la peine de prendre durant les jours longs, mais point durant les raccourcis :

Per lo Sin-Mitchà,
Lo vespreyro mounto al tcha.
Né devalo per lo Sin-Djorge.
(Pour la Saint-Michel,
Le goûter monte au ciel.
Il en descend pour la Saint-Georges.)

Habillé de futaine, coiffé de feutre, chaussé de bois les jours ordinaires, il enfilait le costume de velours, parfois la blouse et des souliers ferrés pour se rendre à la foire. On l'y reconnaissait à sa casquette, à son teint rougeaud, à son patois, à son odeur. Sitôt qu'il avait vendu une vache, il achetait avec l'argent disponible des bons du Trésor qui lui rapportaient le 3 du cent et qu'il rangeait dans son armoire, poudrés de naphtaline. S'il lui arrivait d'investir dans une terre nouvelle, une faucheuse, un fourneau émaillé, il payait rubis sur l'ongle.

Deux choses étaient déshonorantes en ce temps-là : avoir des dettes et s'en aller de la poitrine. Aussi, les misérables qui s'en trouvaient affligés le dissimulaient-ils jusqu'au dernier instant. Il ne recevait pas un centime de la commune ni de l'État, et en était fier.

On vit, dans les débuts des « allocations familiales », certains paysans outragés refuser ce secours du gouvernement.

Le nouveau paysan est un homme informé. Il a oublié le patois et les proverbes, mais étudié au lycée agricole de Marmillat, aux écoles d'agriculture du Breuil-sur-Couze ou de Bonnefont. Il lit ses journeaux professionnels, *Le Paysan d'Auvergne* ou *L'Auvergne agricole.* Des hebdomadaires pour initiés qui feraient bien de publier, à l'usage des profanes, un lexique des innombrables abréviations qui les parsèment : F.N.S.E.A., U.D.S.E.A., A.D.A.S.E.A., I.N.R.A., S.A.F.E.R., C.N.M.C.C.A., A.P.C.A., F.I.D.A.R., I.F.O.C.A.P.,

C.F.P.A., C.D.J.A., C.U.M.A., G.A.E.C., D.D.A., E.D.E., O.N.I.B.E.V., F.R.E.A.M.C., S.O.P.E.L.C.O., F.F.P.N., S.I.C.A.U.I.A.C... Il s'oriente parfaitement dans cette forêt de sigles. C'est un homme capable de te parler de *franc vert*, de *prêts bonifiés*, d'*oligo-éléments*, d'*opportunité génétique* aussi aisément que son grand-père te parlait de sa soupe. Il cause même anglais, ne dit pas réservoir, mais *tank;* pas râteliers, mais *cribs;* pas projets, mais *planning;* pas foutre bien !, mais *O.K. !* Il assiste à des réunions syndicales, est membre d'une ou deux coopératives : de façon active en participant aux assemblées et aux décisions, ou de façon passive en payant ses parts de capital, en bénéficiant des ristournes. Il regarde quelquefois la télévision.

Il emploie peu de bras — en général ceux de sa famille uniquement — mais se fait aider par de nombreuses machines fort coûteuses, achetées à crédit, dont il paye les traites chaque mois. C'est dire assez que les dettes ne lui font point peur. « S'endetter, affirme-t-il, voilà le seul moyen de se tirer d'affaire aujourd'hui. » Il n'a plus de vaches de travail, mais possède un ou plusieurs tracteurs. Il a remplacé l'ancienne fumure naturelle par des engrais dont il connaît la nature chimique profonde. Exemple : les *scorries potassiques qui apportent en un seul épandage oligo-éléments, chaux active, magnésie, anhydride phosphorique, oxyde de potassium; fournissent une alimentation phosphatée à tous les types de sol avec une bonne résistance à la rétrogradation, tandis que la chaux active provoque un accroissement de l'activité biologique du terrain.* Il emploie de même les désherbants, les traitements antiparasitaires. Il est à l'affût des nouveautés en matière de semences, de façons culturales, d'outillage. Il envoie ses fils se faire recycler, par l'intermédiaire du C.D.J.A. (Centre Départemental des Jeunes Agriculteurs) en stage de comptabilité et de gestion. Lui-même n'hésite pas à franchir nos frontières, afin d'examiner des exploitations modernes en Italie, en Hollande, en Suisse, en Allemagne. N'en as-tu jamais rencontré en Bavière ?

L'agriculture était jadis avant tout une façon de vivre, de prendre les choses comme elles venaient, en communion avec les animaux, les végétaux, la terre, le ciel et les saisons. Olivier de Serres recommandait au bon pasteur la douceur et la vigilance : *Il tiendra au pâtis ses bêtes ramassées en gros, rappelant par cris et sifflement celles qui s'écartent, et par même adresse fera avancer, reculer, tournoyer tout son troupeau en un corps comme un escadron de cavalerie. Il ne rudoiera ni ne battra son bétail, mais doucement le conduira sans lui jeter des pierres ni autres choses qui le puissent offenser. Et ses brebis le paieront largement en agneaux, en laine et en affection de sa sollicitude, de sa patience, de son amitié.* Olivier de Serres en conclut que la vie des champs est le meilleur refuge contre l'ambition, la calomnie, la colère, l'envie et autres vices ; la meilleure porte pour accéder à la vie éternelle.

L'agriculture présente, dans beaucoup de cas, n'est plus qu'une profession, préoccupée comme toute autre d'efficacité, de concurrence, de rentabilité. Le paysan sait fort bien ce que gagnent les ouvriers, les commerçants, les fonctionnaires, et il entend que son revenu ne soit pas à la traîne. Il faut dire que le prix du lait à la production court sans jamais le suivre derrière celui du fromage à la vente au détail ; celui du veau derrière l'escalope ; celui du blé derrière le pain ; celui de la betterave derrière le sucre. Sans parler des extravagances du mazout, des engrais, des tracteurs. Mais il faut aussi tenir compte d'un rendement en lait, blé, betterave multiplié par quatre ou cinq depuis la dernière guerre ; de la main-d'œuvre salariée quasi inexistante ; du fonds considérablement renchéri ; du régime fiscal privilégié ; des prêts à taux réduits... Aux yeux du nouveau paysan, ces avantages latéraux ne compensent pas la progression de son revenu inférieure à celle du S.M.I.C. Même si son niveau de vie actuel dépasse de cent coudées celui de son grand-père. La comparaison avec un voisin plus fortuné lui enlève le plaisir du pain. Car une modestie de ressources générale, disons même la pauvreté est parfaitement supportable ; mais l'enrichissement des autres ne l'est pas. Aussi notre presse agricole est-elle en permanence calamiteuse : il n'y est question que de retard à rattraper, d'érosion du revenu, de situations intenables, d'hostilité bruxelloise, d'agriculteurs au bord du désespoir, de saison catastrophique.

Les divinités du ciel ajoutent en effet leur perversité à celle des commissions européennes. Les nouveaux paysans réclament donc du gouvernement des compensations financières aux intempéries. En 1976, une sécheresse infernale s'abattit sur nos campagnes. Certaines régions furent transformées en désert. D'autres, en revanche, favorisées par l'altitude, l'orientation, une vieille pratique de l'irrigation, échappèrent au fléau. Cet été-là — c'était un dimanche de septembre, après l'arrachage des premières pommes de terre — j'eus l'occasion de rendre visite à une famille d'agriculteurs établie sur le plateau de la Combraille. Pays de polyculture où, depuis longtemps, on n'a pas coutume de mettre tous ses œufs dans le même panier. L'amitié et une certaine espérance de patates m'y ramenaient. Tout de suite, je compris que je ne serais pas déçu : malgré le désastre général, jamais le jardin de mes amis n'avait été plus vert, leurs choux plus massifs, leurs haricots plus touffus, leurs salades plus épanouies. On ne m'attendait pas et je surpris tout le monde les pieds encore sous la table. Non seulement au café, mais au champagne.

Et moi, quelque peu surpris :

« C'est jour de noces, chez vous ?

— Non, me répondit le maître. Nous sommes en train de fêter l'impôt sécheresse ! »

As-tu, cher Baptiste, entendu parler de ce prélèvement exceptionnel sur les revenus en faveur des agriculteurs sinistrés ? Les associations agricoles en répartissaient librement le produit. Ce jour-là, nous avons donc bien ri ensemble, mon ami et moi. Moi, un peu jaune.

Quand tu reviendras parmi nous, tu constateras que le nouveau paysan ne porte plus sabots, blouse empesée ni feutre à larges bords. Au travail, il est en bottes et blue-jean. Dans les occasions solennelles, colloques, symposiums, manifestations corporatives, il porte cravate, cheveux courts bien ratissés, attaché-case : dans la tenue jeune cadre qui convient aux chefs d'entreprise. Il n'est plus même, d'ailleurs, paysan généraliste, mais agriculteur spécialisé, éleveur ovin, bovin, porcin, caprin ; céréalier, betteravier, viticulteur, arboriculteur, apiculteur, avicuniculiculteur. Rien donc de surprenant si sa vieille compagne, la vache, aussi inséparable autrefois du paysan que son ombre, nourrice, bonne à tout faire, amie fidèle, est absente aujourd'hui d'un très grand nombre d'exploitations.

Ainsi celle de Jean Guillot, à Haute Roche, 850 mètres d'altitude, sur le plateau, près de Bromont-Lamothe, à l'ouest du puy de Dôme dont on voit d'ici la face cachée aux Clermontois. Guillot : nom prédestiné pour un éleveur de moutons, si j'en crois La Fontaine :

C'est moi qui suis Guillot, berger de ce troupeau

De tous temps, l'Auvergne, mère autant que l'Italie de moissons et de troupeaux, a pratiqué l'élevage des ovins : *la uilha.* A eux les cheyres, les maigres pâtures des plateaux granitiques, les éteules, les bordures des chemins. On les voit de loin saupoudrant les pentes des puys comme des pucerons blancs. Grâce à eux, les grand-mères filaient et tricotaient la laine des chaussettes et de ces chandails superposés qu'a si bien comptés Alexandre Vialatte, les uns marron et les autres aubergine, suivant qu'ils étaient « couleur de la bête » ou teints au jus d'airelle. Les moutons donnaient une viande savoureuse, appréciée surtout aux mangeries nuptiales, aux repas de battages ou de vendanges, et un fumier très riche qu'aiment la vigne et les pommes de terre. Ils permettaient enfin aux bergers et aux bergères de se rencontrer à l'abri des genêts, pour le bon motif ou le moins bon : cela s'appelait *bardjeyrer.*

Quoique fils et gendre d'agriculteur, Jean Guillot a été d'abord ouvrier caoutchoutier. A contre-cœur. Jusqu'au jour où il décide soudain de retourner à la terre. Avec son beau-frère, il forme un G.A.E.C. (Groupement Agricole d'Exploitation en Commun) ; mais à eux deux, ils ne disposent que d'un hectare et demi ; grâce à l'emprunt, ils se procureront les terres et le matériel nécessaires. Pour sa part, Guillot édifie de ses mains une bergerie en planches, couverte de fibro-ciment, isolée par des plaques de polystirène, capable d'abriter quatre cents brebis, leurs béliers, leurs agneaux. La prolongeant, une remise de même capacité recevra le fourrage et les machines. Le sol est divisé en trois espaces recouverts d'une litière sur laquelle chaque matin est étendue une couche de paille fraîche ; le fumier s'épaissit et n'est enlevé qu'une fois l'an ; on le répandra sur les prairies, dans son intégralité. Un couloir central et une allée circulaire facilitent les communications. A gauche de chaque espace, le râtelier à fourrage : les brebis passent le museau à travers les larges mailles de la grille. A droite, dans une mangeoire de planches, des blocs de sel à lécher et des granulés verts à base de luzerne.

N'importe quelle créature peut aujourd'hui être nourrie aux granulés : chien, chat, lapin, mouton, homme, poisson rouge. Tout au fond, dans leur enclos, se pressent les agneaux qui reçoivent, outre le lait maternel, des pâtures compliquées dans des biberons de cinq litres, aux multiples tétines.

La première année, les brebis n'étaient qu'une dizaine dans cet immense hangar. Le voisinage rigolait d'une telle entreprise, rappelant le proverbe de chez nous que tu connais bien, servi à tous les ambitieux, à tous les fanfarons :

Can l'on vo petà pu no que soun tyou,
l'on se fey oun pertyù dyn l'itchino.
(Quand on veut péter plus haut que son cul,
On se fait un trou dans l'échine.)

Et cependant, regarde : dix-sept ans plus tard, la bergerie fait quasiment le plein avec trois cents brebis, cent agneaux, quatre béliers. La remise est comble de bottes, foin et paille, de sacs d'aliments ; un de ces silos plats couverts d'une bâche que les éleveurs appellent « silos-taupes » attend pour être ouvert les froidures qui enfermeront les bêtes pendant cinq mois.

Elles sont de l'espèce *Rava,* vieille race auvergnate convenant bien au sol et au climat, qui était en cours de disparition. Les essais de brebis *Lacaune* venues des Causses ont été infructueux. L'avantage des Rava est qu'elles se laissent facilement « dessaisonner » : c'est-à-dire que les femelles acceptent le mâle à n'importe quel mois. Les agnelages se trouvent donc répartis sur tout le cours de l'année, au lieu d'être bloqués au printemps. La production entière, agneaux et agnelles, est vendue à un groupement de producteurs, lequel, en retour, fournit les femelles adultes nécessaires au renouvellement du troupeau. La besogne s'en trouve simplifiée.

Jean Guillot l'assure avec son beau-frère-associé et leurs dix enfants réunis, dans la mesure où ceux-ci sont disponibles. Ainsi, l'affouragement est opéré de préférence les jours sans école, mercredi ou samedi. Des rails aériens font la liaison entre la bergerie et la remise. Les bottes, chargées sur des chariots suspendus, arrivent sans effort au-dessus des râteliers, sont jetées bas à la fourche ; il ne reste plus qu'à trancher les ficelles et éparpiller le foin. En hiver, le silo-taupe est débâché et les animaux y accèdent directement en self-service.

Aux alentours de la bergerie, le terrain est plutôt humide. Il a fallu l'assécher pour produire l'herbe maigre qui plaît aux moutons. Guillot préside une association de drainage : il stocke des boudins de plastique près de sa belle maison de lave nue. En ce moment, le troupeau est au pâturage, entouré de fil de fer barbelé. Les agneaux patientent au fond de la bergerie ; mais quel concert d'accueil éclatera ce soir, quand les brebis rentreront, le pis gonflé, chaque petit bêlant sa mère !

Je demande :

« Et l'amitié ?

— Quelle amitié ?

— Celle qui existait jadis entre le berger et ses bêtes, lui vivant parmi elles, couchant le soir dans sa cabane, n'ayant des mois durant pas d'autre famille qu'elles, appelant chacune de son nom.

— Ben... les noms sont remplacés à présent par des numéros, peints sur la laine. Mais je peux vous dire la date de naissance de chacune. Je les caresse, je leur parle. Bien que les béliers aient réputation de mauvais caractère et de traîtrise, quand j'entre dans leur parc, ils frottent contre ma cuisse leur front pelé. Je leur dis : « Comment ça va, Coco ? » L'amitié n'est pas morte.

Quelquefois, la nuit, je me lève, quand mes calculs m'empêchent de dormir, la T.V.A., les emprunts, les déficits et tout ça. Je viens les trouver dans leur bergerie. Je compte mes moutons. Et aussitôt après, je m'endors. C'est ce que faisait mon grand-père, de sa cabane à roulettes. »

Aujourd'hui, la maison du berger offre tout le confort moderne : salle d'eau, w.c., télévision, chambres à moquette. Mais la vie des brebis se modernise également : voilà qu'elles ont à leur disposition des bains de pattes appelés « pédiluves », des salles de bain, des douches, l'isolation thermique ! Sainte Vierge ! Les moutons que Guillot menait chez La Fontaine auraient-ils cru que des choses pareilles seraient un jour possibles ?

De Bromont-Lamothe, her Baptiste, passons de l'autre côté du puy de Dôme où je veux te présenter une a—tre espèce de paysan sans vaches : le *maïsiculteur.* Nous sommes ici entre Riom et Clermont, dans la région des-z-*at,* : Gerzat, Ennezat, Blanzat, Malauzat, Cébazat, Malintrat, Aulnat, Lussat, Culhat, Marsat, tous dérivés d'anciennes villas gallo-romaines. Tu le sais, l'Auvergne basse et moyenne a toujours fourni du maïs en grains à ses volailles, en farine à ses porcs, en fourrage à ses bovins. Mais le maïs en vert durait une courte période. Aujourd'hui, destiné à la conserve, il est haché menu par des *ensileuses* qui le déversent dans des remorques. Ces étranges machines au repos dans les champs, avec leur gros ventre et leur long col courbe, ressemblent à des diplodocus mécaniques. Quant aux maïs en grains, il n'est plus comme jadis le produit du hasard et de la bâtardise, mais celui d'une sélection génétique rigoureuse.

Chaque pied de cette céréale est en effet capable de

s'autoféconder, puisqu'il possède des fleurs femelles, discrètement chevelues, dissimulées à l'aisselle des feuilles, et des fleurs mâles dont le panache vaniteux flamboie au sommet de la plante. Le paysan d'autrefois se contentait de leur mariage consanguin dont les épis, *panoüilles* ou *panouillons,* convenaient à ses animaux. Mais c'est seulement les bonnes années que la panouille arrivait à complète maturité, quand aucune gelée tardive ni précoce n'entravait son vieillissement. Sinon, le maïs sec et stérile n'était plus bon qu'à garnir les litières et remplir les paillasses.

L'astuce a été de semer des maïs précoces qui se suffisent d'un court été. Cela s'est fait en utilisant dans le même semis deux hybrides spécialement préparés à leur fonction reproductive : l'un mâle, l'autre femelle. Il faut donc, au bon moment, castrer chacun des organes sexuels non désirés, des mâles sur la plante qu'on veut femelle, des femelles sur la plante qu'on veut mâle. Cela exige une main-d'œuvre nombreuse et saisonnière, fournie en général par des étudiants et étudiantes venus des villes. Ainsi, durant quelques semaines, manuels et intellectuels travaillent ensemble, s'apprécient ou se supportent, s'enrichissent l'un l'autre. Le cultural devient culturel.

Mais avant d'en venir là, il faut semer. Le voyageur qui traverse la Limagne en avril-mai a l'étonnement de voir les coteaux bien exposés hachurés de bandes de plastique, scintillantes et parallèles. Chacune recouvre deux lignes de graines destinées à donner des fleurs mâles, séparées de leurs homologues par six lignes de graines femelles. Chez le maïs comme dans l'espèce humaine, le mâle est plus tardif, plus fragile que la femelle, mais foncièrement polygame : il faut le semer avant elle et le protéger du froid. Ses compagnes tard venues s'accommodent donc de deux reproducteurs pour six reproductrices. Le plastique est « photodégradable », le soleil le consume peu à peu et délivre les plantules. Elles grandiront de pair ensuite jusqu'à l'époque de la double castration. Les beaux épis qui naîtront de ce mariage scientifique seront accumulés dans d'immenses cages grillagées qu'on n'appelle pas, comme j'ai dit, des « râteliers », mais américainement des *cribs*. Seigneur, délivrez-nous des importations abusives !

Foin du vocabulaire. Cette forme moderne de maïsiculture a produit également des hybrides d'hommes : le P.D.G. d'entreprise a été greffé sur la vieille souche paysanne. Il faut voir, lors des assemblées, les superbes produits qui en dérivent : le costume Tergal trois pièces, la cravate de soie, le stylo automatique à plume d'or, les mocassins à l'italienne ! Mais les jours ordinaires, ils rechaussent les bottes de caoutchouc, renfilent les bleus de travail Laffont, recoiffent la vieille casquette de cuir, remontent sur leur tracteur et redeviennent culs-terreux. Tels sont les gens de Limagrain. A l'initiative de l'un d'eux, Célestin Découzon, agriculteur à Chavaroux, en bordure du pays des-z-*at*, se fonde en 1942 une modeste association qui entend cultiver des semences céréalières sélectionnées sur quelques dizaines d'hectares, aidée par les conseils de l'Institut agronomique départemental. Par la suite, elle change de dénomination, devient la société coopérative Limagrain qui réunit un millier de membres. Peu à peu, elle se spécialise dans le maïs précoce, achète de vastes terrains dans le Sud-Ouest de la France. En quelques années, la coopérative auvergnate prend une dimension stupéfiante : elle acquiert une participation majoritaire dans la S.A. lyonnaise Genest, spécialiste des semences potagères, dans Vilmorin-Andrieux, Tézier, Péronin semences, Mennesson Maïs angevin, crée Eurovert fournisseur de semences fourragères, Limagrain services ; franchit les océans, s'implante au Brésil, aux États-

Unis, au Canada. Ainsi Limagrain est devenue en un quart de siècle une société multinationale, le premier groupe européen des semences. Elle cultive directement des milliers d'hectares, emploie des milliers de personnes, exporte le quart de ses produits vers les cinq continents, fait un milliard de chiffre d'affaires. Le soleil ne se couche pas sur le maïs Limagrain qui pousse à travers le monde.

Nous voilà bien loin, mon cher Baptiste, des paysans à vaches de Saint-Rémy-sur-Durolle. Leur patrimoine était parfois si petit que, disait-on, une de leurs bêtes pouvait avoir les cornes sur la terre du voisin de gauche, et la queue sur celle du voisin de droite. Les vaches du moins y étaient, aussi indispensables à l'exploitation que la pain à la soupe. Mais qui mange encore en Auvergne de la soupe au pain ?

Ne va pas croire cependant que les vaches aient disparu du paysage auvergnat. Je t'en montrerai des troupeaux dans ma prochaine lettre.

Chilhac, le 12 septembre 1981

Mon cher Baptiste,

Devinette : quelle ressemblance physiologique existe-t-il entre l'Auvergne et toi ? Réponse : vous souffrez tous les deux de troubles circulatoires. Tu es affligé de varices ; elle, de phlébites, de thromboses, d'engorgements artériels. Tu n'as guère idée de ses embarras, toi qui habites un pays parcouru en tous sens d'autoroutes gratuites, de routes entretenues de façon tellement sourcilleuse que la moindre imperfection est signalée par un panneau comme purement provisoire. Je crois bien y avoir lu cet avis :

ACHTUNG ! KUHMIST !
Attention ! Bouses de vaches !

Car en Bavière, la bouse sur la chaussée est considérée comme un regrettable inconvénient. En Auvergne, elle supplée souvent au bitume qui manque ; on la tient donc pour un avantage. C'est pourquoi les Ponts et Chaussées voient d'un bon œil le passage des troupeaux sur nos routes. De préférence pendant la saison estivale, qui est aussi la saison touristique, le matin quand ils gagnent leurs pâtures et le soir quand ils en reviennent. Ils forment alors des caillots quasi immobiles que les spécialistes appellent « bouchons ». Les automobiles de sens contraire s'arrêtent, frôlées par les cornes, les flancs et les queues ; celles qui vont dans le même sens essaient d'avancer à toute petite allure. On prend patience ou l'on s'impatiente. Parfois, un berger, armé d'un drapeau rouge comme un chef de gare, décide d'ouvrir une voie de circulation, à grands coups de gueule à l'adresse de ses bêtes et de vociférations patoises : *Barrado ! Froumento ! Tchutchabous tan se poù, granda gourlassa ! Salopariè !*

Émues par cette bordée d'injures, elles se rangent sur le bas-côté. Le flot des voitures en attente espère pouvoir s'écouler enfin. Impossible : les vaches se sont bien écartées, mais le bonhomme reste au milieu de la chaussée, bras ouverts, gesticulant pour retenir ses bêtes, inconscient qu'à lui seul il forme thrombose comme elles toutes.

Mais le passage de ces troupeaux, comme j'ai dit, est grandement profitable à nos nationales et départementales, par le revêtement qu'il y laisse.

Nous avons, toi et moi, connu le temps des routes blanches, poussiéreuses, bordées de tas de cailloux sur lesquels on voyait fréquemment un cantonnier en sabots et chapeau de paille, les yeux protégés par des lunettes de grillage, armé d'une massette, s'affairer tout doucement à fendre les gros en épargnant les petits

Pour mett' sur les trac's des roues.

Après quoi, de la pelle-fourche, il comblait de ces éclats les ornières et les nids-de-poule, y ajoutait un peu de terre fraîche empruntée aux fossés, tassait le tout avec une dame aux larges oreilles. Ça durait ce que ça durait.

Le bitumage fut pour les chaussées une révolution. A laquelle j'eus l'honneur de modestement participer. Les fûts de bitume arrivaient en gare de Thiers : tonneaux de cinquante litres qui pesaient deux fois mon poids. Mon beau-père et le *Peerless* avaient charge de les prendre sur les wagons et de les transporter le long des routes, échelonnés au fil des kilomètres. J'aidais à les rouler. Venaient ensuite les ouvriers des Ponts, avec leur grosse marmite attelée, pareille à celle des fantassins en manœuvres. La besogne était entièrement manuelle. Tandis que le bitume se liquéfiait dans la chaudière, ils balayaient la chaussée avec des brosses à longs manches. Ils remplissaient ensuite au robinet des seaux de bois avec ce liquide noir, fumant, odorant, l'épandaient sur la route où il s'épaississait en se refroidissant, l'égalisaient au lissoir, éparpillaient dessus à longues pelletées une chapelure de gravillons. Tout cela, excepté les couleurs et les senteurs, tenait un peu de la pâtisserie. Le lendemain, la voie était rendue aux voitures, aux camions, aux charrettes qui achevaient le travail en enfonçant le gravillon dans le bitume condensé.

Peu à peu, la méthode se répandit. On distingua dès lors aisément les routes nationales, noires et lisses, des départementales farineuses. Quant aux chemins vicinaux, ce n'étaient encore que des voies de terre défoncées, boueuses, plus ou moins mal entretenues par le système des « prestations », survivance de l'ancienne « corvée » abolie par Louis XVI. En étaient théoriquement redevables les « habitants mâles, valides, de 18 à 60 ans, célibataires ou mariés, portés au rôle des contributions directes ». Le propriétaire ou fermier agricole devait en outre des prestations pour « chaque bête de trait, de somme ou de selle, chaque charrette ou voiture attelée » à son service. Les « prestations » étaient pour les corvéables une occasion de rencontre et de rire. On remuait un peu de terre et beaucoup de chopines.

Malheureusement, aucune œuvre humaine n'est éternelle. Surtout pas le bitume des routes auvergnates. Durement éprouvé par les gels et dégels successifs qui sont le fait de notre climat capricieux, il nécessite un entretien permanent et profond incompatible avec les crédits alloués par les ministères. Paris, capitale de la France, semble dans ses programmes oublier l'Auvergne ou n'y penser qu'à regret et à retardement. Constatation que faisait déjà Gilbert Motier de La Fayette, député en 1787 à l'Assemblée provinciale réunie dans la grande salle du Collège royal : *Nous ne parlerons ici des blés que pour en remarquer l'engorgement, et rendre grâces à la loi qui en permet l'exportation ; elle aurait plus d'effet, Messieurs, si l'Auvergne n'avait été tellement oubliée dans la distribution des routes qu'à l'inspection de la carte des postes on serait tenté de croire que cette partie du royaume n'est pas habitée. Aussi voit-on les voyageurs et le commerce tourner autour de cette province centrale qu'ils devraient vivifier.*

Pendant des siècles, il y eut ainsi au centre de la France un pays oublié et quasi inconnu, comme on pouvait lire sur les cartes antiques : *Terrae incognitae.* Une région où l'on ne se rendait point sans nécessité absolue. Tout au plus la traversait-on, la contournait-on. Seuls quelques esprits audacieux, pionniers du tourisme, osaient s'y aventurer : la marquise de Sévigné en 1687 ; Chateaubriand en 1805 ; les frères Goncourt en 1867 ; Guy de Maupassant en 1886. Les écrivains contemporains montrent moins de hardiesse. Telle cette femme de lettres parisienne, auteur d'un roman oléagineux, à qui je laissais espérer par téléphone qu'elle allait peut-être recevoir le prix des Volcans et que j'engageais à se trouver près de nous au jour de l'attribution. Je me rappelle sa réponse horrifiée : « Il faudrait que j'en sois sûre ! Vous comprendrez que je ne peux pas sans ça... venir comme ça... dans le Puy-de-Dôme ! »

Les routes existantes — leur tracé remontait aux âges celtiques ou gallo-romains, et parfois ce n'étaient que d'anciennes *drailles,* chemins de transhumance ouverts par les pieds des moutons — ces routes-là, même quand elles avaient droit au titre de « nationales », étaient serpentines, étroites, rocailleuses comme des chemins muletiers. Lorsqu'il m'arrivait de m'échapper de ma province pour visiter d'autres régions, plus plates, plus proches de la capitale, mieux subventionnées, je reconnaissais au retour les yeux fermés que je franchissais les portes de l'Auvergne. Non point à son odeur, comme l'eût fait Napoléon en Corse, mais au tape-cul soudain qu'elle m'infligeait dans mon véhicule : « Ça y est ! m'écriais-je joyeusement. Nous entrons dans notre cher Puy-de-Dôme ! »

Pour nous faire prendre patience, les fonctionnaires des Ponts jalonnaient nos routes de panneaux *Chaussée déformée sur 3 km.* Au bout desquels on trouvait un *Chaussée déformée sur 5 km.* Et ainsi de suite. De temps en temps, pour varier : *Chaussée défoncée.* Ou bien : *Chaussée dégradée.* On progressait quand même, de chemin désastreux en chemin désastreux. Contraint parfois de s'arrêter, comme j'ai dit, derrière un flot de vaches ou une marée de moutons. Cela ressemblait au jeu de l'Oie.

Tout cela s'explique d'un mot : *enclavement.* L'Auvergne est une province *enclavée.* Nous sommes des *enclavés.* Il faut qu'on nous *désenclave.* Voilà des termes qui ne fréquentent guère, j'imagine, mon cher Baptiste, ton hermitage bavarois. Laisse-moi donc t'expliquer qu'ils dérivent du latin *clavis,* qui a simultanément engendré l'auvergnat *clàu* et le français *clé.* Ils signifient que notre territoire est fermé à clé, qu'on y entre, qu'on en sort difficilement. On te citera le cas de Bourguignons, de Lyonnais venus en Auvergne pour un bref séjour et qui, après trente ans, y sont encore. La solution : multiplier ses portes, agrandir et huiler celles qu'elle possède déjà.

L'espérance nous en vint quand une série d'Auvergnats furent placés par le destin à la tête du gouvernement de Paris ou d'importants ministères. Enfin, nous allions être désenclavés ! Des chaussées furent refaites en effet. Par-ci par-là, un pont jeté sur une vallée, inauguré au sacrifice de nombreuses bouteilles de champagne. Ce n'étaient pas de mauvaises choses. La N. 89 Clermont-Rochefort-Ussel-Tulle-Brive, grâce à l'appui de trois personnalités politiques, fut même si bien redressée et aplanie qu'on ne l'appelle plus que la *route des ministres,* quoique ceux-ci soient présentement détrônés.

Mais la véritable clé de notre désenclavement, l'autoroute, ne nous fut accordée que récemment. C'est enfin fait : la première autoroute auvergnate, la B. 71, a commencé de se frayer un passage entre Clermont et Saint-Étienne qu'elle atteindra, espère-t-on, avant la fin du XXe siècle. Aucune société concessionnaire n'en voulait, prévoyant des frais énormes pour le franchissement des Bois Noirs et un trafic insuffisant. Alors, l'État prit à son compte le tronçon le plus osseux, le plus dur à percer et, l'ayant construit, en fit cadeau à la S.A.S.F. (Société des Autoroutes du Sud de la France), lui en abandonnant les péages, à charge pour elle d'achever le reste.

Déjà ledit tronçon fonctionne et il a le mérite infiniment précieux, pour toi et moi, de traverser notre région natale. Superbe voie panoramique qui mérite d'être suivie à vitesse réduite, il se hisse jusqu'à six cent cinquante mètres sur les crêtes de la cité coutelière et offre une admirable échappée vers la Limagne et la chaîne des Dômes. Il passe au plus près de Saint-Rémy sans s'y arrêter. De temps en temps, une flèche signale aux usagers les points remarquables *La Dore, Thiers, Monts du Forez.* Un jour, peut-être, l'une d'elles dira en souvenir de toi : *Les Bessières, pays de Sang-de-Chou.*

Nos chemins donc s'améliorent. Nos chaussées sont gardées par des lignes phosphorescentes, des glissières, des balises, -es cataphotes, que la nuit c'en est un éblouissement. D'accord. J'y applaudis. Une chose ancienne du moins me manque, une modeste chose : les bornes en lave de Volvic, avec leur tête rouge ou jaune suivant leur élévation dans la hiérarchie des bornes, plantées profondément dans le sol nourricier. Elles avaient essuyé les neiges et les orages, les invasions et les libérations, éraflées quelquefois par la roue des carrioles ou la chenille d'un char d'assaut. Il suffisait d'une couche de peinture tous les quarts de siècle pour les rafraîchir.

Sur l'une d'elles, mon père en permission posa son godillot clouté pour renouer son lacet avant de repartir vers une guerre sans bornes. Longtemps, par la suite, ma mère me la montra du doigt : « C'est là que... » Et j'eus pour elle une tendre affection. Je n'hésitais pas à faire un détour pour la saluer au passage et poser à mon tour un soulier sur sa tête.

Leurs indications, gravées dans la pierre, ne s'effaçaient jamais, car nos aïeux se plaisaient à faire œuvre durable. Un jour, je m'aperçus qu'on m'avait changé ma borne de famille, qu'on l'avait remplacée par une chose en plastique. Si tu reviens par ici, cher Sang-de-Chou, tu auras cette surprise de constater que la plupart de nos bornes routières ont subi le même sort. Pour t'en convaincre, arrête-toi à la première que tu rencontreras et balance-lui un grand coup de savate dans le ventre : il y a neuf chances sur dix pour que ton pied passe au travers.

Les raisons de la nouvelle mode sont évidentes : le choc d'une voiture folle est beaucoup moins rude contre une borne en plastique que contre une borne de lave. Aussi envisage-t-on de substituer de même aux platanes et aux tilleuls des arbres en plastique, faciles à crever, faciles à remplacer. D'autres provinces conservent leurs bornes de pierre avec un soin aussi jaloux que leurs monuments. Ainsi la Normandie, où elles jalonnent encore la route de la Liberté. Pourquoi l'Auvergne n'a-t-elle pas ce respect ?

Les nouvelles présentent encore cette bizarrerie d'être à peu près muettes. Plus question d'indications dans le genre : *Aurillac, 30 km ; Brioude, 45 km,* grâce auxquelles le voyageur ne se sentait jamais perdu. Maintenant, pour économiser cette main-d'œuvre dont nous avons à revendre, la borne est moulée à des milliers d'exemplaires, et elle porte seulement le numéro et la couleur de la route.

Encore si l'on se contentait de remplacer par des neuves les bornes détériorées. Point du tout ! On procède à l'extraction, laborieusement, de bornes sans défaut, imputrescibles, éternelles. C'est un peu comme si l'on t'arrachait des dents saines pour loger à la place des artificielles. Alors, on peut voir cette tristesse : la vieille borne déracinée, couchée à côté de sa remplaçante, dans le fossé, où seuls les grenouilles et les escargots la fréquentent encore. Récompense d'un siècle peut-être de loyaux services ! Ensuite, un camion la ramasse et l'emporte.

Où vont finir les bornes défuntes ? Y a-t-il pour elles un cimetière ? Un paradis ? J'en ai reconnu une douzaine disposées le long d'un parking routier, en inutile bordure. Mais les autres ? Les milliers d'autres ?

Un de mes voisins en a recueilli une. Sans demander d'autorisation à qui que ce soit. Un homme musclé. C'est qu'elles pèsent lourd, ces bougresses-là : deux quintaux, peut-être, avec leur profond chicot gris. Il l'a plantée près de sa porte, l'a repeinte, y a inscrit de précieuses indications : *Rome, 1 346 km ; Pékin, 7 931 km ; Moscou, 3 967 km.* Et toute joyeuse la vieille borne méprisée s'est remise à vivre et à fleurir. Je caresse sa tête verte chaque fois que je passe près d'elle.

A ces efforts louables du gouvernement et des préfectures pour résoudre nos difficultés circulatoires, les voies ferrées devraient apporter leur contribution. Or il n'en est pas toujours ainsi et certaines mesures vont plutôt en sens inverse. Ainsi, les autorails qui subsistent entre Clermont et Saint-Étienne brûlent de nombreuses gares où jadis ils s'arrêtaient. Rien de plus triste qu'une gare inutile, si ce n'est une école morte. La ligne Vichy-Ambert-Le Puy est fermée au trafic « voyageurs ». Ce fut, pendant les années de famine, entre 1940 et 1946, la ligne nourricière entre toutes. Constamment pleine de fromages dissimulés (mais non inodores), de sacs de pommes de terre, de cochonnailles, de pains de beurre. Il y en avait sous les banquettes, dans les filets, dans les waters, sous les jupes, dans les pantalons. Je n'ai emprunté cette ligne qu'une fois ; mais elle imprima une influence décisive à ma vie.

Un froid matin de l'hiver 1944, je montai à Pont-de-Dore dans un wagon de troisième classe pour me rendre à Ambert. J'allais rendre à Henri Pourrat ma première visite. Comme tous nos compatriotes capables de lire la lettre imprimée, je nourrissais une grande vénération envers cet homme, découvreur, illustrateur, parfois inventeur de notre province. Pourrat était, après le puy de Sancy, le second sommet culminant de l'Auvergne. Dans la tranchée du chemin de fer où ma tante Marie menait ses chèvres paître les feuilles du robinier qui appartiennent à qui les mange, je lisais à voix haute, vers l'âge de douze ans, des chapitres de *Gaspard des Montagnes.* Les chèvres s'approchaient pour mieux entendre, me considérant de leurs yeux égyptiens. Nous palpitions tous aux malheurs de Gaspard et d'Anne-Marie.

Quand me vint la démangeaison d'écrire, j'expédiai par la poste une liasse de poèmes à l'écrivain ambertois. Il répondit par de vagues politesses : *Je vous remercie de cette confiance que vous avez bien voulu me témoigner et qui me touche. Vous savez l'essentiel, et votre « art poétique » le dit : c'est que la poésie doit être chant. Avec ce qu'il faut d'enallé, et qui passe la raison. Oui, un poète sait tout, lorsqu'il sait qu'il doit chanter. Et il n'a plus ensuite qu'à n'être jamais satisfait, jamais découragé non plus.*

A peu près à la même époque, j'avais lu dans *Les Limagnes* ces lignes de lui : *Un Thiernois érudit me dit que les grands hommes de Thiers ont tous préféré naître ailleurs : Marilhat, le peintre orientaliste, est de Vertaizon; Barante, l'historien, est de Riom; Gabriel Marc, le poète, de Lezoux; Fernand Forest, l'inventeur, de Clermont. Mais un jour viendra où de ces terrasses un jeune Thiernois bien né s'emplira le cœur d'un si grand site et en fera passer la vertu dans son œuvre.* Je voulus les considérer comme prophétiquement écrites pour moi, natif de Thiers. Aussi, ayant demandé et obtenu une rencontre, c'est le cœur plein d'une gloriole anticipée que j'entrepris le voyage, emportant d'autres poèmes et aussi des nouvelles, un commencement de roman.

Il m'attendait à la gare, vêtu de sa veste-gibecière, coiffé d'un chapeau rustique, les mollets dans des jambières de cuir, et me conduisit jusqu'à sa maison, le *Petit-Cheix,* la Petite-Colline. Nous parlâmes prose et poésie, Dostoïewski et Claudel. Je fus frappé de sa douceur de regard, de sourire, de langage. De sa voix presque inaudible, qu'il économisait depuis des années pour ménager ses poumons malades. Il prit le temps de parcourir mes manuscrits et m'en fit de vifs compliments : « Je crois que vous êtes né pour l'écriture. Il y a là-dedans de belles promesses, j'en suis certain. »

Puis il me raccompagna. Sur le même quai de gare, nous rencontrâmes un autre Ambertois de ses amis : « Je vous présente, dit-il, Jean Anglade, qui est poète et m'a fait l'honneur de venir me consulter. »

Je rentrai la tête dans les épaules, foudroyé d'une telle modestie. Il avait en outre eu la délicatesse de supprimer le *Monsieur* devant mon nom comme si, déjà, j'étais connu de la France entière.

Tu comprends à présent, cher Sang-de-Chou, l'importance qu'eut pour moi ce voyage ferroviaire. Je n'eusse pu l'accomplir sans la ligne des fromages, supprimée depuis quelques trimestres. Il va de soi que, par la suite, je suis retourné à Ambert en bien d'autres occasions, tristes ou gaies ; mais toujours en voiture à essence. En décembre 1944, je n'avais que le train. Sans l'accueil de Pourrat, sans ses encouragements, j'aurais probablement renoncé au travail de la plume qui m'a fait noircir tant de pages, pour ma souffrance et mon bonheur. Ai-je accompli la prophétie de Pourrat ? A d'autres de le dire.

Ton sort eût été aussi différent. Sans *Le Voleur de coloquintes,* tu serais demeuré au fond de ton obscurité bavaroise. Content de la compagnie de ta chatte, de tes biches, de tes lapins. Les personnes qui, à Saint-Rémy, acceptaient tranquillement l'idée de ta mort probable, de ta disparition, savent à présent que tu existes, connaissent les raisons pour lesquelles tu n'es pas rentré en 45 en même temps que les autres guéfangues. Tu es chez eux en 350 pages sur leur rayon aux livres, à côté de l'*Almanach Vermot* et du *Tour de France par deux enfants.*

Le remords les tourmente de ne t'avoir pas suffisamment estimé, aimé, protégé. Ils sont prêts à faire amende honorable. L'un d'eux m'a même laissé espérer que, si tu te décidais à revenir, on pourrait t'inscrire sur une liste aux prochaines élections municipales. Quelle revanche pour l'ancien petit péquenot dépossédé, pour l'ex-commis aux écritures de la Caisse d'épargne et de prévoyance !

Voilà des perspectives, n'est-ce pas, qui méritent considération ?

Pour ce qui est des troubles circulatoires, les dernières décennies ont toutefois bien modifié notre paysage. Après avoir plusieurs siècles nui à notre prospérité, l'*enclavement* est devenu paradoxalement un précieux atout.

Te rappelles-tu, cher Baptiste, la bonne année 1936, quand tu connus pour la première fois de ta vie les « congés payés » ? Tout est venu de là. Suis bien mon raisonnement. Un mot a changé de signification : celui de *vacances*. Avant 36, seuls les riches, les enseignants et les écoliers avaient droit aux vacances. Les enfants du peuple prenaient les leurs comme ils le chantaient :

J'irai chez ma grand-mère
Manger des pommes de terre,
Des haricots pourris
Avec du macaroni...

Ceux qui ne possédaient ni grand-mère ni tante paysanne restaient dans leur ville, donnant un coup de main au père ou à la mère, traînant les rues en compagnie des chiens errants. Ainsi faisais-je, tantôt petit bougnat livreur de gaillette, tantôt rouleur de ruisseau. Pas assez pauvre pour mériter le patronage de l'O.E.M. (Œuvre des Enfants à la Montagne ou à la Mer), ni d'aucune autre association charitable. Mes copains moins riches et plus chanceux revenaient de leur campagne avec mille choses à raconter, comment ils avaient fait les foins, les moissons, les vendanges, cueilli les poires, trait les chèvres ; ils me rebattaient les oreilles du lait qu'ils avaient sifflé, des *pompes* dont ils s'étaient bourrés. J'aurais bien aimé être fils d'ouvrier, plutôt que de charbonnière.

Les accords de Matignon, arrachés à force de grèves, d'occupations d'entreprises, de polkas dansées dans les cours d'usine, bouleversèrent les choses. Les prolos accédèrent à cette sorte de Paradis terrestre perdu depuis Adam : être pendant quatorze jours payé à ne rien faire ! Au commencement, la plupart des travailleurs de province les consommèrent quasiment sur place. Chez les vieux parents agriculteurs à qui ils donnaient un coup de main. Il n'était guère de famille citadine qui n'eût alors gardé un pied à la campagne. Mais d'autres, pour découvrir ce pays auquel ils appartenaient et qui leur appartenait si peu, s'élancèrent sur les routes de France en voiture, en motocyclette ou en tandem. *Tandem* qui, paraît-il, veut dire « Enfin ! » Enfin, ils avaient droit eux aussi aux voyages d'agrément ! Ce fut le début du tourisme de masse. Ils allèrent se tremper dans nos quatre mers. C'était ce qu'il y avait de plus urgent. En ce temps-là, huit Français sur dix de l'intérieur mouraient sans avoir jamais vu la mer. Tel fut le cas de toute ma parenté. La mer du Nord, la Manche, l'Atlantique, la Méditerranée furent pollués de sueurs ouvrières, peu ragoûtantes au nez des usagers anciens. Seconde urgence : voir Paris. A l'époque de notre enfance, rappelle-toi, on désignait dans la rue certains privilégiés : « Il est allé à Paris ! » chuchotait-on derrière eux. On scrutait leur figure, on y trouvait quelque chose d'indéfinissable, comme une lumière qui y restait de ce contact avec la capitale du Monde, telle la couleur restée aux doigts qui ont touché des ailes de papillon. Mais dans nos deux familles, jamais personne non plus n'a vu Paris avant de mourir.

Vacances oublia dès lors son sens ancien : période pendant laquelle on *vaque,* on se trouve inoccupé — pour une signification nouvelle qui alla s'imposant avec les années, les réformes, leur allongement, la multiplication des automobiles : celle de *déplacement.* On en vient ainsi à cette curieuse affirmation, résultat de je ne sais quelle statistique : *Plus d'un Français sur deux en 1982 ne prend jamais de vacances.* Car s'il emploie ses congés à cultiver son jardin, à repeindre ses volets, à faire des conserves, à jouer avec ses petits-enfants, ce genre de « vacances » compte pour du beurre ; il n'a pas droit au titre de « vacancier », encore moins d' « aoûtien » ni de « juillettiste ». Après avoir été une philosophie nouvelle, les vacances sont peu à peu devenues une nouvelle industrie. La matière première en est le citadin argentifère, dont il s'agit d'extraire à tout prix le plus possible de métal précieux. Agences, œuvres, ligues, syndicats hôteliers, associations départementales, particuliers s'en donnent à cœur joie, s'évertuant à créer ou développer — non pas le besoin de repos qui est naturel à l'homme — mais le besoin de dépaysement, de voyage, de bougeote, aussi artificiel et nuisible dans son excès que le besoin de tabac. La passion des vacances est devenue telle dans ce pays que, pour pouvoir les vivre à leur goût, ses habitants acceptent les plus dures privations : économisant sur le chauffage et la nourriture à la saison froide ; s'endettant pour payer la bagnole et le matériel de camping ; se séparant au moment de partir de leur vieux père ou de leur vieille mère, et aussi du chien, du chat dorlotés le reste de l'année ; confiant, le cœur déchiré, les premiers à quelque voisine ou quelque institution charitables, les seconds à la Providence des animaux. Après quoi, ils courent savourer sur la côte d'Azur ou la côte Vermeille des satisfactions payées par tant de sacrifices.

Les vacances ne procurent pas toujours, cependant, le repos qui fut leur première raison d'être. Après un voyage exténuant, les vacanciers acceptent de vivre dans des bidonvilles de toile qu'ils refuseraient avec indignation le reste de l'année. Ils y manquent d'espace, d'air, de silence, d'intimité ; l'eau et les commodités sont déficientes ; les moustiques, dévorateurs ; la promiscuité, insupportable. Aussi, malgré l'entassement, chacun ignore-t-il ses voisins. Et quand il s'adresse à eux, c'est d'ordinaire pour les engueuler.

Les sociologues ont étudié de près ce besoin singulier qui pousse, durant les mois de juillet-août, les Français du Centre à se précipiter vers la périphérie, ceux du Nord à courir vers le Sud, ceux du Sud à courir vers le Nord, tous se croisant, s'emmêlant, se tamponnant, s'injuriant, se pillant à qui mieux mieux. Provoquant six mille victimes chaque année dont quatre mille blessés et deux mille morts : écrabouillés, noyés, brûlés, empoisonnés, assassinés, violés, disparus. Gaspillant des milliers de tonnes de carburant, incendiant des milliers d'hectares de forêts, polluant les plages, les lacs, les bois, les prairies. Pendant ce temps, les usines chôment, les prix montent, le franc se dévalue.

Autre déplorable constatation : huit fois sur dix, les vacances rendent idiot. On voit des quinquagénaires, en temps normal diplômés des grandes écoles, se livrer à des facéties, des jeux, des déguisements que désavoueraient des tribus australiennes sous-développées. S'allonger sur le sable et y rester des heures immobiles et muets, dans la plus totale hébétude. Manger comme quatre et boire comme huit, alors qu'ils ne se livrent à aucune activité corporelle appréciable.

Ou au contraire se consumer en vaines agitations nocturnes. *Tout le malheur des hommes,* disait ton oncle putatif, *vient d'une seule chose qui est de ne savoir demeurer au repos dans une chambre.*

De ce malheur, l'Auvergne demeura longtemps préservée, grâce à son enclavement. Elle était pourtant à l'origine du « tourisme de masse », grâce à l'initiative de Louis Bonnet, fondateur du journal *L'Auvergnat de Paris :* vers 1903, il obtint des prix réduits sur les chemins de fer en faveur de ses compatriotes limonadiers, *bougnats,* ferrailleurs, étameurs, à condition qu'ils partissent en foule : les *trains Bonnet* déversèrent dès lors chaque été des cargaisons d'exilés qui venaient se retremper aux sources, à l'air, au vin, au petit-lait du vieux pays. Mais la plupart retrouvaient leur famille et ne se comportaient point en touristes de passage. Il y a seulement, comme je te le disais, quelques dizaines d'années que sont venus dans notre province les étrangers de France et d'ailleurs. Saturés d'air marin et d'ambre solaire, de fare breton et de bouillabaisse, d'entassement et de moustiques, ils ont découvert par hasard — peut-être à la faveur d'une panne — nos deux Auvergnes, la Haute et la Basse, la verte et la dorée, la vacheuse et la moutonnière. Dès lors, ils se sont intéressés à nos montagnes peu farouches, à nos lacs sans monstres repérés, à nos ruisseaux à truites, à notre cuisine robuste. Ils ont su qu'on pouvait trouver chez nous des étendues encore désertiques en plein été. Que l'espace est notre plus rare richesse.

Éberlués d'abord d'une telle invasion, les Auvergnats ont fini par s'y résigner. Ils cherchent même à présent à tirer profit de ce mal nécessaire, de ce mal bien-aimé : les vacances. Un peu partout, en altitude, à mi-pente et dans les creux, on a vu se construire de véritables agglomérats urbains avec leurs parkings, leurs gratte-ciel, leurs H.L.M., leur centre commercial, leurs encombrements. Ainsi, Super-Besse s'est installé au pied du puy de la Perdrix, au milieu des pâturages d'estive, des burons, des vaches rouges, avec son super-lac artificiel, ses super-chalets, son super-village de vacances familiales. La formule a fait florès : les villages de vacances ont poussé un peu partout, composés de pavillons trop neufs, luisants, plastifiés. Toujours éloignés des villages anciens : l' « indigène » ne présente aucun intérêt, sauf s'il a quelque chose à vendre.

A Chilhac, d'où je t'écris en ce moment, on essaye au contraire de faire vivre ensemble et en harmonie le passé et le présent, la population établie et l'incertaine.

Un village auvergnat de la Haute-Loire. La Haute-Bique, comme disent ses originaires, affectueusement. On y accède par le haut ou par le bas : il s'accroche à mi-pente au versant oriental de la vallée de l'Allier, entre Langeac et Vieille-Brioude. Pour le voir, je suis venu de Paulhaguet, en suivant la D. 4 bien goudronnée, le long de laquelle j'ai eu le plaisir de trouver encore de véritables bornes kilométriques en pierre. Chilhac paraît soudain en dessous : il te faut baisser les yeux. Mal contenu dans l'enceinte de ses remparts ruinés dont il reste encore quelques tours, il s'approche au plus près du précipice qui surplombe l'Allier. Le coup d'œil est magnifique sur le large val verdoyant et ses cultures, sur les toits rouges des maisons en contre-bas, sur la rivière limoneuse que traverse un léger pont suspendu. Une végétation luxuriante monte à l'assaut de l'escarpe quasi verticale où se mêlent sureaux, frênes, vigne ensauvagie, noyers, broussailles sans nom. Et même cactus africains, leurrés par l'ensoleillement. A droite, au loin, un énorme mégalithe sommé d'une croix. Non seulement les antiques demeures qui bordent l'abîme ne craignent pas le vertige, mais elles le défient de leurs balcons.

J'étais venu ici il y a cinq ans. J'avais erré parmi ces maisons de lave ou d'arkose, ces fenêtres à meneaux, ces voussures, ces linteaux datés, ces auvents, ces escaliers extérieurs ; mais tout cela au bord de l'écroulement. Les treilles cachaient mal la misère des façades. Quelques vaches meuglaient encore au fond d'étables *indemnes de tuberculose :* la plaque du ministère de l'Agriculture clouée aux portes en faisait foi. C'est un autre village que je retrouve aujourd'hui. Déjà mi-requinqué. Partout ronronnent des bétonneuses, s'affairent des terrassiers, des maçons, des charpentiers. Quel miracle a donc frappé ce village de 180 habitants ?

Le Saint-Esprit s'est tout simplement posé sur la tête des conseillers municipaux et de quelques autres Chilhacois. Sa voix disait :

Restaurez d'abord vos maisons mortes. Ensuite, rendez-leur vie en faisant d'elles des gîtes ruraux à l'usage des vacanciers. La Somival vous aidera. Je vous suggère cette formule : Chilhac, village éclaté ! *Faut être dans le vent. Prévoyez l'ouverture d'un restaurant self-service. Et remettez en fonctionnement vos dentellières survivantes.*

L'enthousiasme s'est communiqué de proche en proche. Et maintenant, je me promène dans les rues bouleversées, mon carnet à la main, notant les détails de cette opération du Saint-Esprit. On a rasé beaucoup de maisons dont rien ne tenait debout ; mais on les relève en utilisant les vieilles pierres. En évitant au maximum l'emploi de l'infâme parpaing ; quand la chose a paru économiquement impossible, on le dissimule sous un crépi ocre clair qui s'harmonise avec les toitures. Partout le même souci de fuir le criard, le moderne, l'original à tout prix. Une cabine téléphonique vitrée aurait juré avec cet ensemble : les P.T.T. ont dissimulé leur appareil sous une encoignure voûtée.

Un Chilhacois qui passe sur son tracteur me crie, voyant mon calepin :

« Vous relevez les compteurs électriques ?

— Non, non.

— Parce que je vous aurais donné mes clés. Faut que je me sauve. »

On se fie donc ici au premier venu ? Autre effet du Saint-Esprit ?

Le bon exemple est contagieux comme le mauvais. Plusieurs propriétaires, quoique non désireux de vendre à la commune, ont restauré leur maison à leurs frais, pour qu'elle n'ait pas à rougir parmi ses sœurs remodelées.

Avec son clocher carré de pierre noire où grimpe un escalier de plein vent, ses contreforts en tuf volcanique, son étrange façade surmontée d'une quintuple gênoise et crépie du commun ocre clair, l'église est maintenant bien dans sa peau, et n'a plus honte de recevoir le Paraclet. Contrairement à ses consœurs de village qui, craignant les pillards, se claquemurent à présent en dehors des offices, elle s'ouvre à moi sans difficulté quand je tourne la poignée d'une porte visiblement remise à neuf. A l'intérieur, on a conservé les anciens battants du XVIIe, de style espagnol, près de la première chapelle. Les murs, d'une netteté impeccable, montent vers la voûte que soutiennent des nervures d'une lave grise, nougatée de granit. A la croix d'ogives, saint Pierre serre les clés du Paradis dans sa main droite et dans la gauche une croix renversée.

En ressortant, je lis au tableau d'affichage l'admirable interprétation que Paul Claudel composa du *Psaume 85* à l'intention de sa nièce Solange Desjardins en passe de mourir :

> *Quand tu es là, ô mon Dieu, un tas de choses, il y a un tas de choses en moi qui se mettent à ;enoux...*

Viens, ô mon Dieu, que je Te parle à l'oreille : il n'y a que Ton oreille, ô mon Dieu, qui soit capable de me regarder...

Voilà quelques-uns des merveilleux effets produits par le Saint-Esprit en visite sur Chilhac, petit village de la Haute-Bique. Bénies soient donc les vacances folles, et notre enclavement qui l'ont poussé à cette intervention. Hâte-toi, cher Baptiste, de venir constater le miracle, tant que je peux encore te servir de guide.

Allanche le 18 septembre 1981

Cher Baptiste,

Me voici dans le Cantal. La partie la plus haute, la plus massive de l'Auvergne. Tous y est rude, épais, vigoureux, les hommes comme les tuiles, les églises comme les vêtements. Les montagnes qui nous entourent sont couvertes de pâturages au milieu desquels aucun arbre ne s'accroche : l'*écir,* le terrible vent neigeux, ne le tolérerait pas. Et de vaches innombrables qui sonnaillent à qui mieux mieux. Je t'ai montré précédemment des paysans sans vaches ; je te présenterai aujourd'hui des vaches sans paysans.

Je loge dans un hôtel de granit où des bûches flamboient chaque soir dans la cheminée, quoique l'été n'ait pas encore dit son dernier feu. Sur nos tables paraissent des nourritures diverses de faible intérêt ; mais à la fin, la patronne elle-même s'avance, majestueuse, portant à deux mains le plateau des fromages à hauteur de sa figure, comme un Saint-Sacrement. Chaque convive se sert à son plaisir. C'est le plus haut moment de notre messe, le reste n'étant que préparation et conclusion. Toute la salle à manger communie sous les espèces de la fourme blanche, du saint-nectaire et de la fourme bleue. Dans l'assistance, on distingue l'Auvergnat de l'étranger à sa façon d'enfoncer le couteau verticalement ou horizontalement, de gratter la croûte, de subdiviser sa portion en tranchettes qu'il pose sur son pain ; à sa mastication lente et recueillie ; aux remarques qu'il profère discrètement : « Pas trop fait... Manque un peu d'*eyme*... Trop salé... Juste à point... »

L'étranger mâche sa part comme si c'était du chewing-gum. L'*eyme* auvergnat (proche du français *estime*) est l'esprit, la capacité de jugement d'une personne adulte. En mûrissant, nos fromages prennent de l'esprit.

Car, Auvergnats de la Haute-Auvergne ou de la Basse, du Livradois ou du Cézallier, de la plaine ou des plateaux, le fromage est notre dénominateur commun. Voilà ce que voulait souligner Alexandre Vialatte lorsqu'il affirmait, par simplification : *L'Auvergne produit des ministres, des fromages et des volcans.* Les premiers se consomment à Paris, les seconds un peu partout dans le monde, les troisièmes sur place uniquement.

Cette trilogie est d'ailleurs moins disparate qu'il ne semble ; il existe entre ses éléments des harmonies subtiles. Ainsi, fromages et ministres ne manquent pas de ressemblances : il en est de durs, de mous, de secs, d'agressifs, de véreux, de puants. Une supér—orité toutefois distingue ceux-là de ceux-ci : les ministres passent, mais les fromages restent. Entre les fromages et les volcans, le lien est génétique, car c'est sur les terres volcaniques anciennes ou récentes que sont conçus les meilleurs fromages auvergnats : le cantal, le saint-nectaire, le murol, le bleu de Laqueuille, de Thiézac ou du Velay, la fourme d'Ambert ou de Rochefort. Et même l'habitant de la Limagne, inspiré par sa vision quotidienne du puy de Dôme, a inventé un fromage en forme de volcan sans cratère : le *gaperon* ou *buricou,* parfumé à l'ail et au poivre. Sa substance en était jadis la *gape,* ou *burico,* ou *sarsou :* pâte grumeleuse obtenue en chauffant le babeurre ; remplacée de nos jours, pour des gueules plus délicates, par le simple lait caillé.

Le fromage n'était pas alors, comme il est devenu sur nos tables citadines, un complément facultatif de menu (« fromage *ou* dessert » !), mais un aliment de base au même titre que la pomme de terre et le chou. Ne pas aimer le fromage (cela pouvait arriver dans les familles, à leur grande honte, par suite d'on ne sait quel caprice des chromosomes, une fois toutes les six générations) signifiait être condamné à la famine, au rachitisme, au sang de navet. C'était en même temps une injure au patrimoine, à la cuisine des grand-mères, aux travaux des hommes, à la vie communautaire partagée entre gens et animaux. Les repas du Haut-Cantal se composaient de soupe et de fromage ; mais le fromage entrait déjà dans la soupe qui sans lui n'eût été que de l'eau bouillie sur du pain. De la panade. Non pas des lichettes de fromage, certes, comme on en découpe aujourd'hui en fin de repas, mais des tranches larges comme la main.

Je me rappellerai longtemps ce cousin de là-haut qui descendit nous voir, nous de la Basse-Auvergne, en 1943 ou 1944. C'était le temps de l'occupation et de la famine. Nous lui offrîmes du peu que nous avions, distribué contre tickets par le Ravitaillement officiel. Notamment une assiette où se trouvaient réunies nos trois rations mensuelles d'un fromage maigre et honteux, sans âge ni marque. Moins d'une livre en tout. Et voici le brave cousin, habitué chez lui aux bonnes goulées en dépit des restrictions, qui avance la main vers l'assiette et, de la lame de son laguiole, emporte d'un coup la moitié de notre fromage mensuel. Sans doute pensait-il que ce n'était là qu'un échantillon de nos réserves : « Ces gens des villes sont vraiment de pauvre appétit ! Il leur faut une semaine à trois pour manger ce que j'avale en une fois tout seul ! »

Grâce au Ciel, l'abondance est revenue, la France redevenue française. Winston Churchill l'avait prophétisé aux heures les plus noires, sur les ondes de la B.B.C. : *Un pays qui a assez d'imagination pour produire quatre cents sortes de fromages ne peut disparaître !*

Il y a cinquante ans, les grands crus fromagers d'Auvergne étaient produits exclusivement par ces fromageries d'été qui s'appellent *jasseries* sur les monts du Forez, *burons* ou *mazucs* sur les monts du Cantal et l'Aubrac. Fruits de l'*estive,* du séjour sur la montagne, qui durait en moyenne cinq mois, mais pouvait en atteindre sept par temps favorable, ils provoquaient entre Ambert et Montbrison une rupture provisoire de la famille : les hommes restaient dans la ferme du bas pour s'occuper de la fauche et des moissons, sous la garde d'une grand-mère qui leur assurait la soupe quotidienne ; cependant que la mère de famille, en compagnie d'une ou deux filles ou d'une *gendresse,* montait avec le troupeau vivre à la jasserie. La jeune, *vachère,* s'occupait des animaux, participait à la traite, nettoyait l'*écurie.* A la mère, *fourmière,* revenait la fabrication des fourmes.

Ce terme de jasserie désignait l'habitation proprement dite — appelée *cabane* en Auvergne et *loge* dans le Forez — et les prés environnants ; notamment la *fumade* pendue au cou de la demeure comme un bavoir d'enfant, journellement fumée en contrebas par les eaux chargées de déjections qui avaient lessivé l'étable. La cabane, tout en longueur, comprenait l'habitation des vaches — de dix à quarante laitières, plus leurs veaux, suivant la richesse — et celle des personnes, séparées par une mince cloison de bois ; au-dessus, le fenil et parfois des chambres ; elle se terminait par la cave où les fourmes mûrissaient sur des rayons, bleuissaient par le dedans, rougissaient par la croûte. Les vaches rentrées chaque soir dormaient sur des planches sans litière qui résonnaient sous leurs sabots, plus sèches et plus douces qu'un sol dallé. Elles formaient deux planchers séparés par une allée pavée et plus basse d'une largeur de main. Chaque matin, les bêtes étant au pâturage, la vachère entrait « racler les vaches » : en fait, munie du *rièble* et d'un balai, elle raclait les planchers, faisait glisser les bouses dans l'allée centrale. Ensuite, elle débondait la réserve d'eau, la *serve,* creusée dans le sol derrière la maison, alimentée par des sources. Ces montagnes siliceuses forment un barrage aux nuées venues de l'Atlantique ; celles-ci en les heurtant s'y étripent et se vident. L'eau ruisselle de toutes parts. On la canalisait, on la menait par un *béal* jusqu'à la serve où elle s'accumulait. Une fois débondée, elle pénétrait à flots dans l'étable, se rassemblait dans l'allée, s'écoulait par un trou du mur jusqu'à la *fumade.*

La couverture fut longtemps de chaume. Elle recueillait au passage la poussière et les graines volantes, s'épaississait, devenait un jardin fleuri de mousses et de graminées. Puis, à cause des assurances, on remplaça peu à peu la paille par des tuiles. Mais les vieux protestaient contre ce changement, disant que là-dessous les vaches avaient froid et perdaient leur lait.

Il fallait environ vingt-cinq litres pour faire une fourme de deux kilos, dans la *batte,* sorte de haut baquet tronconique dont les douves de bois conservaient au lait sa tiédeur. On le coagulait avec une présure naturelle, composée par la fourmière elle-même au moyen d'une caillette de veau macérée dans des tisanes qui parfumeraient la pâte ; elle y ajoutait des gousses d'ail pour éloigner les vers. Une fois émietté avec les mains et salé, le caillé était pressé dans les moules. Quelques heures plus tard, les fromages encore fragiles étaient démoulés, puis couchés avec précaution, côte à côte, sur des rayons concaves épousant leur forme et percés de trous, suspendus aux solives de l'étable. La dernière fourme était calée par un rondin, dit « fromage de bois ». Dans cette douce chaleur, elles s'égouttaient trois semaines, fréquemment visitées par la fourmière qui chaque fois les tournait une à une d'un quart de tour, comme font à leurs bouteilles les ouvriers du champagne. Elles s'habillaient peu à peu d'une belle croûte dorée.

Assez fermes à présent pour se tenir debout, on les transporte dans la cave où elles séjourneront quatre ou cinq mois, retournées encore de temps en temps cul par-dessus tête. C'est que la fourmière les examine de près, craignant surtout l'apparition de ces petits asticots blancs, pointus aux deux bouts, qui se tordent et se détendent comme des ressorts. Si elle remarque un nid d'infection, il lui faut sortir les fourmes atteintes, pratiquer un curetage, saupoudrer l'endroit de borate de sodium que les pharmaciens appellent « poudre anti-vers », laisser sécher et cicatriser au soleil, bien nettoyer le rayon avant d'y remettre la fourme opérée. Celles qui, à la fin de l'estive, n'auront pas fait leur temps dans la cave de montagne seront descendues dans la cave de la ferme où elles achèveront leur affinage.

C'est au cours de cette période que la pâte blanche se veine de bleu sous l'action d'un germe abondamment répandu dans le local et que les savants nomment le *Penicillium glaucum.* Comment est-il venu là ? Fourni par le ciel. Laissé en héritage par les fourmes précédentes. Sécrété par le bois de la cave. Sans doute, dans les commencements de la jasserie, un siècle ou deux plus tôt, quelque fermier a-t-il répandu sur les rayons du pain moisi réduit en poudre. Mais à présent on n'a plus à s'en soucier, le pénicillium est partout ; le lait lui-même en contient. Pour activer le bleuissement, il suffit que la fourmière pique parfois la pâte au moyen d'une broche d'acier, ce qui laisse en dedans, au milieu du persillage, des traces toutes droites, comme des coups de crayon bleu.

Les hommes montaient quand même régulièrement jusqu'à la jasserie pour apporter du ravitaillement, enlever les fromages bons à vendre, faucher la fumade, rentrer le foin sec, réparer les rases d'irrigation au moyen du « taille-pré », un outil bicéphale, pioche d'un côté, hache de l'autre. Mais d'autres personnes venaient aussi. A la différence des burons et mazucs du Cantal, les jasseries du Forez n'étaient pas isolées : elles s'alignaient à la queue leu leu sur le versant de la montagne et formaient de véritables hameaux. Après le 15 août, quand les jours se font plus courts et plus longues les nuits, les gros travaux terminés, femmes et enfants se rassemblent chez l'une ou chez l'autre. Il monte aussi des garçons qui ont déjà remarqué telle ou telle bergère de là-haut et voudraient bien la voir de plus près, en tout bien tout honneur. Ils apportent du vin, des nouvelles vraies ou fausses : ces veillées deviennent la gazette de la paroisse. On raconte des histoires à faire peur. L'assemblée se termine par une danse qu'entraîne un accordéon, une vielle, ou simplement la voix d'un chanteur. Si c'est un spécialiste, celui-ci se donne un mal incroyable pour varier ses notes, pour imiter les instruments qui manquent : il frappe dans ses mains, se tapote les joues ou les lèvres, se pince une narine ou les deux en même temps, se bat le gosier, tremblote du menton. Quand la place manque à l'intérieur, on gambille devant la porte.

La fin de l'estive est marquée par une autre fête :

chaque cabane à tour de rôle invite ses voisines à manger le *patia*. Un simple plat de pommes de terre pelées baignant dans le beurre, cuites sur l'âtre en un grand chaudron. Tout le monde se sert dedans, fraternellement, avec une cuiller. Mais ceux qu'on a oubliés, exprès ou non, cherchent leur vengeance. Par exemple, ils grimpent sur le toit ; au moment où les veilleurs sont occupés à leur danse, ils introduisent dans l'immense cheminée un long crochet et enlève le chaudron et son contenu dont ils vont s'empiffrer en cachette : on le retrouvera vide le lendemain. Ou encore, au moment où la patronne en soulève le couvercle, ils laissent tomber d'en haut une motte de terre au milieu du fricot ; les danseurs n'en perdront pas l'appétit pour autant, mais il faudra cuire une autre chaudronnée.

Certaines jasseries sont spécialisées dans l'accueil : il s'y tient un bal tous les dimanches et elles vendent du vin. Les *Fourinas* (Foréziens) et les *Ouvergnas* s'y rencontrent d'une façon pas toujours amicale, quand la boisson leur a chauffé les oreilles. Ils se chantent à la figure des couplets de moquerie :

> *Co i lo foto de cou vacherouné de Garnieù*
> *qu'on tan mouijà de cota de chòçu*
> *que n'on massà l'ambounhë gròu.*
> (C'est la faute à ces vacherons de Garnier
> qui ont tant mangé de côtes de chou
> qu'ils en ont le nombril enflé.)

Et malheur à celui qui, ayant passé la frontière, ose courtiser leurs filles chez ses voisins : on lui bourrera la figure et les côtes si bien qu'il s'en souviendra encore à la Noël suivante.

Voilà ce que tu aurais pu voir et entendre, mon cher Baptiste, du côté de Saint-Anthème et de Pierre-sur-Haute, il y a seulement quarante ans, à peu près à l'époque de ton émigration vers la Bavière. Peut-être y aurais-tu rencontré quelque aimable bergère qui t'aurait réconcilié avec les femmes. L'Histoire ne l'a pas voulu.

Sur les hautes terres volcaniques de l'Aubrac et du Cantal où je me trouve en ce moment, au pays des vaches rouges et des blondes, le fromage était au contraire l'affaire des hommes. Dans chaque buron, ils étaient trois ou quatre à coucher, à manger, à se parler, sous l'autorité du *cantalès,* responsable des hommes, des bêtes et du fromage : le *bédelier* s'occupait des veaux, le *mannaïre* des vaches taries ; le *roul* ou *rouillet,* un enfant bon à tous travaux menus, prêtait la main aux uns et aux autres. Le buron n'offrait pas l'espace ni les aisances de la jasserie. Le plus souvent, pas de local ici pour recevoir les vaches : elles couchaient à la belle étoile toute la saison. Quelquefois, un bout d'étable très insuffisant à l'ensemble du troupeau, hébergeait les bêtes malades. C'est pourquoi l'estive était plus courte que sur les monts du Forez : elle allait de la Saint-Urbain (25 mai) à la Saint-Guiral (13 octobre). Le buron était couvert de lauzes ou de chaume et s'enfonçait du mieux possible dans la montagne pour se tenir au chaud et à l'abri. La cave notamment y disparaissait tout entière. Là mûrissaient les énormes meules de cantal, de laguiole, de salers, fréquemment retournées, salées, brossées, bichonnées par le cantalès dont elles seraient la gloire et le salaire estival.

Les buronniers se nourrissaient principalement de soupes : trois par jour. Accessoirement, de pommes de terre, de lard et de pain. En montant à l'estive, ils emportaient les provisions nécessaires ; mais de temps en temps, un envoyé de la ferme les ravitaillait en tourtes nouvelles. Le petit-lait leur servait de boisson, de même qu'à leurs porcs. De loin en loin, un jour de fête, ils se préparaient un *aligot,* purée de patates enrichie de beurre, épaissie de *tomme* fondue, parfumée d'ail, qu'ils tournaient dans le chaudron au moyen de deux cuillers monumentales. La femme ne montait jamais. Sauf, en secret, quelque consolatrice professionnelle, peu exigeante sur la clientèle et le paiement, qu'ils se passaient de l'un à l'autre ; elle allait ainsi de buron en buron, gagnant à sa façon de quoi nourrir ses enfants dépourvus de père ; objet à scandale et de mépris dans sa paroisse, quelquefois d'apitoiement.

A la saison chaude, les Aubraciens recevaient aussi les *gasparous.* Curistes parisiens (mais d'origine locale) venus boire la *gaspo,* le petit-lait, comme d'autres s'en vont aux eaux de Vichy, de Vic-sur-Cère, de Chaudes-Aigues. Ils croyaient aux vertus guérisseuses de ce sous-produit riche en calcium, qui doit fortifier les os, purifier le sang, clarifier les urines, calmer les nerfs. Installés confortablement dans les hôtels d'Aubrac, de Laguiole, de Nasbinals, de Saint-Urcize, deux fois par jour ils montaient vers les burons où on leur servait une écuellée de gaspo qu'ils avalaient religieusement. De ce rite, n'en doutons pas, nous vient l'expression « boire comme du petit-lait ». Après quoi, ils s'égayaient dans les bois, y coupant un bâton d'alisier pour se donner un air de cantalès sur son dimanche.

Il existait deux sortes de *montagnes,* c'est-à-dire de pâturages d'estive. Les montagnes à lait : elles produisaient du fromage et des veaux ; et les montagnes à graisse : on y menait les *mannes,* les vaches stériles ou fatiguées afin de les emboucher avant de les vendre « pour la mort ». Quelle que fût leur destination, ces animaux convenaient admirablement au relief, au sol, au climat. D'une grande sobriété, ils s'accommodaient en cas de besoin des plus maigres pacages, se contentaient de bruyère faute de mieux, supportaient le froid et le chaud, donnaient un lait peu abondant mais riche en caséine, donc d'un grand rendement dans la fabrication du fromage. Ils avaient le pied sûr et ne craignaient pas, en véritables montagnards, les ascensions abruptes, jusqu'aux sommets rocheux où ils se campaient fièrement comme M. Perrichon sur la Mer de glace. La tête fine, les cornes ouvertes et harmonieuses, ils possédaient les plus beaux, les plus vastes yeux du monde : ils contemplaient sereinement l'univers, reflétaient le passage des nuées, les immensités du plateau, les jeux de la lumière et des eaux. A eux seuls, ils auraient dû suffire à rendre la paix aux gasparous et autres voyageurs tourmentés.

Dans ce paysage uniformément vert, que nuance seule l'émergence des roches grises de mousse, vois comme les choses sont bien arrangées : la robe des vaches salers s'harmonise merveilleusement avec l'écrin des pâtures, puisque le vert et le rouge sont couleurs complémentaires. La nature imite l'art. Quant au pelage blond de la race aubrac, il confirme l'or des gentianes et des lichens sur le granit des burons, les vieilles croix sculptées d'un christ rudimentaire.

La *montado* et la *devalado,* la montée à l'estive et la descente donnaient lieu à une fête colorée. Les troupeaux venaient parfois de loin, du Causse, du Ségala, ils devaient cheminer deux jours, faire étape à mi-parcours dans un pré de louage. Pour l'occasion, on les avait astiqués, parés de plumets, de branchages, de fleurs, de pompons, de rubans, de drapeaux. La reine des vaches — choisie par les hommes pour sa beauté, son poids, sa sagesse — portait sur le front une branche de houx décoré, un clocher de bois, ou encore une sorte de *pschent* pharaonique en crin de cheval. A Espallion, à Saint-Côme on s'arrêtait pour faire téter les veaux et les bergers, ce qui provoquait de beaux attroupements. Parfois, les accompagnateurs touchaient du violon, de la cabrette, tu aurais dit une noce. Ensuite, on repartait. Les cloches sonnaillaient, suspendues aux colliers garnis de clous de cuivre, celle de la reine plus grosse que les autres : cloche de cérémonie portée en cette seule circonstance ! Chacune avait un son approprié au tempérament de la bête, grave ou clair, mutin ou profond. Le vacher sérieux en essayait trois douzaines chez le ferblantier avant d'en acheter une, il lui fallait une demi-journée d'audition. Le troupeau migrateur atteignait enfin sa terre promise de pierre et d'herbe, toute verdie par la crue du printemps. Au retour, même cérémonial, un peu moins joyeux seulement, parce qu'on marchait vers l'hiver et ses brumes.

Tout cela change ou a changé. Les vaches ne montent plus à pied vers l'estive, mais en bétaillère, en camion, par le train. Motorisées comme n'importe quel estivant. Les pâtures sont régies par des coopératives dans lesquelles ont des intérêts des vétérinaires, des médecins, des notaires, des meuniers. Les « montagnes à lait » ont à peu près disparu, il ne reste que les « montagnes à graisse », peuplées de vaches taries. S'il se trouve au milieu du troupeau quelque mère encore nourrice, son veau l'accompagne, qui se charge de la traire à toute heure du jour. On en arrive à ces absurdités : des fermiers possesseurs de cent à deux cents bovins doivent acheter leur lait en carton, leur beurre en plaquette, leur fromage à l'épicerie ambulante. Les troupeaux n'ont plus besoin de vachers ni bédeliers : le fil de fer barbelé, les clôtures électriques les gardent. De loin en loin seulement, un vacher diplômé d'une école d'élevage, salarié de la coopérative, vient leur rendre visite pour les compter, examiner si tout va bien.

Les vieilles races se perdent, en dépit de leurs mérites reconnus. Le propriétaire, le *couarre,* est devenu un « éleveur » : son grand souci est d'améliorer l'espèce, de la rendre plus viandeuse. Alors, toutes sortes de croisements sont pratiqués : salers-aubrac, salers-charolaise-aubrac-limousine. Des étrangères sont apparues, comme la montbéliarde qui rappelle l'antique ferrandaise par son pelage blanc-roux. A présent, aux foires de Laguiole, de Lacalm, de Nasbinals, de Saint-Urcize, les bêtes ont toutes les couleurs, grises, blanches, rousses, bigarrées. On se croirait à l'O.N.U. Les hommes eux-mêmes ont changé de pelage. Naguère, les maquignons se reconnaissaient à la blouse bleue, la casquette à pompon, les souliers confortables, le bâton d'alisier, la veste aux poches gonflées d'énormes portefeuilles. Ils vont à présent nu-tête, s'habillent comme des fonctionnaires des Postes et payent par chèque. Les couarres eux-mêmes ont changé : ils sont jeunes, avec quelque chose du *farmer* américain dans leur vêtement, leurs cheveux courts, leur vocabulaire chargé de chiffres et de termes techniques. On en voit même quelques-uns qui portent des lunettes ! Il arrivait parfois naguère qu'un paysan sur la soixantaine en achetât un jour de foire, à quelque vendeur ambulant, une paire avec monture d'acier, dans son étui à pression. Mais des lunettes à cet âge !

Quant au lait et aux fourmes, c'est une autre affaire : ils proviennent quasi exclusivement de la F.F.P.N. : la frisonne française pie noire. Cet animal originaire de Hollande, noir et blanc, s'est répandu dans nos campagnes herbagères plus abondamment encore que les Hollandais eux-mêmes, ce qui n'est pas peu dire. Par son énorme panse, la F.F.P.N. ressemble à un ballon dirigeable, et les vieux paysans disent d'elle avec ironie : « Elle est comme les touristes, incapable de marcher. Elle a les pieds cassés. »

Pas question donc de l'envoyer à l'estive sur les montagnes, à cause de la distance et des pentes qui la déséquilibrent. Ce n'est pas que, devenue française par acclimatation, elle ne puisse résister au climat d'altitude : certaines se portent bien jusqu'à mille mètres. Mais elles préfèrent ne guère s'éloigner de leur étable de plaine ou de vallée, paissant les prairies environnantes. L'hiver, elles jouissent de la stabulation libre, et sont si bien dressées à leur fonction qu'elles se présentent d'elles-mêmes, à la queue leu leu, à la salle de traite. Leurs cornes basses, arrondies en forme de parenthèses, menacent en croissant de leur entrer dans les yeux ; si bien que de temps en temps on a besoin de les rogner. Bref, ce sont des caricatures de vaches. Mais il y a ces pis, ces mamelles prodigieuses qui les encombrent et les obligent à marcher en écartant les pattes ! Capables de sécréter 4000 à 4500 litres par an ! Alors, les producteurs laitiers ne jurent que par elles.

La F.F.P.N. a pourtant des goûts dépravés. En hiver, au foin sec de jadis, légèrement salé, elle préfère l'herbe faisandée de l'ensilage qui augmente encore sa sécrétion. C'est que la science, la chimie, l'ordinateur, le marketing ont fait irruption dans l'agriculture. Les nouveaux paysans se plaisent à vivre dans une formidable machinerie, même s'ils se saignent aux quatre veines pour en payer les traites mensuelles. « C'est ça, se disent-ils, ou la mort. » Ils ont leur presse agricole, sont à l'affût de la nouveauté-miracle, se réunissent fréquemment en assemblées ou en congrès. Des ingénieurs agronomes, des délégués du ministère de l'Agriculture, des permanents syndicaux les conseillent et les encadrent. Pour mieux exploiter leur sol et leurs animaux, ils ont organisé le « réseau bovins-lait », qui est une branche du R.N.E.D., issu de l'I.T.E.B., de l'I.T.P. ou du C.T.I.F.L. Avec l'aide des C.E.T.A., du C.D.A.D., de la F.N.S.E.A. Une pluie de sigles leur est tombée sur la tête, ils en voient trente-six majuscules. « C'est ça, se répètent-ils, ou la mort. »

Afin de nourrir leurs vaches, ils entassent donc

l'herbe encore verte, saupoudrée d'un conservateur, dans des silos-tours qui donnent à leurs fermes un profil d'usines pétrochimiques. D'autres fois, ils se contentent plus rustiquement de l'enterrer, de la recouvrir d'une bâche retenue par des pneus usagés. Elle fermente là-dedans et dégage une puanteur insupportable. Le foin qu'on en sort a toutes les apparences du fumier. Mais la F.F.P.N. est friande de ce produit dont l'odeur passe dans son lait. N'importe : la pasteurisation le désodorisera. La traite de chaque jour est conservée, non pas dans un réservoir, mais dans un « tank » réfrigéré qu'un camion de la plus proche laiterie vient vider à intervalles convenus.

Si le lait est destiné à la caséification, il en résulte ce paradoxe que les fromages caractéristiques de notre province sont produits par des vaches hollandaises. Les zootechniciens t'expliqueront : « Ce qui compte, ce n'est pas le pis, mais le lait dans lequel passent les sucs de l'herbe et les vertus des sources. C'est aussi le savoir-faire des fromagers. »

Résignons-nous. La France ne peut pas plus se passer de ses vaches immigrées qu'elle ne peut se passer de ses Portugais.

Le plus beau, c'est que la F.F.P.N. s'est révélée encore imparfaite. Alors, elle va se recycler aux États-Unis d'Amérique, comme font nos ingénieurs, nos médecins, nos champions d'athlétisme. Elle y subit un entraînement intensif. Elle revient du pays du chewing-gum apte à mieux mastiquer, munie de capacités supérieures, de diplômes universitaires, d'un pis encore plus gros, de cornes disciplinées et d'une appellation nouvelle : *Holstein.* Importateurs de frisonnes françaises peu coûteuses, les Américains nous renvoient des Holstein hors de prix.

Elles ont été débarrassées complètement de l'instinct maternel qui retenait naguère toute vache de donner son lait hors de la présence de son veau. En sorte que le vacher, au moment de la traite, devait employer des ruses de Sioux afin de se faire prendre pour lui ; l'attacher à une patte de la mère ; se couvrir de sa peau si le petit venait à mourir prématurément. Il le gardait trois mois, remplaçant dans sa nourriture le lait détourné par des compléments naturels : œufs battus et sucrés. Maintenant, les veaux sont vendus à huit jours. Enfermés dans des étables de concentration dites « batteries ». Gavés de farines lactées et de tourteaux divers. Peut-être leur épargnera-t-on désormais les anabolisants qui transforment l'animal en éponge.

Les fromages se font aujourd'hui dans des usines ultramodernes, avec salles de caillage, de moulage, d'affinage, de marquage. Coopératives ou privées. Qu'ont-elles de commun avec les burons, les jasseries d'autrefois ? A l'écart d'une ville ou d'un gros bourg, Aurillac, Riom-ès-Montagnes, Laguiole, Brioude, Condat, Clermont, environnées de camions-citernes inoxydables, elles fabriquent n'importe quelle sorte de fromage de Haute ou de Basse-Auvergne. En cas de besoin, elles sont en mesure de produire du camembert pour la Normandie ou du chester pour les Anglais. Il ne faudrait pas les transformer beaucoup pour qu'elles fabriquent aussi bien du café en poudre, de la peinture ou des tissus synthétiques. Nos ingénieurs se superposent et sont interchangeables comme ces bonshommes de carton qui nous amusaient, enfants, et qui peuvent se prêter leurs têtes, leurs ventres, leurs pieds : il en résulte cent combinaisons divertissantes.

Ces usines à fromages possèdent des chambres réfrigérées, humidifiées, qui cherchent à reproduire les conditions des caves de jadis où mûrissaient soixante jours les fourmes d'Ambert ou du Cantal : à 9° C de température, 90 degrés d'hygrométrie, les fromages patientent ici jusqu'à douze mois, suivant les besoins du marché et les goûts de la clientèle. On peut accélérer le processus en élevant la température. (L' « affinage » est le commencement du « mûrissage » et doit durer au moins vingt et un jours.) En fait, les industriels préfèrent livrer des produits immatures à des négociants qui leur offrent un complément d'éducation. Par exemple dans les anciennes caves à vin qui percent la colline de Clermont d'un réseau souterrain ignoré de la plupart des Clermontois : elles ont parfois jusqu'à six étages sous le Plateau Central et communiquaient jadis entre elles ; si bien que l'entière population pouvait s'y réfugier pour échapper à des envahisseurs. On raconte qu'un certain curieux voulut un jour connaître l'aboutissement de ces passages ; qu'il s'y engagea en touchant du flageolet, disant à ses amis : « Vous me repérerez au son. » On entendit la musique s'éloigner, puis s'éteindre, mais jamais le musicien ne reparut. A présent que le vin de Clermont est bu à jamais, des rayonnages ont été installés à la place des cuves et des tonneaux. Là prend de l'esprit notamment le *savaron* qui est un substitut du saint-nectaire.

La famille Savaron s'était enrichie dans la jurisprudence. Symbole de sa fortune, l'ancien hôtel Savaron, place du Terrail, avec son fronton triangulaire flanqué de trois boules, porte l'anagramme de la famille : *VNA ROSA,* et ce commentaire latin : *Aeternum gratos spirabit odores perpetuoque virens nullis marcescet ab annis.* (« Cette Rose Unique répandra sans fin des effluves délicieux. Perpétuellement fraîche, les ans ne la flétriront point. ») Jean Savaron, fleuron le plus célèbre de ce rosier, publia les *Origines de Clermont,* un traité *Contre les masques,* un autre *Contre les duels.* Le château de la Varvasse, à Chanonat, actuellement propriété de la famille Giscard d'Estaing, appartint aussi aux Savaron.

Quand les fromagers du Plateau Central décidèrent de produire un « saint-nectaire de laiterie hors du territoire délimité », ils choisirent par une merveilleuse inspiration de l'appeler *savaron*, empruntant ce nom à une rue de leur quartier. Voilà comment, dans l'esprit du populaire qui ignore tout des écrits de jurisprudence et d'histoire de cet ancien Clermontois, *savaron* est devenu synonyme de fromage. Ainsi s'est trouvée pleinement justifiée, quoique de manière imprévue, la devise qu'avaient composée ces anciens magistrats : *Cette Rose Unique répandra sans fin des effluves délicieux.*

C'est une mutation aussi fondamentale qu'a subie le tunnel de Menthières situé sur l'ancienne voie ferrée Saint-Flour-Brioude, à 1 000 mètres d'altitude, non loin du col de la Fageolle. Quand la S.N.C.F. eut supprimé le service de ce gentil tacot, elle vendit les restes au plus offrant, rails, traverses, talus, stations, maisonnettes des gardes-barrière. Ainsi, les Manhès d'Aurillac, propriétaires de plusieurs laiteries et fromageries, furent preneurs de ce tunnel. Sur une longueur de 360 mètres, il traverse un des bras du Cantal, ce poulpe volcanique aux quinze tentacules dont la tête est au puy Mary. Sous sa voûte en pierre de taille basaltique, murée aux deux bouts, dans une température idéale (8-9° C) qu'aucune saison n'altère, mûrissent en permanence 4 000 à 5 000 meules, alignées de chaque côté sur trois rangs comme les passagers d'un Boeing, séparées par une allée de béton. Les croûtes y fleurissent, s'y épaississent à souhait, la saveur de la pâte s'approfondit, sa couleur s'accentue jusqu'à cette nuance ambrée qui marque la limite. Au terme du séjour (trois mois pour les unes, sept pour d'autres), elles sont estampillées au timbre de la maison et partent vers toutes les régions de France où l'on apprécie le *super-lioran.* Car, par un transfert de sens habituel aux publicitaires, Paul et Jacques Manhès ont choisi pour leur marque ce nom d'une station de ski. De même, le *savaron...* Ainsi, en le dégustant, l'acheteur aura l'impression de manger de la neige, du slalom, de l'altitude. Tout en restant dans son fauteuil.

Les deux mille burons qui autrefois parsemaient les pentes des monts Dore, du Haut-Cantal et de l'Aubrac sont abandonnés. Leurs charpentes ont cédé sous le poids des lauzes et des neiges. Les anciens buronniers ont pris leur retraite et n'ont pas reçu de successeurs.

Il reste cependant, çà et là, quelques burons qui travaillent encore. Ils se sont adaptés aux temps modernes, sont devenus des burons-restaurants et offrent l'*aligot* du pays, durant la saison touristique, à la clientèle de passage. Ils vendent des cartes postales, des cloches-souvenirs fabriquées en Italie, des *bouffadous,* ces bâtons percés au pique-feu en canon de fusil et qui servent à souffler sur les braises.

Cette semaine, j'ai eu toutefois le privilège de voir près d'ici l'un des derniers burons fonctionnants, au-dessus de la D.9 qui d'Allanche file au couchant vers Ségur-les-Villas, puis Riom-ès-Montagnes. On l'appelle là-haut le buron de la Croix-Blanche à cause d'une croix voisine élevée à la mémoire d'une mort tragique. Ils étaient trois à m'accueillir. Trois frères de lait attachés à la vache. Un vieux, un jeune, un sans âge : ce dernier, l'œil hagard sous sa cloche de feutre et, pour tout dire, l'air idiot. Car il faut être passablement idiot pour accepter de mener à la fin du XXe siècle, sur ces montagnes désertiques, la même existence qu'au XVIIIe.

Mêmes rites, mêmes gestes que j'ai longuement décrits ailleurs [1], au service des vaches, du fromage et du maître : à 45 kilomètres de là, celui-ci habite dans la vallée de Mandailles une ferme opulente et monte de temps en temps lever les fourmes mûres. Tout y est exactement conservé : la traite du matin et celle de l'après-midi, le déplacement et la construction du parc, le tabouret unijambiste retenu à la ceinture, les seaux (d'aluminium) vidés dans la gerle, son transport à deux au moyen d'une barre de bois à la façon d'un palanquin. Puis la fabrication du fromage. C'est le plus ancien qui en a la charge. Seul instrument moderne : une broyeuse électrique. La presse est à cabestan. Les meules sont emmagasinées dans la cave en sous-sol : on y accède par une trappe.

L'alimentation humaine s'est modernisée aussi : les trois hommes consomment des pâtes, du riz, des conserves ; mais la soupe au fromage reste leur nourriture de base. Ils cuisinent sur un réchaud à butane. « C'est moi qui en ai la charge », dit l'homme jeune. Le troisième ne dit jamais rien et se contente de me regarder. Même silence que jadis. Je demande :

« Qu'est-ce que vous faites, le soir, après le travail ?

— Le travail finit tard. On mange la soupe et on va se coucher. »

Pas de transistors. Pas de Telefunken comme chez toi qui leur ressembles : en plus jovial, en plus ouvert, en plus réfléchi. Eux ignorent comment va le monde et s'en passent bien.

Une chose complique leur vie : l'un des trois, l'homme jeune, est marié, père de famille.

« Quand voyez-vous votre femme et vos enfants ?

— Ils montent quelquefois, avec le patron. Et moi,

1. Cf. *La vie quotidienne dans le Massif Central au XIXᵉ siècle* (Hachette).

je descends aussi de temps en temps, quand mes copains me donnent la permission. »

Il me désigne sa pétrolette. Ces jours-ci, pendant qu'ils étaient occupés à leur traite, un voleur est entré dans le buron, a emporté leurs économies et cassé les rayons de la bécane pour empêcher de le poursuivre. Un voleur de pauvres.

« Ce qu'il nous a pris, ça ne l'aura pas mené bien loin ! »

Ils haussent les épaules et sourient, comme s'ils lui avaient joué un bon tour.

Fromage plus humble, celui qui se fabriquait dans les régions de polyculture comme dans la campagne de ton enfance. Anonyme. On disait seulement : *fromage de montagne.* Les vaches y étaient bonnes à tout faire : à tirer le char, le tombereau, la charrue ; à donner leur lait, leur bouse, leurs veaux, leur viande et leur peau en fin de vie. Mais vous les laissiez vieillir tout à leur aise, au même titre que les grands-mères. Elles faisaient partie de la famille.

Les troupeaux n'étaient jamais très nombreux : dix ou douze têtes chez les riches ; quatre ou cinq chez les pauvres du genre Pascal ; deux seules chez les gueux. Aussi ne connaissaient-elles jamais l'estive. Elles tondaient un bout de pré sacrifié à leur usage ; encore devaient-elles se garder strictement d'en sortir : à dix ans tu avais la charge de les maintenir sur la frontière, avec le renfort de ton chien Parpaillou. Mais comme il était mal dressé (tu l'appelais « le chien le plus *céhoenne* de la paroisse » !), il aboyait quelquefois au nez de la goulue, non à son arrière-train : il obtenait, malgré tes cris, le résultat inverse de ce qu'il fallait. Ce peu d'herbe ne suffisant point, vous deviez pousser les bêtes jusqu'aux pâtures communales, où elles avaient toute liberté. C'était alors pour toi et tes confrères en bergerage une occasion de vous grouper, de bavarder, jouer, chanter, raconter des balivernes, tailler des sifflets, tresser des paniers de jonc.

Bref : les troupeaux ne se trouvaient jamais à l'abandon, mais toujours en compagnie d'hommes, de femmes, d'enfants. L'âge de la clôture électrique et de la solitude n'était pas encore venu. Si aujourd'hui tu longes en voiture un de ces parcages encerclés, descends de ton véhicule, approche-toi des barrières : les vaches cesseront de brouter et tourneront vers toi leurs gros yeux pleins de surprise. Un bipède ! Un bipède qui s'intéresse à nous ! Pour le plaisir de nous regarder ! Voilà bien désormais la chose la plus rare au monde !

L'hiver, elles restaient au chaud dans leur étable, ne sortant deux fois par jour que pour se rendre à l'abreuvoir. Mais alors vous tâchiez d'éviter la rencontre d'un autre troupeau assoiffé au même moment. Sinon, il se produisait des grabuges, des ruades, des bousculades, les vachers avaient le plus grand mal à séparer les unes des autres, les chiens compliquaient la situation, tout le monde s'en mêlait.

De telles rencontres n'adviennent plus : dans leurs étables à trois étoiles, chaque vache dispose aujourd'hui d'un petit abreuvoir individuel, il lui suffit d'en presser le fond avec les naseaux pour que l'eau arrive en courant.

C'est la fin de la société auvergnate traditionnelle : hommes et vaches ne se mélangent plus. Il y a *apartheid* comme en Afrique du Sud. Si tu revenais parmi nous, cher Baptiste, ce serait, j'en suis sûr, ta plus profonde déception.

Garde donc précieusement l'amitié de tes biches. Je les embrasse entre les oreilles.

Issoire, le 26 janvier 1982

Cher Baptiste,

Te rappelles-tu la manière toute spéciale qu'avait M. Saint-Joanis de vous enseigner la géographie de la France ? Il avait composé sur chaque département une strophette rassemblant les noms du chef-lieu et des sous-préfectures, parfois une spécialité locale, une anecdote historique ou littéraire, selon les besoins de la rime.

Haute-Loire, la chose est sûre,
A Le Puy pour préfecture,
Et pour finir le tableau
Brioude avec Yssingeaux.

Le Cantal pour ses péchés
A Saint-Flour comme évêché.
Comme chef-lieu, Aurillac
Conduit Murat et Mauriac.

Clermont-Ferrand, ce bon homme,
Dirige le Puy-de-Dôme,
Tandis qu'Issoire et Ambert
Dansent avec Riom et Thiers.

Ainsi, de comptine en comptine (il y en avait quatre-vingt-dix en tout), depuis *L'Ain qui ses poulets engraisse Obéit à Bourg-en-Bresse,* jusqu'à *Territoire de Belfort Où Denfert fut brave et fort.*

Dans ton propre département, tu imaginais donc les quatre sous-préfectures dansant une bourrée carrée, avançant, reculant, se croisant, tapant du talon, jusqu'à la bise finale échangée suivant les rites, Ambert et Thiers le chapeau levé, Issoire et Riom les joues modestement tendues. Issoire femme et Ambert homme : tu les voyais comme ça.

En fait, ces deux agglomérations étaient de ton temps d'une égale insignifiance numérique. Ambert, avec ses sept mille Ambertois, après la perte de ses papeteries, était une ville de fromages, de dentelles et de dévotion. Issoire, un gros bourg de vignerons, de commerçants, de fonctionnaires et d'artilleurs. Appariées aussi par le souvenir d'heures de flammes et de sang, quand, au XVIe siècle, huguenots et catholiques se les disputaient : le capitaine Merle s'empara de l'une et de l'autre ; mais Issoire fut détruite en 1577 par les troupes royales. La tradition le dit, les complaintes le confirment :

O pauvre ville d'Yssoire
Qu'avais acquis le renom
Le meilleur vin du pays boire
Et des filles le parangon.
Las ! Où sont-elles ?
Les soldats les ont emmenées,
Desflorées...

C'est que déjà courait le dicton : *A Issoire, bon vin à boire, belles filles à voir.*

Or, en 1982, voici la population d'Ambert quasi inchangée (8 000 hab.), alors qu'Issoire a triplé la sienne. Que s'est-il donc passé ? L'industrie a choisi la seconde et négligé la première. Attirée par le voisinage du bassin houiller de Brassac-Sainte-Florine et par la seule voie de pénétration facile dans le Massif Central : le val d'Allier. L'Allier qui est l'artère crurale et l'aorte de la région Auvergne. Il transportait jadis les fruits de cette terre « créée par Dieu, selon le mot du voyageur parisien Legrand d'Aussy, pour faire le bonheur de ses voisins » : pommes de terre, pommes, vin, bois, charbon, pierre à bâtir, blé, paille, foin. A pleins fûts, à pleins bateaux. Dès cette époque, la population s'habitua au remuement des marchandises, des jambes et des idées. Ainsi, vinrent les usines : *Wasmer Aviation, Ducellier, Forgeal, Cégédur.* Tu n'as point connu cela. Tu t'imagines toujours Issoire dansant la bourrée.

Pendant ce temps, Ambert faisait la fine bouche : « Il paraît que Michelin aurait l'intention de s'installer chez nous ? Saint Jean nous en préserve ! Cela provoquerait un changement très préjudiciable aux bonnes mœurs. Ne laissons pas cégétiser notre pieuse population rurale. Nous avons notre fabrique de chapelets : cela nous suffit. »

On y gardait un trop mauvais souvenir de la grève des chapeletières de 1912 : elle avait duré six mois, privé la France bigote de chapelets en pleine saison pèlerinale, rassemblé des centaines de bergères vociférantes devant les mairies, les gendarmeries, les églises ; certaines brandissaient même un drapeau rouge ! L'hostilité ambertoise à l'industrialisation, à l'ouvriérisation porte ses fruits : la population ne dépasse pas

8 000 têtes ; elle a perdu son député propre et tremble pour son sous-préfet ; elle produit encore des chapelets, de moins en moins (qui s'en sert ?) ; des épingles de nourrice ; dans les meilleures années, des sandows.

Pendant ce temps, Issoire travaille pour l'Airbus, pour la fusée spatiale, pour le T.G.V., pour les métros les plus modernes. Ce qui autorise ce slogan : *Le métro de Caracas part d'Issoire.*

Un slogan chasse l'autre. Les belles filles sont toujours présentes. Un peu partout. Spécialement dans le chalet du Syndicat d'initiative, place d'Espagne. Mais, Issoire, où est ton vin ?

Plus que quiconque, tu comprendras, mon cher Baptiste, ce qu'il y a de douloureux dans une telle interrogation. Tu le sais, tous les coteaux environnants, de chaque côté de la rivière, et plus au nord en bordure de la Limagne, autour de Thiers, de Riom, de Clermont, étaient naguère couverts de pampres. La vigne en Auvergne est aussi ancienne que les hommes. Au ve siècle, Sidoine Apollinaire signale sa présence. Sous prétexte de vin de messe, les moines de Lavaudieu, de Brioude, de Port-Sainte-Marie, de Montpeyroux la cultivaient sur de grandes étendues, parfois très éloignées de leurs couvents. Les chanoinesses de Blesles n'étaient pas en reste. Au XVIIe, le chanoine Audigier cite quelques-uns de nos meilleurs crus : *Ris, Châteldon, le Cros de Vollore, Mirefleurs, Corent, Villeneuve, Beauregard, Neschers, Boudes* et un canton du *Petit-Pérignat* nommé *Dieu-le-Père. Les meilleures tables de Paris,* assure-t-il, *les apprécieraient s'ils pouvaient être transportés sans demeurer longtemps en chemin.* En matière de vins, éloge de chanoine vaut double éloge de laïc. Et cette vigne à l'usage exclusif de Dieu le Père devait produire un bien doux jus.

Ce vin voyageait, comme j'ai dit, par la voie fluviale, qui est la moins secouée. Sur les gabarres de sapin, il atteignait Paris où il abreuvait le populaire qui le voulait très foncé. S'il manquait de couleur, les vignerons le teignaient avec du suc de petit sureau, dont les merles mangent les baies avec autant de plaisir que les cerises.

A la fin du siècle dernier, le phylloxéra favorisa un moment notre vignoble : le puceron avait déjà dévoré par le pied les vignes du Midi, mais pas encore atteint l'Auvergne. Elle en vint à produire un million d'hectolitres annuels. Quand elle fut à son tour contaminée, on planta des cépages hybrides, tels le *bacco* (qui veut dire *Bacchus* en italien) ou le *pouzin* venu de l'Ardèche, très répandu dans notre arrondissement d'origine. Ces sujets résistaient à l'épidémie. Ils ne purent cependant empêcher un certain nombre de nos vignerons d'abandonner la viticulture pour d'autres gagne-pain.

C'est que leur existence était dure. Elle n'avait guère changé depuis la description qu'en faisait le même Legrand d'Aussy à la veille de la Révolution : *Le vigneron pour cultiver ce sol maudit éprouve des fatigues incroyables. Terre, pierres, fumier, échalas, il est obligé de porter tout lui-même, et à dos, sur sa montagne, et c'est bien de lui qu'on peut dire qu'il arrose la terre de ses sueurs. La tête couverte d'un sac de grosse toile plié en forme de capuchon, on le voit grimper par des sentiers qui ne paraissent praticables que pour des chèvres. Dans le temps des vendanges, son labeur est bien autre encore. Le malheureux ne peut avoir un cheval ou un âne ! Eh ! comment les nourrirait-il ? D'ailleurs, les coteaux étant très roides et souvent presque à pic, ces animaux ne pourraient en descendre avec une charge. Il faut que ce soit lui qui transporte sa vendange dans des hottes ; souvent à deux ou trois milles de distance. Hommes, femmes, enfants, tous descendent et remontent jusqu'à ce que leur longue cueillette soit achevée ; et ce travail effrayant dure des semaines entières, depuis le lever du soleil jusqu'à la nuit.*

Legrand d'Aussy ne vit point, sans doute, n'entendit point les réjouissances inspirées par la vigne ; les chansons entre les ceps ; les repas rustiques, simples mais bien arrosés ; les processions, fêtes, mascarades en l'honneur de saint Verny ou de saint Vincent. Celles-ci dégénéraient souvent en godailles païennes, à telle enseigne que les prêtres refusaient de s'en mêler. Ainsi fit celui d'Auzat-sur-Allier vers 1890. Alors, les vignerons menacèrent de le remplacer par un soûlard de village dont la spécialité consistait à singer les rites religieux, en débitant un latin et des bénédictions de son cru. Pour éviter un scandale plus grand, le curé capitula.

Après le boire vient le déboire. D'autres malheurs ont frappé nos vignes. Le chemin de fer, qui répandit commodément les vins du Midi dans toute la France. Le mildiou de 1913, qui s'attaqua aux plants américains grâce auxquels on avait reconstitués *grosso modo* l'ancien vignoble. La guerre de 1914-1918 qui tua beaucoup de vignerons. L'augmentation des prix de journée. Les camions-citernes qui ont parachevé l'ouvrage des trains. L'industrialisation, qui a détourné la main-d'œuvre rurale vers les usines de Clermont, de Riom, de Pont-du-Château, d'Issoire. L'urbanisation qui fait déborder les villes sur les campagnes. La prolifération des supermarchés, qui facilite le débit à la bouteille, rend inutiles le stockage et les tonneaux, apporte de partout, même de l'étranger, des vins concurrents. L'éducation des consommateurs, devenus plus délicats de palais.

En vérité, le vigneron auvergnat n'a jamais été amoureux de son propre vin, comme le Bordelais, l'Angevin, le Bourguignon ; il ne l'a jamais comblé de ses sollicitudes ; il ne se lève point la nuit pour aller contrôler ses malaises ou ses ébullitions. La quantité compte plus que la qualité. Ni lui-même ni sa clientèle ancienne n'avait le gosier très fin : ouvriers, paysans, artisans, gens de peau épaisse. Tout ce qui entre fait ventre. Il vendait ordinairement le meilleur de sa récolte et gardait pour son usage la piquette. Manquait-il de fruité ? Il le parfumait au « véritable arôme de framboise » acheté chez le droguiste, à raison d'un litre par pièce de soixante pots. Manquait-il de vigueur et d'âpreté ? Il lui en donnait en le saupoudrant de vert-de-gris. De degré alcoolique ? Il le sucrait sans vergogne.

« A quoi bon, ont répété les gouvernements et les journaux, vous obstiner à produire de la bibine ? L'avenir est dans la qualité. Or, pour l'atteindre, vous n'avez ni le soleil, ni le relief, ni l'espace qui conviennent. Ni même le savoir-faire. Renoncez donc à vos derniers ceps. Engagez-vous dans l'industrie. Rengagez-vous dans l'agriculture de rendement. »

Il a suivi ces conseils, les coteaux ont changé d'apparence. Les uns, qu'habillait un sol assez profond, se sont convertis au maïs. D'autres, les plus nombreux, sont purement et simplement abandonnés aux friches. Les anciennes terrasses qui retenaient le sol, si longuement, si patiemment construites, témoignent d'une vie révolue, comme les ornières dans les pavés de Pompéi. Ainsi Chanturgue, aux portes de Montferrand, où Jules César dressa son « petit camp » si l'on en croit Paul Eychart, ne reçoit d'autre fréquentation que celle des archéologues et des motos vertes. Aux environs de Châteldon, d'Escoutoux, c'est la forêt qui recouvre les anciennes pentes viticoles : le pin, l'épicéa, le chêne spontanés.

D'autres pentes cèdent la place aux H.L.M., aux massives copropriétés, aux tristes pavillons bâtis à la douzaine, aux villas biscornues. Les architectes nouveaux ne veulent rien connaître de l'antique architecture vigneronne. Car pendant des siècles le vin a modelé l'habitat aussi bien que l'habitant. Dans les vieux bourgs accrochés aux coteaux, Le Broc, Le Crest, Aubière, Gergovie et les villages en *at*, les maisons avaient leur style propre. En sous-sol, la cave profonde (à moins, comme à Aubière, qu'elle ne fût hors du bourg, creusée dans le roc). Au rez-de-chaussée, quelquefois l'étable des vaches ; toujours, le cuvage voûté avec sa cuve, son pressoir, sa porte à plein cintre dont la partie supérieure indépendante s'ouvrait pour favoriser l'aération. On montait au premier étage, au logement du monde, par un escalier extérieur en pierre, puis un balcon allongé sur toute la façade, sous une avancée de la toiture. Là séchaient l'ail, les oignons, les bouquets de menthe et de mélisse. Construites d'arkose ou de calcaire, ces demeures se pressaient l'une contre l'autre, à tel point que parfois le même escalier, le même balcon desservaient deux familles. Une vie communautaire intense animait ces villages. Habitant si près l'un de l'autre, on ne pouvait s'ignorer. On se rassemblait en maintes occasions, pour les vendanges qui exigent beaucoup de mains et d'échines, pour les fêtes, pour les veillées.

A présent, les maisons vigneronnes tombent en ruines. Ou bien, elles ont été rachetées par des Portugais qui les rafistolent à leur goût, les peinturlurent de rose, de bleu comme celles de leurs provinces natales.

De ma fenêtre, j'assiste à l'escalade lente mais sûre du mont Rognon qui fut jadis couvert de pampres jusqu'au sommet. Jusqu'aux débris du château fort édifié par un Dauphin de Montferrand. Transformé en commune dortoir, faubourg de Clermont, un Ceyrat nouveau s'étale sur les terres abandonnées. Y compris d'anciennes carrières dont il garnit les excavations de verdure et de villas. Mais quelles villas !

Autrefois, quand un chef de famille entreprenait de bâtir sa maison, il imitait d'instinct celles de ses voisins, employait les mêmes éléments, pierres, tuiles, cheminées, portes et fenêtres. Ce qui ne l'empêchait pas d'y ajouter sa note personnelle dans les dimensions et les formes, l'orientation et la disposition, les détails d'ornement. Il allait fouiller les ruines du vieux château, en rapportait quelque linteau, quelque corbeau sculpté qu'il incluait dans sa bicoque. Le village formait une cellule qui avait son visage propre, ses habitudes, son parler, ses intérêts. Tout cela parfaitement accordé au relief, à la nature du sol, au climat, aux besoins.

L'attitude du bâtisseur moderne est exactement l'inverse. Au lieu de se soucier du voisin, d'attester par ses murs et son toit qu'on se sent proche de lui, chaque constructeur fait étalage de ses humeurs et de ses goûts, de son instruction, de son argent, de sa suffisance. Il tient absolument à se singulariser, va chercher son inspiration en Provence, en Espagne, à Beaubourg, en Angleterre. Au flanc du mont Rognon, c'est à celle qui cherchera le plus à époustoufler. Les toitures sont noires, marron, violettes, rouges, d'ardoise, de tuiles, de bardeaux, de fibrociment. Certaines de ces constructions ressemblent à des blockhaus du mur de l'Atlantique, d'autres à des pastilles Valda. La prétention éclate de partout. Quant à l'orientation, on s'en moque bien : presque toutes regardent le nord-ouest d'où viennent les pluies et les vents froids. Un mépris qui leur coûte cher en chauffage. Et dire que cette cacophonie a été orchestrée par un promoteur, approuvée par les services compétents municipaux et départementaux ! Et dire que je vais avoir ça sous les yeux jusqu'à la fin de mes jours !

Mais revenons vers Issoire et son vin. Il s'en produit toujours de modestes quantités aux environs, à

Flat, Saint-Yvoine, Sauvagnat-Sainte-Marthe, Saint-Vincent, Périer, Solignat, Boudes. Quelques vieux vignerons ont gardé le savoir-faire : quand tu viendras par ici, tu accepteras sans crainte le verre que pourra t'offrir un homme à tête blanche. Mais tu te méfieras des jeunes, risquant de tomber sur cette sorte de breuvage qu'on ne peut consommer qu'à trois : le buveur, celui qui présente le *tassou* et le troisième arc-bouté qui lui renforce l'échine ; si vous n'êtes que deux, il te bloque contre un mur pour t'empêcher de reculer.

Et le savoir-faire se perdra de plus en plus, car les fils des vignerons travaillent aujourd'hui dans les usines issoiriennes, à temps partiel ou à temps complet.

Quand, venant par exemple de Chilhac, tu évites de contourner Issoire par la récente déviation autoroutière et traverses carrément la ville, tu remarques sur la droite en sortant un curieux objet bleu-blanc-rouge en bordure de la nationale. Monument surréaliste ? Clocher raccourci et détaché de son église ? Pour en avoir le cœur net, tu t'approches et constates qu'il s'agit tout simplement d'un marteau-pilon en train de brouter les pâquerettes. Tu crois rêver, tu le touches du doigt : il est bien concret. Avec au pied une légende explicative : *Né à Chambersburg, U.S.A., je pèse 800 tonnes. J'ai été placé à cet endroit par des techniciens soviétiques venus installer la grande presse d'Interforge.*

Les choses commencent en 1974 lorsqu'on apprend que quatre entreprises : Forgeal (déjà présente à Issoire aux côtés de Cégédur, sa cousine du groupe Péchiney-Ugine-Kuhlman), Creusot-Loire, Aubert-Duval et SNECMA viennent de s'associer afin d'implanter et d'exploiter en commun, sous l'appellation d'Interforge, une presse hydraulique à matricer de 67 000 tonnes, importée d'Union soviétique, née du mariage de deux presses de 75 000 tonnes qui fonctionnent là-bas. Elle sera la plus puissante du monde occidental : trois fois plus que les presses françaises déjà existantes, deux fois plus que les américaines. Imagines-tu cela ? A Issoire, petite ville, grande histoire, spécialiste des belles filles et du bon vin !

Aussi russe qu'elle soit, ladite presse soupçonne-t-elle qu'elle est totalement auvergnate dans ses origines ? Car elle est fondée sur le principe de Pascal : *Dans un liquide en équilibre, toute pression exercée sur une surface déterminée se transmet intégralement à toute surface égale prise dans le liquide, quelles que soient la position et l'orientation de cette dernière.* Il fallait bien qu'on retrouve dans ces parages ton oncle putatif !

Pour la recevoir, on édifie dans la Z.I. de la Maze une vaste construction de fer, de verre et de béton, rigoureusement parallélépipédique. Le contraste est frappant entre ses angles droits et les anciennes usines aux couvertures voussurées. Là-dedans vont besogner, de 1974 à 1976, aux côtés de leurs collègues français, deux cents techniciens soviétiques.

Ils logent dans des H.L.M., avec leurs femmes et leurs enfants : aucun de ceux-ci n'est d'âge à fréquenter l'école. Tout de suite, leur bâtiment devient une sorte de ghetto volontaire d'où les occupants sortent le moins possible. Ces dames russes ne fréquentent pas le voisinage. Les indispensables achats de nourriture se font par signes et par sourires. Elles sortent toujours à plusieurs se soutenant le moral l'une l'autre, ou peut-être se surveillant. Toute conversation est d'ailleurs impossible, car ni elles ni leurs maris n'entendent un mot de français. Seul l'interprète aurait cet avantage ; mais il se borne à traduire les dialogues techniques. Sourd à tout ce qui ne concerne pas strictement sa mission officielle.

Les éléments de la presse arrivent par la route, expédiés d'Ukraine par le combinat industriel de Novokamatorsk, dont le sigle figurera en majuscules cyrilliques sur le fronton du monstre : *HKM 3.* Entre un marteau-pilon et une presse à matricer, il y a la même différence qu'entre un marteau ordinaire et le fer d'une repasseuse. Le premier agit par son poids et son élan additionnés, la seconde par la chaleur et la vigueur de son insistance ; le premier est bruyant, la seconde quasi silencieuse, enveloppée seulement de sifflements et de vapeurs. La masse pressante est faite de cylindres disposés en quinconce, celui du milieu ayant plutôt une vocation perceuse. Cinq cylindres tout pareils à ceux des anciennes locomotives, sauf que la pression est exercée par une émulsion d'eau et d'huile. C'est elle, compacte, irréfutable, pascalienne, qui oblige les pistons à descendre : leurs forces conjuguées peuvent totaliser une poussée de 67 000 tonnes, alors que l'ensemble de la presse n'en pèse que 12 000. Ce qui n'est pourtant pas si mal : deux fois autant que la tour Eiffel.

Vue dans son ensemble, cette gigantesque construction tient du blockhaus, du buffet d'orgues avec ses tuyaux de divers diamètres, de l'H.L.M. à quatre étages balconnés. A ses pieds, l'homme qui la commande a les dimensions d'une souris entre les pattes d'un éléphant. Encore dissimule-t-elle une partie de ses structures : le tiers de sa hauteur est enterré. Pour supporter ce poids, résister à ces efforts, il a fallu creuser les fondations jusqu'à un banc de granit situé à seize mètres de profondeur. Traverser les couches géologiques jusqu'au socle hercynien. Une fois en place, l'engin est cependant si sensible qu'il est en mesure de briser une noix sans en écraser les cerneaux. Encore que pour un tel emploi le casse-noisettes ordinaire semble plus recommandable.

Tout le reste du parallélépipède et ce qu'il contient

est à son service : les fours qui chauffent les ébauches ; le pont manipulateur qui saisit des pièces de cinq tonnes et les pose délicatement au centre de la presse ; le pont roulant ; les installations de fignolage : scies à ébarber, chalumeau à plasma, bacs de décapage...

As-tu maintenant une idée, mon cher Baptiste, des utilisations d'une si énorme mécanique ? Elle forme en un seul bloc des pièces métalliques de grandes dimensions qu'on fabriquait avant elle en plusieurs éléments assemblés et soudés. C'est la même différence qu'à Thiers entre le couteau de table monobloc, tout acier, et le couteau à virole et à manche. On y gagne en solidité, en matière première, en main-d'œuvre, en temps, en énergie dépensée. Interforge modèle des canons, des arbres de navires, des ailes d'avion, des turbines, des essieux de wagon... Tiens, je pense au fameux bossu dont tu me parlais tout le temps. C'était ta façon de me dire au revoir :

« Et si tu vois le bossu, dis-lui qu'il se redresse. »

Envoie-le donc se faire redresser à Issoire. Je suis sûr qu'Interforge fera ça très bien. Ha ! ha ! ha !

Une fois leur besogne terminée, sans avoir en deux ans de vie commune révélé à leurs collègues français un seul coin de leurs pensées intimes, sans avoir éciangé dix mots avec leur concierge, sans avoir invité un seul Issoirien à leur table, protégés par leur ignorance et par leur savoir, les Soviétiques sont repartis avec armes et bagages, femmes et enfants. Ceux-ci ne garderont qu'un souvenir vague de leur séjour dans un appartement auvergnat.

En revanche, les hommes ont voulu laisser un souvenir d'eux qui ne fût pas strictement utilitaire. Dans les ateliers de Forgeal traînait ce vieux marteau-pilon de Chambersburg, auquel *HKM 3* enlevait toute raison d'être. Il était question de le réduire en ferraille. Ayant constaté au cours de leurs promenades la grande pauvreté d'Issoire en monuments statuaires, les Russes proposent alors d'en orner la Z.I. de la Maze. Ils consacrent deux week-ends à démonter la grosse machine en petits morceaux, à la reconstruire sur un socle en ciment, à la peinturlurer de tricolore. Issoire a désormais son marteau-pilon monumental, symbole de la coopération franco-américano-soviétique. Faute de mieux...

J'eusse préféré une grande et joyeuse fête à l'ancienne. Issoire, Ambert, Thiers, Riom, Novokamatorsk, Chambersburg y auraient dansé des bourrées comme dans la comptine de M. Saint-Joanis, en buvant du vin de Boudes ou de Saint-Vincent. Et à la fin, nous nous serions tous embrassés trois fois, le chapeau levé.

Un des principaux clients d'Interforge n'a que quelques centaines de mètres à parcourir pour lui apporter sa matière première. Il s'agit de Cégédur (Compagnie Générale du Duralumin) établi sur une terrasse dominant la rive gauche de l'Allier, en aval des deux ponts d'Orbeil. (Mais du vieux il ne reste que les piles qui soutenaient les câbles, et la maisonnette de l'ancien octroi.) Là s'étendaient avant 1947 les terres agricoles de la ferme du Piat dont les bâtiments subsistent, vaguement promis à une utilisation socioculturelle. Sous leurs toitures arrondies, les bâtiments des usines ressemblent plutôt à d'immenses marchés couverts. Les sols sont dallés de pavés de bois, bon isolant électrique. Entre ces diverses constructions, une pelouse, un mât au sommet duquel, lorsque j'arrive précédé des autorisations voulues, flotte le drapeau du Japon, soleil rouge sur ciel blanc. « Nous voulons ainsi, m'explique l'aimable directeur, informer notre personnel que nous recevons en ce moment la visite de clients japonais. C'est une façon de faire toucher du doigt à nos compagnons les résultats de l'entreprise. »

J'apprends d'emblée que l'aluminium est le métal de l'avenir, le plus répandu sur notre globe qui n'est, en simplifiant à peine, qu'une grosse boule d'alumine, c'est-à-dire d'aluminium impur. Issoire devient aussi peu à peu une ville d'aluminium.

Le produit brut se présente sous l'aspect de longues briques aux arêtes arrondies ou d'énormes cylindres creux. Chaque pièce pèse dans les cent tonnes, mais s'appelle modestement une *plaque* ou une *billette.* Pour en arriver là, dans un four de la taille d'une chambre à coucher, l'aluminium et ses alliés sont fondus et brassés. Puis le four s'incline comme une casserole et déverse dans des moules un flot éblouissant. Une fois refroidies, les plaques sont livrées telles quelles ou laminées en tôles de diverses épaisseurs. Y compris un papier d'aluminium de sept microns dont les Japonais font des condensateurs miniaturisés.

L'homme qui œuvre ces produits (on dit ici obstinément le « compagnon ») a subi lui-même de multiples avatars. Tu pourrais être l'un d'eux. Qui est-il en effet ? Généralement un Auvergnat de la région. Fils d'agriculteur, il habite parfois à quinze, vingt kilomètres de l'usine et s'y rend à bicyclette, à moto, en voiture ou par le car de ramassage. Lui qui le matin piochait au *fessou,* à la houe la vigne de ses ancêtres, il commande l'après-midi les manœuvres de son laminoir au moyen d'un clavier électronique. Ainsi, l'industrie des alliages légers a opéré en lui un alliage des qualités traditionnelles de notre paysannerie et des vertus acquises par une solide formation technique. Sans avoir perdu l'estime de ses lapins ni de ses poules, il a gagné celle de ses chefs polytechniciens.

Quelques-uns de ses compagnons sont d'anciens mineurs, refluës de Brassac-Sainte-Florine après la fermeture des puits. Ce qui explique les noms polonais : celui de Przybyla Éric, originaire du même village que le pape Jean-Paul II. Eux aussi ont lâché l'outil rudimentaire pour la machine sophitiquée. Et ils s'en montrent satisfaits : « A présent, nous sommes de par ici. *Notre* usine nous permet de rester au pays. »

Entré jeune à Cégédur où travaillait parfois son père, le nouveau compagnon fonde un jour une famille et désire nidifier à son tour. Avec l'aide de l'entreprise, il achète un terrain et commence à bâtir. De ses mains, de ses bras, de son échine. Sa femme, ses enfants lui servent de goujats. Ainsi partage-t-il sa journée en trois parts : tant pour l'usine, tant pour la terre, tant pour ses murs. A son insu, il renoue avec une tradition bien issoirienne : quand la ville eut été détruite et rasée au sol par les troupes royales, aux ordres du duc d'Alençon, frère de Henri III, les survivants du siège entreprirent de relever leur cité : *Les uns bâtissaient sans mortier, les autres de boue, comme l'hirondelle.*

Cette boue, -ont se moque un peu le chroniqueur du XVIe siècle, doit te rappeler quelque chose, cher Baptiste : la ferme des Bessières ainsi faite. Car les maisons de boue sont communes en Basse-Auvergne, quoique la pierre y soit en général à la portée de tous. On appelle ce matériau *pisé,* il coûte peu d'argent et peu de peine, protège merveilleusement du froid comme du chaud. Nous sommes nés, toi et moi, nous avons grandi dans une maison de boue. D'argile, en fait, que nos grands-pères durent arracher à la terre hottée après hottée, puis tasser au pilon entre deux parois de planches. On construisait toujours un étage, quelquefois deux, en renforçant les angles par des équerres superposées de mortier à la chaux. Une bonne toiture là-dessus, et la bâtisse pouvait durer deux siècles, pourvu que le pisé demeurât toujours bien protégé de l'eau. A la place de la glaise enlevée, il restait un grand trou que les pluies transformaient vite en mare aux canards.

La mienne n'a pas fait si long feu. Vidée de ses occupants par la guerre et la pauvreté, elle a vu son toit, comme on dit chez nous, « passer dedans ». Ses ruines furent mon seul héritage, à Lamirand, près de Thiers. J'y tenais cependant, à cause des souvenirs, du jardin sauvage, d'une vigne de pouzin, résistante à toutes les maladies, obstinée à couvrir ce délabre de ses pampres et de ses grappillons acides dont seules les grives voulaient encore. Le démembrement me l'enleva, en échange d'un ruban de terre près du ruisseau de Chanteraine où je n'ai rien à faire. A ma réclamation, un juge bête et sec comme la guillotine répliqua :

« Êtes-vous agriculteur ?

— Non.

— Vous n'avez donc pas besoin de ce lopin attribué à un jardinier professionnel.

— Mais la valeur sentimentale...

— Connais pas. Adjugé. »

Quand je revins voir mes ruines, je n'en retrouvai pas trace : un bulldozer était passé par-là, aplanissant les bosses, comblant les creux. Je ne reconnus point les lieux de mes origines. Le jardinier professionnel venait de prendre sa retraite, les chardons et la rhue poussaient de toutes parts.

Pardonne-moi cette digression. Mais je sais que tu me comprendras, toi qui pareillement as été dépouillé de ton douaire. Et pour ne pas mourir de chagrin, remplissons nos verres de vin du Rhin ou de l'Allier, et chantons comme tu me l'as appris :

Ein Prosit, ein Prosit der Gemütlichkeit!
Ah, ah, ah, ah, ah, ah!...
(Buvons, buvons au bonheur de nous aimer!)

Naussac, le 13 avril 1982

Très cher Sang-de-Chou,

Je plains la ville sans rivière, le village sans ruisseau. C'est bien le cas de Saint-Rémy-sur-Durolle où, chose bouffonne, il ne coule pas plus de Durolle que sur ma main. Quand le besoin te prenait de t'y tremper les orteils, il te fallait d'abord marcher quatre bons kilomètres, descendre jusqu'à la Monnerie, traverser la voie de chemin de fer. En adoptant ce nom usurpé, la commune exprimait son envie de Durolle, et je la comprends. D'abord, l'eau qui court rend d'innombrables services : elle fait tourner les roues des moulins, des usines et des scieries ; apporte par flottage le bois de la montagne ; offre du poisson aux pêcheurs, de la fraîcheur aux baigneurs ; rince le linge des lavandières ; embrasse parfois d'un méandre protecteur la citadelle et la garde des assaillants. Mais surtout l'eau qui court est l'opulence des pauvres, la providence des prés et des jardins, l'inspiratrice des peintres, des architectes, des poètes, des musiciens. Si l'on a, paraît-il, beaucoup dansé sur le pont d'Avignon, nous avons vu, toi et moi, danser aussi sur le pont du Moutier, en la partie basse de notre ville, quand les feux des brandons flambaient de toutes parts, encerclés par la ronde des jeunes et des vieux. Il a la forme d'un dos d'âne, comme le *ponte Rialto,* pour qu'on s'y installe à califourchon au spectacle des bateleurs. Les moines bénédictins y vendaient les produits de leurs cultures, ce qui le fit appeler *pont aux Choux.*

Grâce au ciel et à ses nuées, peu d'agglomérations en Auvergne sont privées de l'avantage d'un cours d'eau. Beaucoup ne sont connus de nom que par leurs riverains. Quelques-uns font cependant parler d'eux hors de la province, grossissant à mesure qu'ils s'éloignent vers les fleuves lointains qui les conduiront à la mer. Dans leur parcours montagneux, ils avancent difficilement, se heurtant à des rochers qui les obligent à changer de direction. Coulant d'abord, comme fait la Truyère, vers l'Allier, son compatriote ; butant soudain contre une muraille volcanique ; courant en définitive vers le Lot porteur de barriques.

Aux versants abrupts de leurs vallées s'accrochent des pins sylvestres sur la face ensoleillée et des sapins sur la *vèze* ombreuse. Les bûcherons les exploitaient pour la charpente, les mines ou le chauffage. Une fois abattus, les troncs bien droits, débarrassés de leurs branches, devaient glisser jusqu'au bas, de gré ou de force ; quelquefois, ils piquaient du nez et s'enfonçaient en terre comme des javelots. Avec des leviers ou des bœufs, on les tirait près de la rivière, on les empilait, chacun marqué à la hache au signe de son propriétaire. Ils attendaient la première crue du printemps qui les emporterait par flottage jusqu'à la plus proche scierie. Pas d'autre transport possible au fond de ces gorges sans chemins.

Les bûcherons n'étaient pas seuls à les fréquenter ; des pêcheurs y venaient poursuivre la truite, le brochet, le goujon. Les uns suivaient la rive. D'autres entraient bravement, à la saison des eaux moyennes, dans la rivière avec leurs bottes cuissardes. De loin en loin, il s'en noyait quelqu'un, trompé par un trou invisible. Il faisait : « Bou... bou... bou... secours !... secours !... » Personne ne l'entendait, les pêcheurs aiment la solitude, ils se fuient et s'ignorent farouchement. On le retrouvait le lendemain, gonflé comme un crapaud.

Peu de villages ornent les cours supérieurs. Tout au plus, des hameaux perchés sur certains promontoires de belle vue. Ou établis au fond des vallées pour profiter d'un élargissement et des terres d'alluvions. Tout cela offre une beauté sauvage, aussi inquiétante que la Sila calabraise. Les brigands n'y ont pas manqué non plus : Alleuze en témoigne, debout sur son piton granitique. Là s'établit au XIVe siècle, si l'on en croit Froissart, l'abominable Aymerigot Marchès qui mettait au pillage toute la région. Il se laissa convaincre par les Sanflorains d'abandonner les lieux moyennant finances, mais en exprima grand regret à ses compagnons : *Tout était nôtre ou rançonné à notre volonté. Tous les jours nous avions nouvel argent. Les vilains d'Auvergne et de Limousin nous pourvoyaient et amenaient en notre château les blés et la farine, le pain tout cuit, l'avoine pour les chevaux et la litière, les bons vins, les bœufs, les moutons, les brebis, tous gras, et la poulaille et la volaille. Nous étions étoffés comme rois. Et quand nous chevauchions, tout le pays tremblait devant nous.*

Après lui, Alleuze appartint à Bernard de Garlan, surnommé le *Méchant Bossu,* qui ne valait pas davantage. Il fallut l'acheter aussi. Pour éviter qu'il eût des successeurs, les habitants de Saint-Flour incendièrent le château. Il ne resta que le donjon. La Truyère redevint une paisible rivière à truites, enjambée de ponts pittoresques en pierres équarries. Tel celui de Tréboul : ses deux arches en ogives très ouvertes l'ont fait qualifier de *gothique ;* d'autres le prétendent gallo-romain ; quoi qu'il en soit, les lignes en étaient très pures et la conservation parfaite, avant son engloutissement.

Une perturbation dérangea cette paix, il y a un siècle : l'arrivée du chemin de fer. Il suivait fréquemment les vallées. C'est ainsi que la Dore dut accepter sa compagnie sur toute sa longueur ; l'Allier de Langeac à sa source ; la Dordogne et le Chavanon de Bort à Merlines ; l'Allagnon et la Cère de Lempdes à Bretenoux ; la Truyère fut sautée à Garabit. Construit en plein désert, ce magnifique viaduc, le plus haut d'Europe en son temps, commença d'attirer les foules. On venait de très loin pour le voir, l'acheter en cartes postales, l'expédier à ses connaissances. Une buvette et un restaurant s'installèrent dessous. L'admiration qu'on éprouvait pour ses lignes, sa hardiesse, ses dimensions fut accrue après 1889 par la gloire de son architecte, Gustave Eiffel. Le viaduc ajouta à cette région déjà superbe en elle-même une sorte de tour Eiffel horizontale, longue de 565 mètres. Sa hauteur et le cadre grandiose séduisirent maints candidats au suicide. On aima venir y mourir en beauté. Les premiers furent un couple souffrant d'une passion contrariée ; malgré les jupes de la jeune femme qui essayaient de faire parachute, ils goûtèrent une mort adoucie par leur embrassement.

Alors est venue l'ère des grands barrages hydroélectriques qui ont transformé la haute Dordogne et la Truyère en escaliers d'eau. Imagine Gargantua gravissant ces marches gigantesques. Cinq sur la première : *Bort, Marèges, l'Aigle, Chastang, Sablier.* Six sur la seconde : *Grandval, Lanau, Sarrans, la Barthe, Couesque, Cambeyrac.* D'autres sur leurs affluents : la Rhue, la Marronne, la Bromme, le Goul, la Selves, la Triouzoune, la Cère. Au total, une vingtaine de retenues capables de produire cinq milliards de kilowatts chaque année. Nous préservant à jamais des ténèbres absolues, même si le pétrole et l'uranium viennent un jour à nous manquer. Autre magnifique cadeau de nos rivières.

La plupart de ces barrages sont construits selon le principe élémentaire de la voûte épaisse et lourde. Large par le fond de quatre-vingts mètres, elle s'amincit en montant vers la crête qui porte une route asphaltée. Fort contre fort. Têtu contre têtu. D'un côté, sept cent mille mètres cubes de béton ; de l'autre, des millions de mètres cubes d'eau. Le principe de ton oncle Blaise Pascal doit bien fonctionner quelque part là-dedans. A Marèges seulement, le système de la voûte mince oppose la courbure à la ligne droite, la géométrie à la pesanteur. Les usines productrices d'électricité sont d'une petitesse ridicule par rapport à l'ensemble de la construction, dissimulées, souvent souterraines, sans bruits, fumées ni déchets. Les salles n'y sont pas encombrées non plus de personnel : entre les génératrices, une noce de deux cents convives pourrait danser le rigodon commodément. Sur un tableau garni de manettes, les grandes villes de France sont inscrites par leur nom ; et un seul homme, d'une seule main, leur accorde ou leur refuse à son gré la force, la chaleur, la lumière.

Il a fallu quatre, cinq ans pour mouler ces murailles convexes. Celle de l'Aigle en pleine guerre, de 1940 à 1944, alors que la France manquait de tout, de fer, de ciment, de charbon, de main-d'œuvre, sauf d'espérance. Quand la rivière barrée ne suffisait pas à remplir les retenues, on est allé saigner quelque collatéral ; ainsi les eaux de la Rhue se déversent dans *Bort-les-Orgues* par un siphon gros de cinq mètres qui arrive de Vaussaire comme un énorme boa endormi au milieu des genêts en fleurs. En période de crue, au contraire, le trop-plein tombe en cascades fumantes dans les évacuateurs qui ont la forme de « sauts de ski ». On est ému par la confiance des pavillons nichés tout tranquillement au pied de la digue. Le souvenir de Malpasset ne les trouble point. Ils sont habités par des techniciens de l'E.D.F.

Imagine à présent la transfiguration du paysage. Les insignifiantes rivières de jadis sont devenues de somptueux lacs artificiels qui s'enfoncent parfois de quarante kilomètres dans le vieux massif, comme les fjords norvégiens. En certains endroits, la cathédrale de Clermont y tiendrait debout avec ses flèches. D'anciennes arêtes rocheuses se sont métamorphosées en îles ou en presqu'îles. Le romantisme des mirages, des surplombs, des châteaux flottants a pénétré des sites autrefois désertiques. Ainsi, celui de Val. Les eaux de Bort auraient pu l'engloutir. Merveilleux calcul de polytechnicien épris de poésie, ou miraculeux hasard, elles se contentent de lécher ses pieds, tandis que ses tours pointues secouent dedans leur poivre et leur reflet. Quand les rives n'étaient point trop abruptes, des plages se sont installées avec leurs pédalos, leurs buvettes, leurs planches à voile, leurs canots.

Ces changements ne se sont pas faits sans douleur. Il a fallu noyer des villages, des champs, des chemins, déterrer des morts, reconstruire des églises et des cimetières. Les anciens occupants ont protesté : ils n'allaient pas laisser engloutir leur passé, leurs souvenirs, leur travail, leur façon de vivre ! Mais l' « utilité publique » finit toujours par l'emporter. Les expulsés vont habiter des maisons neuves ; ils se consolent avec l'I.V.D. (Indemnité Viagère de Départ).

Le long de la Dordogne, on a même noyé une ligne de chemin de fer : Bort s'est trouvé isolé d'Eygurande et de Paris. On devait reconstruire le tronçon manquant : trente ans plus tard, il manque toujours. Si, par exemple, un Mauriacois habitant la capitale tient à se rendre au pays par le train, il doit emprunter à Ussel un car de transbordement. *Ah!* s'écrie Jacques Mallouet, *ces arrivées en Haute Corrèze par les petits matins blêmes de l'hiver! L'abandon du wagon tiède pour l'autobus réfrigérant! L'itinéraire routier qui vous démolit les tripes! L'attente ensuite sur le quai de Bort! Un joli service public! (Entre Dordogne et Puy Mary.)*

On ne peut tout recevoir en même temps : Bort a reçu le barrage, le plan d'eau, les emplois, la clientèle des électriciens et l'usufruit de Val. Ce château du XVe appartint jadis à la famille d'Estaing qui devait produire toutes sortes de célébrités, parmi lesquelles de vaillants soldats, un amiral, un président de la République et six évêques, dont quatre titulaires d'évêchés auvergnats. L'un d'eux, Louis d'Estaing, fut hébergé à Val. Reçu en grande pompe par le curé de Lanobre, il eut la satisfaction d'apprendre de la bouche de ce saint homme que la paroisse ne comptait aucun sorcier, aucun usurier et un seul blasphémateur sur une population de onze cents communiants. Ce qui prouve qu'elle devait compter en revanche, même à confesse, un joli nombre de menteurs. Exproprié après la dernière guerre par E.D.F., abondamment cambriolé, pillé, saccagé, le château a été confié à la ville limousine qui possède ainsi une enclave en terre auvergnate. Il reçoit chaque été une exposition de peinture. Il a servi de cadre au film *Le Capitan,* dans lequel on voit Jean Marais escalader ses murailles pour délivrer une belle captive. J'ai le regret d'informer ses admiratrices que l'acteur fut doublé par un alpiniste professionnel : je le tiens de la bouche des paysans spectateurs du tournage.

La montée des eaux de la Truyère, due au barrage de Grandval, a raccourci la hauteur de l'arche au viaduc de Garabit, lui faisant perdre son record européen, mais ajoutant encore à son grandiose. Des hôtels se sont construits en surplomb du ravin pour que leur clientèle bénéficie du paysage renouvelé et de la fraîcheur estivale apportée par cette masse d'eau. Les lacs artificiels ont en effet créé sur leurs rives des microclimats : on y souffre moins du chaud en été, moins du froid en hiver. La végétation s'en est ressentie. Le pin sylvestre tend à s'effacer devant le pin maritime aux aiguilles trois fois plus longues, aux énormes cônes brun chocolat qu'aiment tant les écureuils : ils les dépiautent écaille par écaille, comme nous faisons des artichauts, jusqu'à l'os du milieu en forme de massue qu'ils laissent tomber sur nos têtes.

Le climat moral a changé pareillement. Une paix impressionnante flotte sur ces eaux immobiles, là où naguère grondait un torrent en période de crue. Les malades mentaux de la Devèze, favorisés par Sarrans, contemplent longuement leur reflet dans ce miroir qui est venu à eux, se découvrent peu à peu, retrouvent plus facilement leur équilibre.

Tous les dix ans, il est nécessaire de vider ces retenues afin de contrôler le bon état de la muraille de béton. Pendant quelques mois, on retrouve les pentes noyées où restent debout, noirs et tragiques, des squelettes d'arbres ; d'autres fois, ce ne sont que les chicots des souches. Les hameaux de naguère reparaissent, les maisons isolées, détoitées, les jardins limoneux entourés de leurs murettes. Des curieux descendent par les anciens chemins jusqu'au torrent restauré dans sa maigreur, se promènent parmi les ruines comme on fait à Pompéi, entrent dans une église quasi intacte (seuls le mobilier, les cloches et le coq en sont partis), cherchent les marques d'une vie disparue. Ici des hommes sont nés, ont grandi, ont souffert, on trimé à pleine échine. Il ne reste d'eux que la trace de leurs œuvres. Le vieux pont de Tréboul reparaît, si petit, si dérisoire et si beau au-dessous du neuf, suspendu entre ses piles. Sur l'antique route, la boue devient poussière. L'herbe se remet à verdir, elle croit au miracle. Les pêcheurs reviennent aussi. Les choses durent de la sorte quatre ou cinq saisons. Puis, lorsque les techniciens ont achevé leurs sondages et leurs rafistolages, ils ferment les vannes, les eaux remontent. Tout ce qui ressuscitait remeurt.

Mais je veux à présent t'emmener à Naussac, en Gévaudan, aux confins de la Lozère, de la Haute-Loire et de l'Ardèche. Tant de bruit s'est fait autour de son nom que quelque écho a dû t'en parvenir, sur les ondes de ton Telefunken. Il y a une vingtaine d'années, c'était un village de quarante feux alignés le long de la D. 26, à une lieue et demie au nord-ouest de Langogne. Nous ne sommes pas très loin ici de Châteauneuf-de-Randon, où Du Guesclin vint mourir, comme te l'enseigna M. Saint-Joanis. A l'entrée de Naussac, l'église de 1850, avec son clocher octogone et pointu, seul toit d'ardoise au milieu de ces tuiles rouges, montait la garde sur le cimetière ; venaient ensuite la mairie-école, un café, un atelier de forgeron, une placette avec une fontaine et deux bacs-abreuvoirs où allaient boire les moutons et les vaches, où les enfants s'aspergeaient en riant. De vieilles maisons en blocs de granit, verdis de mousse, jaunis de lichens ; des volets percés de cœurs emblématiques ; des granges, des étables, des bergeries. Une tour ronde du Moyen Age, vestige d'un château fort disparu, mais solidaire des constructions vivantes. Ça sentait le foin sec, les poules, le mouton. Les habitants étaient de tous âges : enfants, jeunes couples, vieillards. Le soir, les grands-pères prenaient leurs petits-enfants sur leurs genoux et racontaient la bête du Gévaudan qui mangeait le monde.

Vint le projet des techniciens de la Somival

(Société de Mise en Valeur de l'Auvergne et du Limousin) de réguler le cours de l'Allier et, par voie de conséquence, celui de la Loire. Affligés l'un et l'autre de crues désastreuses et d'étiages qui font tirer la langue aux villes riveraines. L'idée était de construire une retenue où l'on emmagasinerait en hiver par pompage en amont de Langogne les eaux excédentaires de l'Allier, qui lui seraient rendues à la saison sèche. Cela coûterait à la Somival de l'énergie électrique (à prix réduit, cependant, le pompage s'effectuant la nuit, aux heures creuses) ; mais elle récupérerait ses sous l'été grâce à une petite centrale installée sous le barrage principal et qui utiliserait au passage le flux descendant. Sur les rives du lac artificiel seraient créées des bases nautiques : elles attireraient des milliers de touristes dont profiteraient l'agriculture et le commerce du lieu. On verrait s'implanter des hôtels, des restaurants, des campings, des villages de vacances qui achèteraient les terrains non submersibles à prix d'or. Bref : ce serait la fortune.

Ainsi fut déclenchée l'affaire de Naussac. Avec la participation des écologistes, des anarchistes, des trotskistes, des antimilitaristes, des « avorteuses », des autonomistes bretons, basques, corses et occitans : même combat. Brice Lalonde lui-même vint sur place exalter le charme des feux de tourbe et des lampes à huile. De son côté, la Somival avançait de puissants atouts : elle offrait aux agriculteurs qui acceptaient un transfert sur des terrains plus fertiles, dans l'Allier, la Loire, la Saône-et-Loire ; elle leur accordait des subventions ; elle reconstruirait Naussac sur un site plus accueillant ; en maisons coquettes et confortables ; on conserverait l'église et toutes les pierres dignes d'intérêt.

Les jeunes se laissèrent convaincre : ils abandonnèrent ce brumeux fond de vallée pour les terres promises, emmenant leurs enfants présents et futurs. Faute de clientèle, l'école de Naussac ferma ses portes. Avant même d'être détruit, le village souffrit une demi-mort. En 1976, commença la construction des différents barrages. Ils délimitaient une surface de 1 050 hectares : ce serait le plus vaste plan d'eau de tout le Massif Central. A chaque famille résignée à aller vivre dans un Naussac nouveau, le facteur apporta une sorte de catalogue expédié par un promoteur montpelliérain ; il proposait différents modèles de maisons, toutes plus avenantes les unes que les autres. On admira la disposition des pièces, la gamme des couleurs, la variété des formes, les espaces verts, les arbres et leurs ombrages. Un seul Naussacois refusa de se laisser séduire : « Je resterai avec les miens ! Vous nous noierez si vous voulez avec nos murs ! »

Quatre ans plus tard, la reconstruction fut achevée, l'église nouvelle consacrée. Le Naussac-*bis* est installé sur une hauteur, à proximité de Langogne, de ses commerces, de sa gare, de ses médecins, de ses pharmaciens. Il compte plus de maisons que le vieux, car deux autres hameaux, Réal et La Ponteyre, se sont repliés en même temps et agglomérés à lui. Vu de loin, il est en effet assez joli sur son piédestal ; un peu trop bariolé seulement : volets mauves, verts ou bruns ; murs beige ou paille ; toits rouges, clocher bleu. En fait, l'église n'a pas été transportée tout entière : on a conservé seulement le clocher pointu et le porche roman. Vu de près, c'est une autre affaire. Malgré la variété offerte par le catalogue, on n'a guère retenu qu'un type de maison : l'uniformité est économique. Seuls changent les coloris. Elles se groupent autour de la place centrale, que limitent par ailleurs le *Bar du Gévaudan* agrandi et modernisé, l'église nouvelle, l'école et la mairie, derrière une galerie dallée de pur style italien. L'éclairage nocturne est assuré par des ballons de verre aussi gros que des citrouilles. Çà et là, comme promis, on a replanté quelques anciennes pierres : les croix, la fontaine et ses deux bacs communicants. La fontaine est sèche, et les bacs vides : à quoi serviraient ces abreuvoirs en un village sans vaches et sans enfants ? Relégués dans un coin de la place, conscients de leur inutilité, dérisoires, ils ressemblent à des sarcophages exhumés. On leur avait promis la fontaine et les bacs, pas l'eau !

Pour l'école, c'est pire. Dans la classe unique a été entassé le mobilier ancien, la chaire du maître, les tables, deux globes terrestres, le tableau noir où je ne sais quelle main, comme un appel, a tracé le mot *Maman.* La cour est d'une exiguïté ridicule : encore a-t-on planté en son milieu un sorbier gros comme un poireau, il en est le seul habitant. L'enceinte est digne du musée des horreurs. « C'est une chose, me dit un transplanté, qui n'a pas de nom. Dieu sait pourtant si les ouvriers ont passé des jours à la construire ! » Cela tient en même temps de l'échine de dragon et de la fortification antichar. Son inventeur a voulu combiner la murette traditionnelle avec le toboggan, de sorte que les gosses puissent dessus y râper leurs fonds de culotte. Couverte d'une étroite bande de plastique ondulé, elle joue accessoirement le rôle de préau. Mais comme tout ça est hérissé d'arêtes et de pavés, la chose forme surtout un parfait casse-gueule. Vous teniez à votre école ? La voici ! A quoi ça rime, une école sans écoliers, bande de maniaques passéistes que vous êtes tous ?

Ils la regardent à travers les fenêtres. Ils reconnaissent sur le bois de cette table le prénom de leur petit-fils, gravé au couteau.

Dans l'église, le chrétien n'est pas mieux servi. Sous la nef de charpente en forme de V renversé, la spirale d'un escalier aux marches branlantes monte jusqu'à une tribune vide. Sur l'autel, un bizarre cube de béton semble servir de hotte pour recevoir les fumées des cierges. Le confessionnal et ses deux logettes sont fermés par des rideaux d'isoloir municipal. Dans ce cadre ultramoderne, les pauvres statues saint-sulpiciennes de la vieille église, saint Régis, saint Bernard, sainte Madeleine, crient à la retraite et à l'I.V.D.

Ne sachant que faire de la tour médiévale, on est allé la reconstruire le plus loin possible : à la porte du cimetière.

Les visiteurs comme moi errent çà et là, ébahis, dans ce village artificiel, avec ses murs et ses couleurs de camelote, sans passé, sans âme.

Je demande :

« Et les pierres des anciennes maisons ?

— Elles sont restées sous l'eau. Ça aurait coûté trop cher de reconstruire en pierre. »

On se croit un peu dans un village de santons, habité par de petits mannequins en bois : le curé et son *campanié,* le facteur, le maître d'école, la boulangère, le berger, le *ravi.* Mais aucune de ces figures n'existe à Naussac-*bis :* à l'exception du cafetier et du forgeron, tous les habitants sont des retraités. Bénéficiaires de l'I.V.D. ou des pensions agricoles. On leur a pris leur raison de vieillir et peut-être de vivre : se lever chaque matin au chant du coq, curer l'étable, donner l'herbe aux lapins, caresser les enfants, manger la soupe en compagnie des autres générations, bricoler selon la saison par la scie, la bêche ou les ciseaux. Maintenant, ils tuent les jours au bistrot ou à la pétanque, sous l'œil ennuyé de leurs femmes. Il faut bien que vieillesse se passe.

Leur amertume est grande :

« Tout le monde nous a trahis : les jeunes, le gouvernement, les écologistes, la F.N.S.E.A.

— Même la F.N.S.E.A. ?

— Eh ! oui ! Notre résistance était antiproductive ! Elle nous reprochait de freiner le progrès économique !

— Est-ce que vous ne profiterez pas des aménagements touristiques prévus autour du lac ?

— Pas du tout. C'est Langogne qui en profitera. On nous a escroqués de toutes les façons. Ainsi, moi, j'ai touché 25 millions d'indemnité pour mes terrains et ma ferme. Et j'en ai payé 35 pour faire construire la baraque où je vis à présent.

— Vous avez du moins le confort ?

— Oui. L'eau courante, le gaz, l'électricité. D'accord. Je casserai ma pipe confortablement. Voilà tout mon bénéfice.

— De quoi souffrez-vous le plus ?

— De l'ennui. »

Ils le combattent par le pèlerinage. Il n'est pas de jour où, un à un, deux à deux, ils ne descendent vers les lieux où ils ont vécu jusqu'en 1980. Depuis que le barrage est en eau, ils le regardent s'étendre, monter insensiblement, former cet immense lac : une île émerge encore, qui sera bientôt submergée. Même le dernier réfractaire a dû fuir, quand l'eau lui a mouillé les bottes. La Somival a pris la précaution de faire raser au bulldozer ce qui restait des trois villages, pelant par la même occasion les versants du réservoir de toute végétation, haies, bois, arbustes : s'il vient à se vider un jour, il leur sera épargné la douleur de voir resurgir leurs anciennes maisons, comme ces noyés lestés d'une pierre qui se dressent parfois dans la vase d'un étang pour dénoncer leur assassin. Ils saluent le gardien en uniforme, derrière son grillage, suivant la route qui traverse la digue principale, avec son curieux parapet en dents de scie, formé de blocs bruts, cimentés entre eux par le pied ; ils arrivent à la base nautique déjà établie dans une ancienne ferme. « Jamais, ont-ils pensé longtemps, le Donozau ne remplira leur retenue ! » Afin de le compléter, on est allé emprunter les eaux du Chapeauroux, autre affluent de l'Allier, par une conduite de deux kilomètres qui traversa la montagne : pour la transpercer, on s'est servi d'un *tunnelier,* énorme chignole électrique qui avance de vingt mètres par jour. Il est évident désormais que les deux ruisseaux rempliront le barrage, de leurs eaux réunies. Les pèlerins contemplent, avec une stupeur qui ne passe pas, leur vallée engloutie. Au-dessus du vieux Naussac évoluent des barques, des canots, des planches à voile : la marine lozérienne ! Près de là, des brebis broutent encore des pentes condamnées. Un tronçon de l'ancienne départementale émerge et va rejoindre la nouvelle, plus droite, plus large, plus lisse. Elle aussi a gagné au change. Mais eux, les perdants, s'en reviennent à petits pas ; ils rejoignent leur village de carton-pâte et s'efforcent de remplir un peu au *Bar du Gévaudan* le vide de leur journée.

Nous avons tous, cher Baptiste, notre lac et nos maisons englouties. Les uns, c'est au-dehors. D'autres, c'est en dedans. Sans doute n'est-il pas sain de jouer trop souvent les hommes-grenouilles. On devrait s'obliger à rester à la surface des choses. Mais qui a cette sagesse ?

Promène-toi parmi tes sapins et respire fort. Car j'ai encore une histoire de noyade à te raconter.

Saugues, le 15 mai 1982

Très cher Baptiste,

Voilà un canton, Saugues, dont tu n'aimerais guère les usages, toi qui te fais le défenseur des animaux. Je me rappelle l'occasion, en 1944, où tu contrarias de toutes tes forces la battue aux cerfs, malgré ta précaire situation de *guéfangue.* Ici, le grand divertissement des enfants comme des adultes est le braconnage des grives. Au moyen de la *tryourada,* trébuchet composé principalement d'une *tryoura,* grande pierre plate en forme de tuile, tenue en instable suspens par des bâtonnets. Attirée par l'appât, sorbes ou grains de genièvre, la grive s'avance, renverse les bâtons, la *tryoura* tombe et aplatit l'oiseau. Cela se pratique à la fin de l'automne ou en hiver par temps de neige, quand la nourriture leur manque. Les petites bergères posaient jadis des pièges en gardant leurs troupeaux.

« Ma patronne s'en était aperçue, me confie l'une d'elles, devenue une vieille femme. Elle allait lever mes prises, sous prétexte que je devais avoir l'œil aux vaches, non aux grives ».

Dans quelques familles, on les mangeait. Sans les vider, parfumées aux grains de genièvre dont elles avaient plein le jabot. Mais les nécessiteuses — c'est-à-dire la plupart — les apportaient à Saugues, le vendredi, aux ramasseurs qui lès payaient honnêtement. Ils en faisaient des pâtés ou les revendaient aux commerçants des villes. C'est que le canton a toujours été pauvre et qu'il ne néglige aucun des minces cadeaux de la nature : grives, grenouilles, truites, airelles, lichen, champignons. Avec ou sans la permission des gendarmes. Quand on ne peut vivre au pays, on va chercher son pain à Saint-Étienne, Lyon, Clermont, ou Paris. Voilà comment j'ai connu ma femme, fille d'un Saugain expatrié.

Saugues est donc mon beau-pays, comme on dit mon beau-père, ma belle-famille. Et Dieu sait s'il est beau en effet, d'une sombre et farouche beauté, avec ses maisons faites d'énormes cubes de granit, ses forêts de pins, ses pâturages, ses ruisseaux, ses croix immenses plantées sur les sommets. On y garde le souvenir de la Bête du Gévaudan qui mangeait le monde et qu'il fallut tuer douze fois, car elle ressuscitait de ses cendres. Même les chevau-légers de Louis XV s'en mêlèrent sous les ordres d'Antoine de Beauterne, porte-arquebuse, lieutenant des chasses royales. Mais c'est par un paysan du coin, Jean Chastel, qu'elle fut occise définitivement, dans les bois de la Ténazeyre. Il en fut composé de nombreux récits par les soins de prêtres-historiographes, l'abbé Pourcher, l'abbé Fabre, l'abbé Pic ; sans parler des complaintes, des images d'Épinal, des récits aux veillées et de l'étrange statue en bouts de ferraille qui orne une place de Marvejols.

Après quoi, Saugues retomba dans l'obscurité. La commune comptait 4000 habitants, les maisons débordaient de gaminaille. Une diligence reliait le bourg à Langeac et au chemin de fer. Seuls importaient les événements prévus dans les almanachs, le reinage, la foire aux chevaux, la foire aux vaches, la foire aux veaux, la foire aux cochons. La procession nocturne du Jeudi saint au cours de laquelle, toutes lumières éteintes, les Pénitents blancs, munis de lanternes et des bâtons de leur confrérie, voilés de la cagoule, s'avancent en chantant le *Miserere.* D'autres, vêtus de rouge, pieds nus, portent une lourde croix et la colonne aux Outrages. Une année, certain opposant de mauvais esprit eut l'idée de répandre sur le parcours des tessons de bouteille. L'homme à la croix s'y déchira les pieds. Ce qui donna lieu à ce dialogue :

« *Batyësta, anin bé lou farmacien : bous boutarò oun mourcey de sparadrap.*

— *Cresez que lou Christ y Golgotha n'abiè, de sparadrap ?* »

(Baptiste, allons chez le pharmacien : il vous mettra un morceau de sparadrap. — Croyez-vous que le Christ au Golgotha en avait, du sparadrap ?)

C'est qu'à Saugues la religion a été longtemps farouche et intransigeante. *Un Saugain,* affirment les Auvergnats de Chanteuges et de Brioude, *est un client qui tient un chapelet dans une main et un couteau dans l'autre.* Cette réputation dut leur venir autour des années 1905, lorsque le gouvernement de Paris décida de séparer l'Église de l'État et ordonna l'inventaire des biens ecclésiastiques. A l'appel des curés, les hommes s'armèrent de fourches et vinrent monter la garde devant leurs églises et leurs chapelles. Certains firent même appel à des ours recrutés près des montreurs ; devant de tels défenseurs de la foi chrétienne, les huissiers laïques reculèrent d'épouvante. Il fallut appeler la troupe du Puy pour que force demeurât à la loi.

Ensuite vint la Grande Guerre, les passions religieuses furent étouffées par les passions patriotiques. Enrichi d'un monument aux Morts, Saugues se reprit à vivre petitement, de ses vaches blondes et maigres, de son seigle et de son orge, de ses cueillettes, de ses artisanats : scieurs, forgerons, maçons, jouguiers, dentellières, tailleurs d'habits, sabotiers.

Les sabots saugains sont célèbres à cause de leur forme spéciale, du renflement de la semelle accentué par un fer protecteur, la *farite.* A cause aussi d'une bourrée que chacun connaît dans la région :

Con te coustèroun, con te coustèroun,
Con te coustèroun, tis esclops, ho ?
Cond èroun, cond èroun, cond èroun noi ! (bis)
(Combien te coûtèrent, combien te coûtèrent,
Combien te coûtèrent tes sabots, ho ?
Quand ils étaient, quand ils étaient, quand ils
[étaient neufs !)

Chin soù coustèroun, chin soù coustèroun,
Chin soù coustèroun mis esclops, ho !
Cond èroun, cond èroun, cond èroun noi ! (bis)
(Cinq sous coûtèrent, cinq sous coûtèrent
Cinq sous coûtèrent mes sabots, ho !
Quand ils étaient, quand ils étaient, quand ils
[étaient neufs !)

Fagin plicaplaca, fagin plicaplaca,
Fagin plicaplaca mis esclops, ho !
Cond èroun, cond èroun, cond èroun noi ! (bis)
(Ils faisaient plicaplaca, ils faisaient plica-
[placa...)

Mais les Saugains les plus prospères sont les commerçants, bouchers, boulangers, épiciers, grainetiers, aubergistes, cafetiers, ramasseurs, chiffonniers, maquignons. *Besognes de gros profit et de peu de fatigue,* affirme Louis Amargier. *En sorte qu'ici on trouve deux sortes de gens : ceux qui ne travaillent point ; et ceux qui font semblant de travailler.*

En juin 1944, le tonnerre de Dieu s'abat sur ce canton paisible. Depuis quelques jours, les combats faisaient rage dans les environs du mont Mouchet, point fort de la Résistance en Auvergne. Le bruit de la canonnade parvenait jusqu'à Saugues. Le samedi 10, une colonne de maquisards bien armés traverse le bourg : ils évacuent le mont Mouchet désormais intenable et se dirigent vers Châteauneuf-de-Randon. Dans le même temps, une colonne allemande monte du Puy. L'affrontement est inévitable. Vers 11 heures, les premiers camions ennemis arrivent à hauteur de la Baraque de Prends-te-Garde, à quatre kilomètres de Saugues. Un tir de bazooka atteint le camion de tête qui flambe comme une allumette, tandis que les soldats verts se dispersent dans les prés en tiraillant. La bataille dure jusqu'à la tombée de la nuit et se termine au village des Salles-Jeunes où cinq Allemands sont encore tués.

A l'hospice de Saugues, les religieuses assistées des docteurs Gerbier et Comthe soignent une vingtaine de blessés du maquis ainsi qu'un officier allemand, qui meurt après quelques heures.

Le dimanche, tout est calme, les hommes de la *Wehrmacht* s'étant retirés dans la nuit vers Monistrol. Mais vers 15 heures, ils attaquent de nouveau. Un avion survole les lieux, mitraille tout ce qui bouge, lâche quatre bombes à la sortie est de Saugues : une tombe derrière la maison du notaire Charade, une autre pulvérise le bureau des Ponts-et-Chaussées, les deux autres se perdent dans les prés. Dégâts purement matériels.

Lundi matin, jour de foire, les Allemands remontent, les casques couverts de genêts, rampant, se cachant derrière les murailles. Le maire, le Dr Gerbier, ceint de son écharpe, vient les attendre à l'entrée de la ville, assurant qu'il ne reste plus un seul maquisard. Quand on les voit de près, on constate que ces soldats verts ne sont pas des Aryens, mais des Tatars (leur origine est écrite sur leurs épaulettes), venus des rives de la Volga, en révolte contre le régime de Staline ou recrutés de force. Ils occupent donc Saugues, pillent un peu les maisons sous prétexte de chercher des « terroristes » et violent plusieurs femmes. Certaines vont se plaindre à l'état-major installé à l'*Hôtel de France.* Alors, se produit une étrange opération de justice. Les officiers écoutent les doléances des victimes, et rassemblent sur la place Antique leur compagnie de Tatars : « Désignez-nous les coupables. »

Elles dévisagent ces hommes aux grandes oreilles, aux pommettes saillantes, au poil sombre et peu fourni, en montrent plusieurs du doigt : celui-ci... celui-là... On les charge sur des camions qui prennent la route du Puy, « pour être fusillés ». En fait, l'un d'eux au moins sera capturé par les F.F.I. et demandera à changer d'uniforme, à combattre contre ses anciens maîtres. La vertu des Saugaines n'aura pas été sacrifiée pour rien, puisqu'elle aura contribué à ce revirement.

La paix revenue, le bourg reprend son train-train millénaire. Le nombre des habitants s'amenuise : ils ne sont plus que trois mille en 1950. Aucune industrie ne les retient, l'ancien artisanat bat de l'aile, les exploitations agricoles ne satisfont plus les jeunes. Enfin arrive le docteur Simon.

Né à Brioude en 1932, il succède en 1958 au Dr Gerbier. Il a la figure ronde, le cheveu noir et désordonné, l'œil myope derrière de grosses lunettes. Il professe que le célibat est l'état idéal pour le médecin et pour le prêtre. Tu ne dois pas, cher Baptiste, te sentir étranger à ce point de vue : ils appartiennent totalement à leur clientèle comme tu te donnes totalement à tes biches. En quelques années, Simon va bouleverser le pays, rendre sa ville d'adoption fameuse dans la France entière, faire de cette commune plutôt arriérée une espèce de commune pilote.

Avant sa venue, les habitants des environs en racontaient une bien bonne : « Un jeune Saugain se prépare à monter dans l'autobus qui le transportera jusqu'à la caserne lyonnaise où il doit faire son service. Sans qu'il s'en aperçoive, un de ses copains lui a accroché dans le dos un petit écriteau disant : *Je suis de Saugues.* Le voici à destination, sa musette sur l'épaule. Comme il marche sur le trottoir, un Lyonnais remarque l'inscription, se penche, lit à voix haute : " *Je suis de Saugues.* — Et moi aussi, je suis de Saugues ! " s'écrie notre Saugain, se retournant tout joyeux. Un peu plus loin, même jeu avec un autre passant : " *Je suis de Saugues.* Même réponse : — Et moi aussi, je suis de Saugues ! " Quel plaisir en a eu notre conscrit, de constater que la ville de Lyon était remplie de Saugains ! »

Eh bien, voilà des balivernes qui ne se débiteront plus, grâce à Jean-Claude Simon. La presse parisienne, *Le Monde, Le Figaro, France-Soir,* la radio, la télévision parleront de sa commune en termes admiratifs et l'appelleront *Saugues-sur-Bonheur.*

La Ve République vient de naître. Le général de Gaulle lance la potion magique qui soit guérir tous nos maux : elle s'appelle *participation.* Dans la plupart des domaines — même après mai 68 et les réformes subséquentes — elle ne restera qu'une étiquette ; le Dr Simon s'efforce d'en faire une réalité. Élu conseiller municipal en 1959, il prend la tête de la commune six ans plus tard. Il sera ensuite conseiller général, président du Conseil général de la Haute-Loire, député du Puy. Pour l'amour de ses administrés, il renonce à la médecine.

Sitôt membre du conseil municipal, encore sous la férule du Dr Gerbier, il anime les délibérations pour que soient mis en œuvre les travaux d'aménagement indispensables aux soixante-dix villages et hameaux qui composent la circonscription : égoûts, téléphone, goudronnage des chemins, adductions d'eau, éclairage public... On parle même d'embellissements, de squares, de fermes fleuries ! Aux élections de 1965, le Dr Gerbier s'étant retiré, Jean-Claude Simon est désigné par le nouveau conseil pour lui succéder. A peine en place à la mairie, il demande à ses partisans de décoller les affiches de propagande électorale, d'en ramasser soigneusement les débris, de les faire brûler. Mesure écologique qui surprend la population et qui sera ultérieurement imitée par d'autres. En janvier 1966, il organise la première expérience française, inspirée par le système helvétique, de « démocratie directe ». Un appel est lancé à toute la population pour qu'elle y participe ; on souhaite que chaque famille envoie au moins un représentant. Quatre cents personnes s'entassent dans le cinéma qui sert de cadre. Le jeune maire explique ses intentions : « L'électeur n'aura plus désormais pour rôle unique de déposer un bulletin dans l'urne tous les six ans, un peu à l'aveuglette. Nous lui fournirons tous les renseignements désirables. Il pourra ainsi participer à la gestion des affaires de sa ville ou de son village, faire des réserves, des critiques, des suggestions. Aucune entreprise importante ne sera engagée sans l'examen et l'approbation de l'assemblée communale. »

Il donne ensuite la parole à chaque conseiller responsable de commission, qui expose en détail, chiffres à l'appui, le bilan de son action passée et les projets en cours. Le dialogue s'établit entre la salle et l'estrade, les protestations ne manquent pas :

« Nous, à Ombret, on n'a pas de lampes, quand tout le monde en a. Pourquoi donc qu'on n'en a pas ?

— Je sais que vous n'avez pas de lampes. Mais combien avez-vous de maisons habitées à Ombret ?

— Quatre l'hiver, cinq l'été.

— Vous voyez bien qu'on ne peut pas vous mettre de lampes !

— Alors, nous, on est des bâtards ? Et l'eau à la ferme ?

— On vous l'installera sitôt que vous aurez trouvé des sources. Cherchez. Aide-toi et la commune t'aidera. On vous a fait, au lieu du mauvais chemin que vous aviez, une route qui a coûté cinq millions. Pour cinq maisons, cela fait juste un million par foyer. Et vous trouvez que vous êtes des bâtards ? »

D'autres assemblées communales se tiendront : une en moyenne chaque année. On y discute de tout : des moyens de combattre la brucellose ; du projet de C.E.G. ; de la piscine couverte et chauffée (dans un bourg de 1 600 personnes, en comptant les éclopés et les enfants à la mamelle !) ; d'un camping ; d'un plan d'eau. Car le maire quoique ami de Giscard d'Estaing, a des idées révolutionnaires :

« Il nous faut investir dans le tourisme. Ne craignons pas de nous endetter : nous en serons payés au centuple, comme au paradis. Si nous n'investissons pas, la commune est sûre de mourir. C'est-à-dire de perdre ses hommes d'abord, ensuite son esprit, ses traditions, son plaisir de vivre. »

On informe les électeurs du prix des choses : l'éclairage, 400 000 francs (anciens ; ici, on n'arrive pas à s'habituer aux nouveaux) ; le téléphone, 150 000 ; le chemin, 4 millions et demi au kilomètre ; 20 millions pour un Centre de Santé ; 3 pour la piscine, 100 pour un Centre de Formation professionnelle agricole ; 300 pour un village de vacances ; 320 pour le C.E.G., y compris 2 et demi pour une œuvre d'art qui doit l'orner. Ces chiffres donnent le vertige aux Saugains :

« Quelle œuvre d'art ? Y a pas besoin d'œuvre d'art ! Ou alors, Lulu nous en fera une qui nous coûtera presque rien. On utilisera l'argent économisé à autre chose de plus utile. »

Lulu, c'est Lucien Gires, dessinateur, peintre, sculpteur de grand talent et de grande générosité : voyez la Bête du Gévaudan qu'il a peinte à fresque au *Café du Centre !*

Le maire réplique : « Nous recevrons les subventions nécessaires. L'argent de l'État va aux communes qui bougent. Je vous le répète : l'immobilité, c'est la mort. »

On parle aussi du déplacement du foirail, pour dégager le centre du bourg. Question qui touche au vif cette population rurale : elle aimait bien le centre, le poids public, les pissotières, la proximité des bistrots où l'on va sceller la *pache,* l'accord entre vendeur et acheteur, avec une chopine. Après une longue discussion, on vote à mains levées. Le déplacement du foirail est repoussé. Fort bien, il ne se fera pas.

A partir de 1968, Jean-Claude Simon met en avant la plus audacieuse de ses idées. Saugues ne possède aucune industrie, sauf une minuscule conserverie de champignons. Il veut lui en donner une vraie. Une fabrique d'emballages en matière plastique : Agévoplast. *A* comme « association » ; *gévo* comme Gévaudan. Car elle appartiendra aux Saugains, distribuée en actions de 10 000 anciens francs. « Cent nouveaux ! Qui n'a pas un billet de cent balles à consacrer à l'usine communale de Saugues ? Moi-même, afin de donner l'exemple, je m'inscris pour mille actions. »

Le plus grand prodige, c'est que tout cela s'accomplit. La réalité naît des mots comme l'arbre de la graine. Le C.E.G. sort de terre. Et le gymnase avec sa piscine. Et le Centre de Santé, pour ne pas dire l'hôpital. Et le C.F.P.A. Et les H.L.M., chauffées à la sciure. Et la nouvelle gendarmerie. Dans une architecture qui suit la tradition locale : le bois s'y marie au granit. Même si les appartements des gendarmes sont curieusement empilés : la chambre au rez-de-chaussée, la salle de séjour au premier étage, la cuisine au second. C'est très sain pour les mollets des occupants.

Et le camping quatre étoiles !

Et le plan d'eau !

Et les nouvelles rues !

Agévoplast commence à fonctionner dans une grange. Quand le feu l'a détruite, son P.-D.G., Jean-Claude Simon, déloge les pompiers pour l'installer dans leur garage, en attendant des locaux plus appropriés. Elle emploie dix travailleurs, son chiffre d'affaires double chaque année.

1972 est celle des plus spectaculaires innovations. Il y a d'abord cette assemblée communale historique au cours de laquelle, après avoir entendu les éclaircissements nécessaires, les Saugains votent une augmentation de leurs propres impôts ! Quand ils apprennent la nouvelle à la radio, à la télé, les Français n'en reviennent pas. On s'interroge à Paris, à Lille, à Marseille, à Ajaccio : « Quoi ? Ils ont voté eux-mêmes une augmentation de leurs impôts ? Eux-mêmes ? »

Cela ne s'est pas vu depuis que la France est France. Il faut que ces Saugains soient une espèce d'homme phénoménale. On vient les examiner de près ; des journalistes, des caméras arrivent de partout, même de Suisse.

Ensuite, le gymnase et la piscine-couverte-et-chauffée sont inaugurés : même au Puy, ils n'ont rien de comparable.

Le conseil municipal décide de supprimer la redevance de 70 francs que les familles devaient lui verser à l'occasion d'un enterrement pour l'usage du corbillard et l'emploi des porteurs. Elles n'auront plus à payer que le curé, le sonneur, le fossoyeur et le menuisier. La mort, qui partout ailleurs entraîne des frais exorbitants, sera, sinon gratuite à Saugues, du moins mise à la portée de toutes les bourses.

Afin de communiquer facilement avec ses administrés, le Dr Simon fait installer un système de sonorisation, moins pittoresque que l'ancien tambour de ville, mais plus efficace. Un haut-parleur situé aux principaux carrefours de la ville est relié par fil à la mairie. En sorte que le maire, en parlant dans un microphone, peut se faire entendre de toute la population sans quitter son bureau. Cela commence par un indicatif musical : quelques mesures de l'hymne saugain :

Con te coustèroun, con te coustèroun,
Con te coustèroun tis esclops, ho ?...

Aussitôt, les conversations, les besognes s'interrompent ; chaque artisan, commerçant, ménagère met le nez à la fenêtre pour écouter la voix grave et rocailleuse du docteur : « Ici la mairie. C'est votre maire qui vous parle. Voici quelques informations. Les demandes de carburant détaxé doivent être déposées au secrétariat avant samedi prochain. Au marché qui s'est tenu ce matin au bourg, certains agneaux se sont vendus jusqu'à 9,30 francs le kilo... »

Il est prévu que la sonorisation atteindra progressivement les autres villages de la commune par ondes hertziennes.

Et c'est par ce *medium* original que les habitants sont appelés, un matin d'août 1972, à venir siéger en cour de justice pour examiner le cas de deux jeunes malfaisants. Ceux-ci, dans la nuit du 13, à l'occasion de la fête de saint Bénilde — dont la mémoire est vénérée à Saugues autant que celle de saint Médard, patron de la paroisse — ont détruit les décorations de la ville. Après une enquête de la gendarmerie, ils ont été identifiés et retrouvés dans le camping ; ils attendent à présent de comparaître devant leurs juges. Ah ! Ils ne brillent guère, quand on les amène sur l'estrade ! Mais quoi ! Ce ne sont que des gamins qui s'ennuyaient ; ils ont voulu jouer une mauvaise farce dont ils demandent pardon. Verdict : « Vous êtes condamnés à une semaine de travail, de sept heures du matin à huit heures du soir, avec les cantonniers municipaux. »

Ils décaperont les grilles de la mairie, nettoieront les rues, gratteront le monument aux Morts. Ce qui ne les empêchera point de partager le saucisson et le vin de leurs compagnons. Ils partageront également le rire et l'amitié. Ces huit jours de travaux forcés seront leur meilleur souvenir de vacances. Ils auront en outre l'étonnement de voir le magistrat suprême de la commune, celui qui leur a notifié la condamnation populaire, retrousser ses manches, conduire le tracteur, donner lui aussi un coup de main à ses employés.

En 1975, le Dr Jean-Claude Simon est choisi comme « maire de l'année » par le mensuel *Vie publique,* organe des élus locaux, et par la station de radio Europe 1. Avant lui, Gaston Defferre pour Marseille et M. Nussbaum pour Bourbach-le-Haut (Haut-Rhin) avaient seuls reçu cet honneur. Voilà l'occasion pour lui de monter à Paris avec trente de ses compagnons, ses « Gaulois » comme il les appelle. J'ai sous les yeux la demande d'autorisation d'absence présentée par quatre employés municipaux :

Saugues, le 7 février 1975.

A Monsieur le Député-Maire
Président du Conseil Général

Les employés ci-dessous ont l'honneur de solliciter de votre bienveillance un congé exceptionnel *des 12 et 13 février pour se rendre à Paris accompagner le Meilleur Maire de l'année. Dans l'espoir d'une réponse favorable, ils vous prient de croire à l'assurance de leurs sentiments très dévoués.*

Signé : Mme Alizert. — Marie-Thérèse Chevalier — Oscar-Dédé.

On lit en apostille : *Pour le Maire, l'Adjoint délégué : Avis très favorable.* Signé : *Illisible.* Et plus bas : *Le Maire : Refusé. Non respect des délais réglementaires.* Signé : *J.-Cl. Simon.*

Malgré ce refus facétieux, les voici tous dans le train, sans oublier Lulu et son harmonica. Sur les Champs-Élysées, ils font un peu de scandale en s'interpellant :

« Je suis de Saugues !

— Et moi aussi je suis de Saugues ! »

Après quoi, ils sont reçus par des ministres, par Pierre Bonte d'Europe 1. Un journaliste interroge :

« Ne rencontrez-vous pas de temps en temps dans votre commune, monsieur le Maire, quelque vigoureuse opposition ?

— La plus vigoureuse que j'aie reçue est celle d'une vache qui m'a chargé et roulé dans la boue un matin que je cherchais son maître. Elle avait certainement appris que j'envisageais des aménagements qui allaient changer ses habitudes. Personne en France n'aime changer d'habitudes, ni les hommes, ni les vaches. »

Par une heureuse coïncidence, Robert Sabatier vient de publier *Les Noisettes sauvages.* Toute la France parle de Saugues et de son maire. Les jeunes recrues du 92e R.I. y montent en manœuvres. Le ministre de l'Intérieur Poniatowski y descend en hélicoptère. Les touristes pleuvent sur le canton comme les grives. Des Japonais viennent y passer leurs vacances. Saugues est un moment le sommet du monde.

En 1976, sans protocole et sans cravates, on inaugure la résurrection de la tour des Anglais : décrassée, recharpentée, ornée de superbes fresques de Lucien Gires. Le Dr Simon y a travaillé truelle en main.

Alors se lève le jeudi 19 août 1976.

En fin de journée court dans Saugues et les environs — non point sur les ondes hertziennes, mais de bouche à oreille — l'incroyable nouvelle :

« Le docteur Simon est mort.

— Mort ? Comment ça ? D'un coup ?

— Oui, d'un coup. Noyé. Dans le plan d'eau.

— Dans son plan d'eau ? Dans ce crachat ?

— Oui, dans ce crachat, qui a tout de même trois mètres de profondeur.

— Il nous aurait fait ça ? »

Personne ne le croit capable d'un si mauvais coup.

Ils étaient trois dans une barque en plastique, vers 18 h 20, ce beau soir d'été, à canoter sur le petit lac fraîchement rempli : Jean-Claude Simon, Marc Soulis et le jeune Boyer. On ignore ce qui s'est passé exactement. Toujours est-il que la barque s'est renversée et a coulé. Voici les trois hommes dans le lac. Deux nagent assez bien : Boyer et Simon. Ils atteignent la rive, s'aperçoivent que le troisième est en difficulté. Le docteur se rejette à l'eau. Marc Soulis se débat, s'accroche à lui. Ils disparaissent ensemble. Les hommes-grenouilles montés du Puy pataugeront pendant des heures dans ce bouillon opaque avant de les retrouver. Ils repêcheront d'abord les lunettes du maire. Vers dix heures du soir, enfin, ils ramèneront les deux corps.

Ainsi périt, dans ce plan d'eau qu'il avait conçu et voulu pour la plus grande gloire de sa commune, victime de son propre dynamisme et de sa générosité, Jean-Claude Simon, Brivadois et Saugain, âgé de quarante-quatre ans, que tout le monde croyait immortel.

Après lui, l'œuvre entreprise s'est poursuivie. A petits pas. Les travaux programmés ont été menés à leur terme. L'industrialisation accentuée. L'Agévoplast a quadruplé son effectif. La sonorisation fonctionne toujours, mais ne dépasse pas les limites du bourg. Les P.T.T. lui ont cherché des poux dans la tête : « Vos ondes hertziennes empiéteraient sur notre privilège. Nuiraient au service téléphonique. »

Le foirail a été déplacé quand même, en dépit de l'opposition formelle exprimée par une assemblée communale antérieure : une simple décision du conseil y a suffi.

A Saugues, on ne croit plus tout à fait à la démocratie directe. « C'est, affirment les politiciens de profession, une dangereuse utopie dans un pays grand comme le nôtre. » Les bergers savent mieux que les moutons ce qui convient aux moutons. Cela se voit clairement sur toutes sortes de pâturages.

Voilà, cher Baptiste, une aventure qui méritait de mieux finir. Mais ne devrait-on pas, pour qu'il vive encore, pour qu'il illustre les admirables effets de la concertation, faire entrer au musée Grévin cet Auvergnat qui réussit à faire voter une augmentation de leurs propres impôts à des *Gabales,* qui sont sur certains points des Auvergnats renforcés ?

Lamastre, le 3 mai 1982

Mon cher Baptiste,

Il y a onze années aujourd'hui que notre ami Alexandre Vialatte quittait ce monde auquel il avait été prêté, pour retourner à ses sources. Longtemps je me suis lamenté du peu de cas qu'ont fait de lui quand il vivait les grands critiques, les grands moyens d'information, le grand public. Mais depuis quelques trimestres, voici qu'il sort de l'ombre, comme le soleil se lève. La preuve : la municipalité de Clermont-Ferrand a décidé de donner son nom — je répète : onze ans après sa mort — à une placette de la banlieue montferrandaise, dans ce quartier neuf dit *Croix-de-Neyrat,* qui ne produit plus de raisins, mais des H.L.M. Je m'en réjouis fort ; son nom est assuré désormais de l'immortalité. Du moins aux alentours du *Mammouth.* On n'en est pas encore à parler de statue. Mais qui sait ?

La placette correspond à peu près à l'e,droit où, sur sa demande, je le déposai un matin après une nuit de sommeil incommode dans ma voiture, sa tête sur mon épaule.

« Laissez-moi là, dit-il, le doigt tendu vers l'arpent marécageux destiné à devenir après lui la place Alexandre-Vialatte.

— Pourquoi là ?

— Je veux respirer le brouillard. Marcher dans la rosée. Je finirai à pied. Il n'y a pas loin. »

Nous venions de Paris. Il avait toute sa vie voyagé par des moyens insolites : en ballon dirigeable, à dos de chameau, d'âne, d'éléphant et même d'homme, en charrette à bras, en pousse-pousse, en vinaigrette. Mais à l'occasion il lui arrivait aussi d'emprunter l'automobile ou le métro. Il voyageait sur le fil du téléphone et m'appelait à une heure du matin, s'étonnant : « Déjà couché ? »

Il appréciait particulièrement, comme on dit de nos jours, la fiabilité de la S.N.C.F. à qui chaque lundi soir il confiait un pli timbré à l'adresse de *Monsieur le Rédacteur en Chef de La Montagne, rue Morel-Ladeuil, Clermont-Ferrand (P.-de-D.)*. Celui-ci contenait la chronique hebdomadaire qu'il n'avait jamais le temps de rédiger plus tôt et qui devait paraître le lendemain dans ce journal. Certains lecteurs, plus auvergnats que d'autres, demandaient à s'abonner au seul numéro du mardi. Sur le quai de la gare de Lyon, Alexandre relisait son article, le complétait des dernières virgules avec la pointe de son stylographe à l'ancienne. Puis il le confiait lui-même au postier roulant, qui était de Marsac, connaissait tous les Vialatte possibles et imaginables, avait conscience de l'importance de cette enveloppe et levait la main droite en disant :

« Soyez tranquille, monsieur Vialatte. Il arrivera à minuit pétante ! »

A Clermont, un garçon de courses de *La Montagne* venait en prendre livraison, puis pédalait jusqu'à l'imprimerie où le linotypiste de service écarquillait les yeux sur le manuscrit à peine sec, y ajoutait quelques fautes de français ou d'orthographe, le tapait sur son clavier.

Les trains ont perdu leurs wagons postaux, depuis que le courrier circule par les voies aériennes. Ce qui interdit les improvisations de la dernière minute. Les chroniqueurs parisiens se servent d'une machine à écrire. Ces mesures énergiques devraient à la longue réduire le nombre des fautes de français dans nos journaux de province, faciliter la circulation des idées et des personnes. Entre Paris et Clermont, le train corail ne met plus que 225 minutes ! D'ici quelques années, on mesurera par secondes la durée de son voyage.

Malheureusement, c'est aussi le train de l'ennui. Tout y est agencé pour empêcher la communication : les fauteuils tournés dans le même sens, la rangée de droite séparée de la gauche par une allée où l'on ne s'aventure en titubant que pour se rendre au bar ou aux toilettes. Coincé entre deux sièges, le voyageur solitaire ne peut espérer de conversation qu'avec un seul voisin ou une seule voisine. Si le hasard fait bien les choses, ce peut être avantageux. Mais le hasard a rarement tant de complaisance.

Il en était naguère, du temps de Vialatte, tout autrement : Alexandre fréquentait assidûment les voitures de seconde classe et y faisait provision de sagesse ferroviaire. Ces compartiments où quatre, six, huit personnes qui ne se connaissaient ni d'Ève ni d'Adam se trouvaient réunies pendant des heures, séparées du va-et-vient par une porte coulissante. Très vite, on brisait la glace. Les plus réservés ne pouvaient s'empêcher d'écouter, de sourire ; bientôt, ils participaient. Le compartiment devenait un salon où les conversations s'emmêlaient. On partageait les mêmes soucis, la même gaieté, quelquefois le même saucisson. La France paysanne y rencontrait la France ouvrière, fonctionnaire ou commerçante. Les militaires en uniforme racontaient leurs frasques, les vieillards égrenaient leurs souvenirs. Je me rappelle ce petit garçon pointant férocement son pistolet sous le nez d'une bonne sœur en train de marmonner son chapelet, et s'écriant :

« Haut les mains, peau de lapin ! »

Fallait-il qu'il se sentît à son aise !

La nuit, ces enfants allongés sur la banquette appuyaient leur tête à votre cuisse et devenaient un peu les vôtres. Vos jambes s'étendaient, se croisaient avec celles de la personne en vis-à-vis, désireuses de ne pas la gêner. A moins qu'au contraire...

Même le couloir était hospitalier : on y allait se dégourdir les membres, ou fumer une cigarette sans importuner qui que ce fût. On se retenait à la barre de cuivre et l'on contemplait le paysage. La conversation s'y poursuivait sur un ton plus intime. Allez donc tenir une conversation dans une allée du train corail ! Ainsi se perd un des plaisirs essentiels du voyage qui est, comme dit Montaigne, de *frotter et limer sa cervelle contre celle d'autrui.* En qualité de paquet, de marchandise fragile et périssable, le passager trouve son compte au train corail. Mais en tant que créature sociale ?

Les voitures compartimentées disparaissent donc peu à peu : la S.N.C.F. y gagne de l'espace et des sièges. Comme avaient disparu avant elles les locomotives à vapeur, genre *Pacific 231.* Et avant celles-ci, les locos à longues cheminées et à cloche manuelle. Et plus avant encore, les premières machines à entonnoir qui se lancèrent à la conquête du Far West et du bassin d'Andrézieux. Car il y a évolution du premier engin automobile sur rails de Cugnot à la tractrice du T.G.V., de même qu'il y a évolution du cœlacanthe, notre lointain ancêtre, à l'*homo sapiens.*

C'est ce qui explique la vogue actuelle des lignes

ferroviaires abandonnées pour rentabilité insuffisante lorsqu'elles reprennent du service. On ne les emprunte plus pour aller quelque part, mais pour l'amour des véhicules. Par nostalgie de la vapeur chez ceux qui l'ont connue et qui, arrivés au terme de leur propre voyage, se rappellent les trains de leurs vingt ans : ceux qui les emportaient vers l'amour, le régiment, la guerre. Par rétromanie : ce goût de tout ce qui est ancien et qu'on baptise *folklore,* vieilles bassinoires, jougs à vaches, roues de charrettes, ophicléides, bourrées, blouses et châles, moutarde en pot, pain de seigle. Le petit tacot fait partie du folklore, bien qu'il ne corresponde guère à la définition du terme : *science du peuple.*

A la différence des jougs à vaches, les locomotives et leurs wagons sortaient, non de mains populaires, mais d'usines remplies d'ingénieurs et de techniciens. Ajoutez à cela le snobisme de l'exotique, de l'insolite, de l'exceptionnel à tout prix. Quand on a visité l'Inde, Sumatra, la Chine, quand on a emprunté le Transaustralien, le Transsibérien, le Transmandchourien, il est original en effet d'emprunter le Transcorrézien ou le Transcantalien. On y voyage à la fois dans le présent et dans le passé. Si quelqu'un a l'idée un jour de restaurer un service de diligences, avec ce qu'il faut de chevaux, de sonnailles, de postillons, d'arrêts-pipi obligatoires, de gîtes d'étape, je lui prédis le plus franc succès.

Les duettistes Pils et Tabet chantaient dans les années trente :

C'est un petit train
Départemental,
Qui va son chemin
D'un pas bien égal...

En ces temps très anciens, il existait en effet deux sortes de voies : les normales, larges d'1,435 m, dont les réseaux couvraient la France d'une toile d'araignée au milieu de laquelle se tenait tapie la dévorante capitale ; et les secondaires, étroites généralement d'un mètre, parfois de soixante-dix, soixante, cinquante et même trente-huit centimètres, propriété de compagnies départementales, moins onéreuses, mieux adaptées au relief et aux besoins locaux. Ainsi, je me rappelle les chemins de fer Clermont-Volvic et Vertaizon-Billom que j'eus l'occasion d'emprunter en hiver. Pleins de paysannes, de paniers, de canards. Parfois, un employé glissait une bouillotte entre nos pieds. Fréquemment, se produisaient en rase campagne des arrêts non prévus. Chaque voyageur y allait de son explication :

« Le chauffeur doit manquer de combustible. Il sera descendu couper un peu de bois.

— Non. J'ai l'habitude. Il suffit qu'un vigneron de par là lève son *bousset* pour le montrer au mécanicien, et il s'arrête. En ce moment, ils sont en train de boire dans le même gobelet, et de trinquer à notre santé. »

Le *bousset :* ce tonnelet d'un ou deux litres dont le paysan de Basse-Auvergne ne se sépare guère, sauf quelquefois pour dormir. Encore peut-il durant la sieste y appuyer sa nuque. Auquel nous nous sommes, toi et moi, si souvent désaltérés à la régalade, et malheur à qui se mouillait le jabot ! On peut donc, chez nous, trinquer avec un seul verre, en le heurtant au *bousset* de qui vous offre de son vin.

Un autre voyageur parlait d'une jolie garde-barrière, veuve depuis quelques années, qui provoquait bien des retards sur la ligne. La panne réglée, on repartait sans que personne protestât. Outre le monde, ces trains transportaient des marchandises, pierres de Volvic, briques et tuiles de Billom, tonneaux de Dallet.

Les usagers connaissaient bien la voix de la locomotive qui, selon la pente et le chargement, haletait en patois :

Tan qu'i nen pode,
Tan qu'i nen pode...
(Tant que je peux,
Tant que je peux...)

Ou bien :

Nen pode pu,
Nen pode pu...
(Je n'en peux plus,
Je n'en peux plus...)

Le développement des automobiles, des cars, des camions fit disparaître ces petits trains. Des rails furent arrachés, d'autres restèrent en place, recouverts bientôt par la rouille et les folles herbes.

Or voici que quelques-uns retrouvent vie. Sur le modèle de la Société Protectrice des Animaux, il s'est fondé une association franco-belge, la F.A.C.S. (Fédération des Amis des Chemins de fer Secondaires) dont le siège social est à Paris, 136, rue de Rennes, et qui protège l'exploitation d'une vingtaine de ces courtes lignes. La plus longue me semble être celle qui va de Lamastre à Tournon (Ardèche) : 33 kilomètres parcourus de Pâques à la Toussaint, alternativement par un train à vapeur et un autorail Diesel. C'est le *Mastrou,* synonyme franco-provençal du *Lamastrois.* Voilà pourquoi, mon cher Baptiste, je t'écris de ce gros bourg ardéchois où sans doute tu n'es jamais venu, toi qui voyages désormais aussi peu que possible, prisonnier de tes arbres, de tes biches, de tes habitudes.

Lamastre est établi à la rencontre de quatre vallées où coulent quatre rivières : le Doux, le Condoie, le Crozon, la Sumène. On y a longtemps travaillé pour les dames en filant des bas de soie ou élevant des visons. De nos jours, on y scie des planches, on y fabrique du matériel de camping et de l'appareillage électrique. Maurice Ravel, Pierre Louÿs, Gabriel Fauré, Vincent d'Indy venaient y manger la *caillette,* sorte de pâté de porc ; la *crique,* pommes de terre râpées et dorées dans la poêle avec des œufs et des herbes ; la *douce,* entremets aux coings ou aux poires ; le tout arrosé de *saint-joseph* rouge ou blanc. La ligne fut construite de 1886 à 1891, à la pioche, à la pelle, à la poudre noire, par une armée de *pagels,* de montagnards ardéchois, fraternels des misérables poseurs de rails du Far West. L'ensemble du réseau départemental géré par les Chemins de Fer du Vivarais comptait 250 kilomètres de voies et employait 420 agents. Vers 1930, il transportait du bois de mine, des grumes, du bétail, du charbon, des engrais et cent mille personnes chaque année. Puis ce fut le déclin : la main-d'œuvre coûtait trop cher, marchandises et voyageurs se raréfiaient, la ligne fut supprimée le 1er novembre 1968.

Or, un an plus tard, alors que les traverses commençaient à pourrir, les ballasts à se dissoudre, le chiendent à envahir les gares, débuta la résurrection. Une équipe d'amateurs, encouragés par des élus et des fonctionnaires, entreprit de remettre le *Mastrou* sur ses rails. Il fallut beaucoup de bonne volonté et beaucoup d'argent pour renforcer la voie, changer vingt mille traverses, rénover cinq locomotives, acheter des voitures anciennes en Bretagne, en Provence, en Limousin, en Suisse, trouver du personnel compétent et si possible bénévole : étudiants, cheminots à la retraite.

Les nouveaux voyageurs arrivent dans la gare de Lamastre longtemps avant le départ afin de pouvoir flairer à leur aise le matériel roulant et les infrastructures dérouillées. Ils visitent les voitures aux planchers nus, aux banquettes bien dures séparées par un couloir central, sans w.-c., sans filets à bagages sauf aux extrémités, aux vitres montantes et descendantes grâce à une sangle perforée ; du moins en est-il ainsi dans les wagons populaires, car l'ex-première classe offre de somptueux coussins rouges, de la moquette, des filets individuels, mais elle est réservée à la famille, aux amis du personnel, aux notabilités. Notre locomotive est une Mallet du type *compound* à six essieux moteurs, construite en 1932 à Belfort par la Société Alsacienne de Constructions Mécaniques, pesant 45 tonnes en charge, y compris les 7 000 litres d'eau contenus dans la chaudière et dans les soutes : deux réservoirs rectangulaires collés au ventre de la machine. Elle brûle du charbon aggloméré et de la gaillette de Saint-Étienne, à raison de deux tonnes par voyage. Elle comporte sur le devant une paire de lanternes pareilles à de gros yeux, une cloche de secours et un sifflet à vapeur dont le mécanicien jouera abondamment, tout le long du parcours.

Fonctionnement : l'eau de la chaudière est chauffée jusqu'à ébullition (il y faut cinq heures !) par des tubes horizontaux que traversent les flammes et la fumée ; la vapeur produite est envoyée sous pression dans les cylindres où elle pousse les pistons, qui mettent en marche les bielles, qui mettent en marche les roues. Tchouf, tchouf. La Mallet peut rouler à 50 à l'heure si elle le désire ; mais elle limite ici sa vitesse à 25, afin que les passagers puissent admirer commodément le paysage et le photographier.

L'ensemble est peinturluré comme les beaux jouets de rouge, de vert, de bleu ; orné de plaques, de numéros, de sigles blancs : C.F.V. En attendant le départ, la loco crache de temps en temps des jets de vapeur, non par les naseaux, mais par les pattes. Le mécanicien, en bleu de chauffe et casquette assortie, tourne autour d'elle, burette et chiffon en main, huilant une articulation, réglant une manette, frottant un cuivre. Puis les manœuvres commencent : il fait le plein d'eau à la fontaine-potence, forme son convoi sans oublier le fourgon à bagages. A la minute précise, le *Mastrou* démarre, sur un grand coup de sifflet, envoyant dans le ciel une fumée noire, abondante, odorante, chargée d'escarbilles que les voyageurs peuvent recueillir dans les yeux en s'approchant des fenêtres entrouvertes. Ils ont payé 52 N.F. — l'équivalent en 1981 d'un bon repas — pour être secoués, enfumés, lanternés, assourdis comme il est difficile de l'être davantage. Et pourtant, après deux heures de martyre, chacun se déclarera sur le quai de la gare de Tournon, comme cette dame à l'accent distingué, « ravi, ravi, ravi ! ».

Le paysage, il est vrai, vaut la peine d'être traversé avec lenteur. Une fois franchi le 45e parallèle qui sépare le Midi du Nord, l'Ardèche à l'huile de l'Ardèche au beurre — mais sans le panneau qui le signale qui s'en apercevrait ? — le convoi s'engage dans la vallée du Doux, affluent du Rhône. Un torrent qui mérite assez mal son nom — sauf dans son cours inférieur — si l'on en juge par les canyons qu'il a creusés dans le rocher et les énormes blocs qui encombrent son lit ; si l'on se rappelle aussi comment une de ses crues subites emporta, il y a quelques années, les caravanes, les tentes et les campeurs établis sur la *Douce-Plage* aux portes de Tournon. Au-dessus et de chaque côté, s'accrochent les derniers châtaigniers de la montagne ; bientôt, ils cèdent la place aux cerisiers ; et dans les terrains découverts s'échelonnent les *échamps,* ces terrasses innombrables où poussent les céréales, où verdit la vigne. Je crois qu'on ne peut trouver une telle volonté de tirer parti du terrain en pente qu'en Extrême-Orient, chez les riziculteurs de Thaïlande ou de Bornéo.

Tchouf, tchouf. Le petit train chemine entre les candélabres du bouillon-blanc. A chaque instant, il salue d'un coup de sifflet les ponts, les villages, les peupliers, les maraîchers dans leurs jardins, les gardeuses de chèvres. De son côté, il récolte une infinité de bonjours, de la voix, de la main, du mouchoir, du chapeau. Il siffle sous le château de Chazotte dont la comtesse est sa fidèle amie : quand il fut momentanément supprimé en 1968, elle ferma ses volets en signe de protestation et se tint pour prisonnière entre ses propres murs, comme firent les papes au Vatican après la prise de Rome. Il ralentit aux passages à niveau non gardés. Sous les tunnels, aucune loupiote ne s'allume ; mais ils ne sont pas tunnels de l'épouvante : les jeunes rient aux éclats, les garçons chatouillent les filles à l'aveuglette, les galants embrassent leur maîtresse ; quand la lumière revient, tout est rentré dans l'ordre.

A Boucieu-le-Roi, perché sur son piton, la ligne traverse un curieux chemin de Croix composé de trente-sept petites chapelles disséminées dans la campagne depuis le XVIIe siècle ; or, par une prémonition venue du Ciel, la station qui se tient au croisement des deux voies fut appelée : *Jésus s'arrête.* Elle a droit elle aussi à son coup de sifflet.

A Colombier-le-Vieux-Saint-Barthélemy-le-Plain, petite gare au nom très long, arrêt d'un quart d'heure qui vide les wagons et remplit les lavabos. Sur le quai, distribution de boissons fraîches. En 1971, la télévision britannique tourna ici une version anglaise de *Clochemerle.* Toute la ligne a été à divers moments une vedette de cinéma : on l'a vue dans *Les Cracks,* avec Bourvil ; dans *Les Deux Anglaises et le Continent,* de Truffaut, où la halte de Monteil fut, pour les besoins de la cause, rebaptisée d'un nom gallois, *Dolgellau.*

A Clauzel, on surplombe un petit barrage avec une passerelle suspendue. Sur la gauche, court un canal long de plusieurs kilomètres, accroché au flanc de la montagne, creusé souvent dans le roc, qui va alimenter l'usine électrique de Mordane. Construit par des collègues à toi, mais tes aînés, cher Sang-de-Chou. Je veux dire des prisonniers de guerre en 1918. Il porte le nom de *Canal des Allemands*. On roule, on roule, il est toujours là à te suivre, comme la lune quand tu marches la nuit ; tu imagines la longue peine de ces esclaves verts ; rien de tel qu'une bonne guerre pour ressusciter l'esclavage. Enfin, tu arrives à la centrale, perdue dans ce pays désolé, sans routes, sans habitants : Mordane. Même les ânes y mouraient de fatigue et de chagrin. Naguère, les gardiens de l'usine se relayaient comme ceux d'un phare ; une draisine emmenait chaque matin leurs enfants à l'école de Saint-Jean-de-Muzols, et les ramenait le soir. De nos jours, l'usine est télécommandée.

Après Douce-Plage, la vigne escalade les versants, laissant les fonds aux cerisiers, aux pêchers, aux abricotiers. Encore un tunnel, une longue courbe et le petit train à empattement étroit s'engage dans la voie normale de la ligne Lyon-Nîmes par la rive droite du Rhône, grâce à un troisième rail qui sert en même temps d'aiguillage, au prix de quelques couinements. Les voitures tressautent plus que jamais. Après nos deux heures de barattage, nous entrons enfin dans Tournon : au loin, le fleuve impassible, Tain-l'Hermitage et ses abrupts vineux, le pont suspendu et le pont neuf. Dernière surprise, la gare C.F.V. est indépendante de la gare S.N.C.F., impossible de passer de l'une à l'autre. Si l'on veut faire quelques pas en attendant le retour, les seules perspectives offertes sont les cabinets publics, la route nationale et le cimetière.

C'est un autorail qui nous ramène, rouge et blanc, mieux assis et plus rapide : en une heure dix, on repasse la ligne du 45e parallèle, on rejoint Lamastre. Théoriquement, si j'en crois les prospectus, une fanfare devrait nous accueillir. Mais ce soir est un jour *sans*. Pour nous consoler, dans la salle d'attente, un limonaire restauré nous régale d'une polka, dont le sautillement évoque à s'y méprendre le rythme des boggies sur les jointures des rails.

La S.N.C.F. n'a pas voulu être en reste sur les amateurs privés de voyages ferroviaires à l'ancienne. Utilisant des lignes peu fréquentées, voire menacées d'abandon, elle organise des circuits de flânerie à travers la Corrèze et le Cantal. C'est ainsi qu'a été institué récemment le *Transcantalien,* à l'initiative de Louis Cavanié, président de l'Office du Tourisme d'Aurillac, et des Amis du Chemin de Fer du Cantal que remorque l'abbé Trin. Ce sympathique et vigoureux ecclésiastique se plaît à souligner la prédestination de son patronyme.

Il annonce ainsi son passage :

« Le Trin sifflera trois fois. »

Ou son entrée chez la boulangère :

« Voici votre Trin-Trin quotidien. »

Et quand il n'est pas content de lui-même :

« Je me dis : Trin, tu déraillles ! »

Grâce à tant de locomotives, le Transcantalien emporte aux temps chauds pour deux jours et une nuit, dans des voitures modernes y compris un wagon-bar et des couchettes de première classe, sa cargaison de touristes assez fortunés pour payer ce voyage 990 francs, boissons non comprises. On tourne en rond suivant cet itinéraire : Aurillac, Miecaze, Loupiac, Bort-les-Orgues, Riom-ès-Montagnes, Condat, Allanche, Neussargues, Saint-Flour, Garabit, retour à Neussargues, Murat, Le Lioran, Vic-sur-Cère, Polminhac,

Aurillac. On s'arrête dans les gares ou en rase campagne à chaque curiosité : cascade, donjon, chapelle, viaduc, pierre qui branle, troupeau de moutons, villages aux noms évocateurs d'anciens brigandages : Prends-te-Garde, Passe-Vite, Avise-Toi. On salue les vieux murs du château de Branzac dont les fresques gothiques portent cet autre avertissement :

A-maryer, la fille est aimable,
Mais tost apres elle est pire que diable.

On salue le clocher de Montboudif et le souvenir de Georges Pompidou. On est accueilli dans les gares par un groupe folklorique, au son de la cabrette et de l'accordéon. La cabrette est aussi du convoi, diffusée par les haut-parleurs ; mais les voyageurs ajoutent leurs voix à la sienne. Ici, la communication fait rage. L'abbé Trin multiplie ses calembours ferroviaires. Circulant de voiture en voiture entre deux autres organisateurs, il les présente comme son *avant-Trin* et son *arrière-Trin.* A Murat, un buffet local offre la liqueur de gentiane et les *cornets* fourrés à la douille, juste avant consommation, de crème Chantilly ou de mousse de myrtille. Le premier repas se prend dans le wagon : panier campagnard de cochonnailles, pommes de terre en salade, fromage et fruits ; les autres dans des restaurants de bonne tenue. Soirée dansante. Sommeil dans le wagon-couchettes dont l'immobilité n'est pas le moins insolite. Pour finir, photographies de groupe. On se quitte en promettant de s'envoyer des cartes postales.

Les trains passent et les voies restent. Mais elles aussi subissent l'évolution. Les anciennes traverses fleurant bon la créosote ont fait place à des traverses en ciment, inodores. Aux passages à niveau, cause fréquente d'accidents mortels, se substituent peu à peu, et c'est une bonne chose, des enjambements de la route sur les rails. Ceux qui restent n'utilisent plus, et c'en est une mauvaise, les services trop coûteux des garde-barrières, remplacés par l'œil rouge d'un clignotant. Quelles responsabilités pesaient sur les épaules de ses pauvres femmes, généralement veuves de modestes cheminots, et affligées de trois enfants en bas âge ! Elles avaient en compensation l'usage de leur maisonnette et d'un jardinet, la conversation occasionnelle des voyageurs arrêtés par sa barrière, qui lui disaient : « Vous avez de beaux poireaux ! Vous avez de beaux enfants ! » Le secours qu'elles apportaient parfois aux personnes égarées, à celles qui tombaient du train. Je pense à la surprise de la garde-barrière qui vit, un jour de 1920, un monsieur en pyjama venir à elle, marchant sur le ballast, pieds nus, tête nue, porteur de jolies moustaches. Il déclara :

« Je suis le président de la République.

— Et moi, répliqua-t-elle, je suis sainte Thérèse de l'Enfant-Jésus. »

Elle avait tort de se moquer, car il s'agissait bien de Paul Deschanels, membre par surcroît de l'Académie française, qui venait de tomber par inadvertance du convoi présidentiel. Elle déclara plus tard : « J'ai vu tout de même qu'il s'agissait de quelqu'un de bien, parce qu'il avait les pieds propres. » On enferma le magistrat suprême dans un cabanon, car un président de la République peut commettre toutes sortes d'erreurs et d'imprudences, sauf se tromper de porte dans un train, prendre celle de la sortie pour celle des w.-c.

Ce ne sont pas des choses qui risquent de se répéter, puisque les barrières manuelles disparaissent. Il en restait une paire — sans doute la dernière de la région — à Royat, en pleine station thermale. Les curistes, qui manquent de divertissement, venaient plusieurs fois par jour la voir s'ouvrir et se fermer. On a enchaîné et cadenassé les deux battants, éloigné la préposée responsable. Et l'on se plaint, après ça, que les malades, par ennui, désertent nos stations thermales !

Les gares inutiles restent aussi. Il s'en vend une, de temps en temps. Les acheteurs ne se bousculent guère. Pourtant, bien employées, elles peuvent encore rendre des services. Celle de Néris-les-Bains a fourni des gîtes ruraux. Celle de Châtel-Guyon est devenue un centre de loisirs où se tiennent des expositions, où se réunissent des clubs. Il n'est pas vrai, comme l'affirme Léon-Paul Fargue, que rien ne soit plus bête qu'une gare.

Je crois bien que tout homme porte dans son cœur un train qui sommeille. Je reçus le mien dès l'âge de dix ans quand je vivais chez ma tante Marie, gardeuse de chèvres. Devant la fenêtre de ma chambre, je voyais un mûrier, un jardin, un vallon et tout de suite après la voie ferrée, la bouche d'un tunnel. Plusieurs fois chaque jour, je guettais les trains à leur sortie. Prévenu de leur approche par leur halètement et leurs longs sifflets modulés, je sentais d'abord le sol frémir. Et soudain la gueule noire de la montagne vomissait la locomotive enveloppée d'une fumée épaisse. Le convoi défilait devant mes yeux, avec ses hommes et ses femmes aux portières qui me saluaient de la main. Il disparaissait enfin, laissant après lui des volutes lentes à se dissiper, qui sentaient bon la vapeur charbonneuse. Je rêvais de voyager à mon tour. Ou mieux : de conduire une de ces machines noires, musclées, luisantes de sueur.

La plupart des adultes se défoulent de leur complexe ferroviaire en achetant pour leurs enfants des chemins de fer électriques qu'ils passent ensuite des heures à monter, démonter, disant : « Tu comprends :

je dois d'abord bien voir comment ça fonctionne pour pouvoir ensuite t'expliquer. »

D'autres empruntent le Mastrou, le Transcorrézien, le Transcantalien.

Quelques-uns enfin poussent leur rêve jusqu'au bout et achètent, sinon un train, du moins une ancienne maison de garde-barrière qu'ils retapent à leur fantaisie. Ou simplement un wagon désaffecté. C'est ce qu'ont fait M. et Mme Guy Raynaud, domiciliés l'été à Coquelong, près de Puy-Guillaume, l'hiver à Montrouge, près de Paris. Il y a cinq ans que s'est présentée à eux l'occasion d'acquérir la voiture n° 17 d'un ancien train-parc des Postes et Télécommunications. L'affaire fut rapidement conclue avec les Domaines et les Raynaud se trouvèrent possesseurs d'un wagon long de dix-huit mètres et pesant trente tonnes. Il fallut encore beaucoup de temps et de démarches pour obtenir son transfert de la gare de Vichy à celle de Puy-Guillaume. Alors vint le plus dur : fréter une grue assez puissante pour soulever cet objet insolite, un camion-remorque assez solide pour le recevoir et le convoyer jusqu'au terrain de Coquelong. Deux bouts de rail l'attendaient, ainsi qu'un quai en ciment dans les profondeurs duquel le vin des Raynaud se tenait au frais. Ce transport coûta trois fois plus cher que le colis lui-même. Voici enfin la voiture 17 goûtant les délices d'une retraite bien gagnée, ornée de vases et de lanternes, entourée de roses et de verdure, cloisonnée en chambre, salon, cuisine, salle d'eau, moquettée, lambrissée. Plus chouchoutée que le wagon des armistices, dans la clairière de Rethondes. Plus heureuse aussi, puisqu'elle n'a pas d'Histoire.

Que le bon Dieu, mon cher Baptiste, te garde de plus jamais participer à l'Histoire. Et aussi, comme on dit dans notre commune petite patrie, du curé qui enterre, du feu, de l'eau et des coups de fouet :

Que le boun Djeù te garde do curà,
do fiò, de l'aygo è de lou co de djà.

La Louvesc, le 6 juillet 1982

Mon cher Baptiste,

Ce curé que j'évoquais dans ma dernière lettre me rappelle que la religion avait, il y a cinquante ans, sur nos montagnes auvergnates et dans leurs alentours, une terrible importance. Tes mollets ont-ils oublié les coups de canne de ta grand-mère Mangematin lorsque, au retour de la messe, elle exigeait que tu lui traduisisses le sermon en patois ? Car la religion était chez nous d'abord une affaire de grand-mères. Gardiennes des rites ancestraux, des gestes propitiatoires, de la croyance en Dieu, en diable et en *galipote.* Lorsqu'elles connaissaient suffisamment le français, elles nous enseignaient le premier signe de croix, la première prière avec la mimique d'accompagnement, paumes jointes, main sur le cœur, doigt vers le sol, doigt vers le ciel : *Où est le petit Jésus ? Dans mon cœur. Que fait-il ? Il se repose. Qui l'a mis ? C'est la grâce. Qui l'a ôté ? C'est le péché. Va-t'en, va-t'en, maudit péché ! Revenez, revenez, petit Jésus ! Venez dans mon cœur. Je ne pécherai plus. La terre ne sera plus mon pays. Ce sera là-haut, là-haut, en Paradis!* Que suivaient le premier *Notre Père,* le premier *Je vous salue.*

Mais nos défaillances étaient nombreuses. Alors : « Va te confesser, fideputе! nous commandaient-elles rudement. Tu as la conscience plus noire que tes sabots! »

Elles organisaient les saintes boustifailles qui accompagnaient les grands événements de la vie : baptêmes, premières communions, mariages, enterrements. Veillant à ce qu'y figurât le strict nécessaire aux unes, le superflu aux autres. En fin de parcours, elles donnaient l'exemple d'une mort sereine, consolée par l'espérance des béatitudes éternelles.

Avant d'en arriver là, nos grand-mères nous fourraient aussi dans la tête la croyance aux pèlerinages. La nécessité d'y participer au moins une fois l'an pour le plus proche, une fois dans l'existence pour le plus lointain qu'on ne pouvait atteindre que par voiture, ou chemin de fer, ou une longue marche de trois jours. Il faut dire aussi que le pèlerinage était rarement désintéressé : on partait demander quelque grâce. La plupart des saints se trouvaient être des guérisseurs spécialistes et réputés. Ainsi, saint Zacharie à Clermont rendait la parole aux muets; saint Priest à Volvic redressait les jambes torses. A Thiers (était-ce pour la rime ?), sainte Agathe gonflait les poitrines plates. A Bourbon-l'Archambault, saint Grelichon conjurait l'impuissance et la stérilité. Près de Souvigny, saint Menoux offrait, offre encore aux simples d'esprit son curieux sarcophage (appelé communément *débredinoire*) ; les *bredins* qui le désirent enfoncent la tête dans le trou approprié, la retirent complètement *débredinée;* à moins qu'au contraire elle ne se soit imbibée de toute la *bredinerie* abandonnée par les prédécesseurs. Quand tu reviendras par ici, nous y tenterons, toi et moi, l'expérience. A Brioude, saint Julien réduit les abcès purulents. Saint

Géraud d'Aurillac et saint Mary près de Lempdes (Haute-Loire) soignent respectivement les ophtalmies et les coliques néphrétiques ; saint Christophe à Saint-Christophe-les-Gorges (Cantal), les douleurs d'épaule. A Riom, saint Amable protège du feu, du poison et des piqûres venimeuses ; sa châsse est encore portée en juin par un groupe de jeunes gens coiffés d'un bicorne noir, en culottes et guêtres blanches.

Plusieurs saints se consacrent au soin des animaux : Roch, en de nombreux endroits du Forez, du Livradois, du Gévaudan ; Blaise dans les monts Dore et sur la Planèze ; Martin à Marcolès. A Maurs, saint Antoine protège même le gibier.

Mais la guérisseuse universelle, généraliste de toutes les douleurs, est sainte Marie Mère de Dieu. Elle s'est souvent manifestée sur nos montagnes, semant derrière elle à chacune de ses venues des sources de guérison, comme *Plampougnis,* le Petit Poucet auvergnat, ses cailloux blancs. Ses sources coulent à la Font-Sainte (Cantal), Vassivière, Orcival, Antoingt, Bulhon, Lisseuil (Puy-de-Dôme), L'Hermitage (Loire). Cette dernière, comme tu sais, est fréquentée par tout l'arrondissement de Thiers et la grand-mère Mangematin ne manqua pas de t'y traîner, avec le reste de la famille, quand tu avais dix ans. Toutefois, la capitale mariale de notre province est encore Le Puy dont la Vierge attire les foules depuis des siècles le Vendredi saint, le jour de l'Assomption et au cours des jubilés. Là sont venus prier avant nous l'empereur Charlemagne, les parents de Jeanne d'Arc, douze rois de France et six papes. De là partit le premier pèlerin français pour Saint-Jacques-de-Compostelle : l'évêque Gothescalk qui, à son retour, fit édifier sur son dyke volcanique cette merveille d'équilibre qu'est la chapelle Saint-Michel-d'Aiguille en 962. Là le roi Louis XIII proclama la Vierge Marie sainte patronne de la France. Le pèlerinage au Puy comprenait jadis l'ascension des deux cent soixante-huit marches du rocher Saint-Michel, taillées dans le basalte. *Un jour,* rapporte un chroniqueur du XVIe siècle, *si grande était la foule des pèlerins sur ce rocher béni que deux chanoines veillaient, un en haut, l'autre en bas, pour prendre les offrandes. Tout le long des degrés, on avait placé des commis avec des bâtons au poing pour faire passer les montants de-ci, les descendants de-là ; ce qui moult était nécessaire ; car pendant plus de huit jours jamais cette voie ne cessa, tant les gens étrangers désiraient visiter cette merveille, combien que le voyage fût pénible.*

La vénération des pèlerins monte au Puy vers deux images de Marie, une petite et une grande. La première, sur l'autel de la cathédrale, noire comme beaucoup de Vierges auvergnates, remplace celle que donna Saint Louis à son retour de la croisade d'Égypte et qui brûla sous la Révolution. On l'a vêtue d'une lourde et longue robe brodée de grappes, qui va s'évasant comme celle d'une infante espagnole ; et au milieu de la couture antérieure sort la tête couronnée de l'Enfant Jésus ; il semble dire : « Coucou ! Me voilà ! » Elle est promenée le 15 août à travers la ville, au milieu d'une foule énorme, sur les épaules des pénitents blancs. La seconde, Vierge rouge, se dresse depuis 1860 au plus haut point du site, sur le rocher Corneille. Comme le puy de Dôme, ce sommet dut être le siège d'un culte ancien puisque M. de Polignac, le seigneur le plus puissant de la région, était tenu chaque premier mai de lui tirer son chapeau. Il fut sanctifié bien davantage quand Mgr de Morlhon décida d'y ériger une statue colossale à Notre-Dame de France. Le métal de deux cent treize canons pris à Sébastopol fut mis à sa disposition par Napoléon III. Comme il s'agit non de bronze mais de fonte, on doit pour l'empêcher de rouiller la badigeonner au minium régulièrement. A cette étrange couleur s'ajoute l'étrangeté de sa posture :

contrairement à la majorité des femmes du Velay et d'ailleurs, elle porte son enfant sur le bras droit. On raconte que le sculpteur ne s'aperçut que tardivement de sa bévue, alors que son œuvre se trouvait déjà scellée ; que de désespoir il se jeta dans le vide du haut de sa couronne. Ce n'est là qu'une légende. Comme l'Enfant Jésus est représenté bénissant la ville de sa main droite, pressé contre sa mère, il fallait bien qu'il s'appuyât sur son bras droit : bénédiction ni signe de croix de la main gauche ne sont valables.

Ces étrangetés ne retiendront point les Vellaves, les Gévaudanais, les Auvergnats de gravir l'étroit sentier qui de la cathédrale conduit au sommet du rocher Corneille, à Notre-Dame de France. Les plus audacieux oseront même s'aventurer dans l'étroit escalier de fer intérieur. Leurs souliers ferrés crisseront sur les marches. De loin en loin, au cours de la montée, un soupirail ouvert dans le drapé de la statue permet de respirer et de jeter un coup d'œil au paysage environnant. En haut, la couronne sert de garde-fou. Un peu le vent, un peu le panorama, tu en as le sifflet coupé. Les femmes, naturellement, n'entreprendront pas cette ascension, à cause de leurs jupes qu'il n'est pas honnête de monter à une telle hauteur.

Mais avant d'en arriver là, il fallait voyager. Les riches, en voiture ou à dos de cheval ; les pauvres à pied, comme j'ai dit. Les pèlerinages se faisant l'été, quand les journées sont généreuses, on peut partir dès trois heures du matin, ce qui permet six ou sept heures de marche. On empruntait les chemins, les sentiers, les raccourcis. On allait sans carte ni boussole à travers genêts et fougères, conduits par une grand-mère qui avait déjà fait plusieurs fois le pèlerinage et se repérait à tel arbre, tel rocher. Si l'estomac te tiraillait, tu supportais la faim à titre de pénitence. Tu n'avais pas d'ailleurs le droit de manger si ensuite tu voulais prendre communion. Il se chantait des messes toute la matinée : qui en manquait une pouvait participer à la suivante. La procession se déroulait dans les rues ou dans la campagne, si longue que les chanteurs de tête n'entendaient point les chanteurs de queue, ils en étaient au second couplet de leur cantique quand ceux-ci terminaient à peine le premier.

Vers midi, on se répandait dans l'herbe, sous les arbres, sur les marches de l'église. On tirait les provisions des musettes et des paniers, on cassait les œufs, on pelait le saucisson, on râclait la croûte du fromage. On buvait au même gobelet, de l'eau ou du vin, en secouant par mesure d'hygiène les gouttes du fond avant de le passer à son voisin.

Après manger, c'étaient les vêpres, le *Magnificat* chanté à pleine voix. Au terme des cérémonies, chaque pèlerin se recueillait un moment devant la source ou la chapelle du saint, dialoguait avec lui, présentait son cas, énonçait la grâce espérée, allumait un cierge. Ils achetaient des souvenirs ; ainsi, les *djacaïres* d'autrefois rapportaient-ils des coquilles saint-jacques, naturelles ou artificielles, cousues sur leur chapeau. Eux, c'étaient des rosaires, des chapelets, des images saintes qu'ils épingleraient dans leur maison, des médailles dont ils feraient profiter leurs parents et amis, aussi bien que de l'eau miraculeuse emportée dans une bouteille. Aux Bessières, vous en aviez toujours une dans le placard à côté du flacon d'arquebuse. Vous appliquiez son contenu sur les blessures, sur les coups, sur les furoncles : moins cher que les pommades du médecin et parfois aussi efficace.

Semée en ce temps-là par les grand-mères dans le cœur des petits enfants, la foi religieuse aidait les hommes à vivre, pénétrant les occupations quotidiennes. A la campagne, le paysan commençait et terminait sa journée aux vibrations de l'Angélus. En passant devant une croix, il levait son chapeau et se signait. De la pointe du couteau, il traçait une croix sur la tourte de pain avant de l'entamer. Les buronniers signaient leur lait dans la *gerle* avant de l'emprésurer. Nous nous signions, souviens-toi, avec la première cerise de la saison en prononçant à voix basse : « Faites, petit Jésus, que j'en mange beaucoup ! »

Par la croix, par l'eau bénite, par le buis bénit nous nous protégions de l'incendie, de la foudre, des chenilles, des araignées qui mangent les récoltes, de la cuscute et de toutes les mauvaises plantes. Afin qu'il donnât meilleur profit, on inaugurait le dimanche un habit neuf, un nouveau meuble, un nouvel outil, une nouvelle charrette. Sauf en pays de mécréants, le dimanche était jour du Seigneur et du repos. Si la pluie menaçait le foin coupé et presque sec, les paysans la regardaient sereinement, disant : « Celui qui l'a mouillé saura bien le faire sécher. » Tant pis s'il s'en gâtait un peu. Le foin rentré le dimanche donnait des coliques au bétail.

On respectait le jeûne du vendredi : ni chair, ni graissure. Ce qui n'empêchait pas, bien souvent, par la force des choses, de faire maigre aussi une bonne part du reste de l'année. On évitait les jurons, sauf quand la colère te les tirait du ventre ; mais on disposait de tout un service d'exclamations de remplacement qui, sans offenser personne, produisaient quasiment autant d'effet : *Nom de gueux ! Nom de foutre ! Nom de bougre ! Commerce ! Chichou ! Saïque peut-être ! Ah ! couillon ! Ah ! couillonne ! Oh ! fidegarce !* Tandis que les femmes s'écriaient pieusement : *Oh ! Sainte Vierge ! Oh ! Bon Jésus ! Oh ! Saint-Esprit !*

L'hiver, au coin du feu, le grand-père avait permission de fumer la pipe en caressant le chat et crachant dans la cendre ; mais aux femmes, c'était un péché que de rester oisives : leurs mains devaient toujours s'occuper à quelque besogne, si menue fût-elle, à écharpiller de la laine, à tricoter, à casser des noix, à trier des haricots, à épierrer des lentilles. Sauf si la vue ou la lumière manquait. Et quand tout travail se trouvait impossible, elles égrenaient silencieusement leur chapelet en remuant les lèvres. Muni d'un chapelet, nul n'avait le droit de s'ennuyer.

On s'amusait avec piété lors des fêtes patronales ou corporatives. Les premières honoraient le patron de la paroisse et portaient dans nos campagnes le nom de *reinages,* car à cette occasion était choisi un roi de la journée. Non pas élu, mais nommé par le curé après une vente aux enchères de la fonction et de ses accessoires, croix, cierges, rubans, cocardes, brassards. L'argent ainsi recueilli allait aux œuvres paroissiales. Le roi ordonnait les cérémonies et rien ne se faisait sans son commandement, ni retraite aux flambeaux, ni jeu, ni messe, ni sauterie. Chaque corporation avait de même sa fête et son patron : Saint Louis les barbiers, saint Laurent les bouchers, saint Crépin les savetiers, saint Christophe les tanneurs...

Les vignerons de la région de Thiers rendaient hommage à saint Vincent le 22 janvier, derrière leur bannière et leurs instruments de travail : hottes, pioches, serpettes, *boussets,* qui entraient avec eux dans l'église pour être bénits. Toute la journée, ils honoraient leur saint protecteur en défilant, en priant, en mangeant gros, en buvant sec, en riant fort, en tapant du talon. Car les langages de la foi sont multiples, il n'y a pas que le chapelet et l'eau bénite.

Nos couteliers glorifiaient saint Éloy. Et pour faire bonne mesure, ils s'y employaient deux fois l'an, le 25 juin appelé *lo sint Elho de la moufa* (la Saint-Éloy des fraises) et le 1er décembre, *lo sint Elho de la goga* (la Saint-Éloy des boudins). Les papetiers se mettaient pareillement de frairie le 3 mai et le 14 septembre. Ainsi, avec le concours des tisserands, des tailleurs, des teinturiers, des boulangers, des hôteliers..., il n'y avait guère de jour de l'année qui n'offrît motif de réjouissance. Le clergé participait à chacune, sauf à celles du carnaval. La plupart de ces fêtes corporatives s'étaient déjà éteintes en 1914. Celle des couteliers a duré jusque vers les années 60, très simplifiée : réduite à une journée chômée accompagnée de libations.

Car, il faut bien le reconnaître, la foi religieuse fuit comme un tonneau dont le robinet mal tourné trahit le contenu : déjà, quand on le heurte du doigt, il sonne creux. Les séminaires aussi sonnent creux. « J'embauche ! » a proclamé Mgr Marty, encore archevêque de Paris. Mais les candidats ne se bousculent guère. Faute d'élèves, beaucoup de maisons ont dû fermer leurs portes. C'est le cas du Grand Séminaire du diocèse de Clermont : il ne patronne plus cette année que neuf élèves ; encore sont-ils instruits à Saint-Irénée de Lyon. Ils étaient 300 en 1811 ; 220 en 1890 ; 140 en 1940. Ses immenses locaux seront prochainement utilisés comme maison d'accueil et de sessions religieuses.

Les curés survivants doivent se partager entre quatre, cinq, six paroisses, à l'heure où médecins, dentistes, notaires, avocats, architectes se groupent au contraire pour alléger leurs tâches. Le pain de Dieu se partage et se multiplie ; encore faut-il des mains pour le distribuer. Aussi est-il naturel que les derniers prêtres se cherchent des auxiliaires. A Neuvéglise (Cantal) où j'ai passé un été, le curé emploie une fillette en guise d'enfant de chœur, et deux femmes distribuent la communion en même temps que lui, les jours d'affluence, quand les touristes sont nombreux à la messe. N'y a-t-il point de sa part quelque provocation ?

Toujours est-il que certain dimanche, un vieux paysan, têtu comme on l'est chez nous, sûr de son droit de porteur de pantalons, a refusé de recevoir la communion de ces mains-là et s'est dirigé vers celles du curé titulaire, un mâle comme lui. L'abbé Chanteloube l'a repoussé en maugréant, sous le regard du Crucifié :

« Qu'est-ce que c'est que ces manières ? Pour qui vous prenez-vous ? Ces dames sont des servantes du Seigneur comme je suis Son serviteur ! »

Mais le vieux Cantalou a regagné sa place en secouant la tête, pas question de plier le genou devant une *fumelle,* les douze compagnons du Christ étaient des hommes ; s'Il avait été d'accord pour l'égalité des sexes, Il aurait choisi deux ou trois compagnes parmi ses apôtres.

Devant la balustrade du chœur, le curé Chanteloube, malgré son poids, son volume et son asthme, a secoué le tonnerre de son éloquence :

« Faites les difficiles, je vous le recommande ! N'acceptez pas l'aide des laïcs dans nos services religieux ! Tuez bien vite les rares curés qui vous restent ! Ah ! Si j'étais inscrit à la Sécurité sociale, il y a bien longtemps que je me serais mis en congé de longue maladie ! Quels sont donc ces chrétiens si exigeants, qui font la fine bouche devant l'Eucharistie présentée par une femme ? Je ne les nommerai point, mais chacun les reconnaîtra. Des gens qui oublient de verser le denier du culte depuis huit ans. Comme si, à la manière de leurs poules, je devais me nourrir sur le champ des voisins, en picorant les graines tombées. Des gens que je ne vois pour ainsi dire jamais à la messe, mais qui un jour, tout à coup, ont besoin de la religion.

Par exemple à l'occasion d'un baptême. Ils viennent alors me trouver et exigent tel jour et telle heure ! Et ils ne sont pas contents si je ne peux satisfaire exactement leurs désirs ! Le Christ conseillait ainsi ses apôtres : *Quand vous entrez dans la maison d'un étranger, si l'on vous reçoit bien, restez chez votre hôte jusqu'au jour de votre départ. Mais si l'on vous reçoit mal, prenez votre bâton et partez, en secouant même la poussière de vos sandales.* Alors, me souvenant de ces paroles, je me dis : " As-tu le droit, malheureux abbé Chanteloube, de baptiser les enfants de ces personnes qui ne s'intéressent à la religion qu'une fois en passant, pour faire comme les autres ? Et si tu suivais la recommandation de Jésus ? Si tu t'en allais, secouant la poussière de tes sandales à la porte de ces gens qui t'ont mal reçu ? " Seulement, je n'ai pas de bâton. Je n'ai qu'une petite Citroën, c'en est la forme moderne. On me la reproche assez ! Voyez ce curé qui roule en G.S. ! Elle me permet d'aller desservir plusieurs paroisses éloignées dont l'église resterait fermée si je ne l'avais pas. Vous aussi, mes très chers frères, vous roulez en voiture. Et quel usage faites-vous de la vôtre ? Vous transportez vos enfants à la piscine de Chaudes-Aigues ; vous attendez qu'ils aient fini leur petite trempette ; vous les ramenez chez vous bien confortablement. Mais vous ne vous donnez pas la peine de les transporter à la messe. Comptez combien j'en ai aujourd'hui ! Sitôt finie la première communion, je ne les vois plus ! Et par-dessus le marché, il faut encore que je me tue pour vous !

« Je sais bien que les enfants, aujourd'hui, c'est eux qui commandent dans la maison ; qu'il ne faut pas les traumatiser. Récemment, j'avais été invité par un ami au restaurant Lescurier. Bon. Près de notre table, mangeait un couple, avec un enfant adorable, mais qui faisait tant de grimaces que mon chien s'en serait nourri une semaine. Lui aussi avait ses exigences ! Et quelles exigences ! Ah ! je vous jure que si ç'avait été le mien, s'il s'était appelé Chanteloube, il aurait reçu des coups de pied aux fesses qui lui auraient ouvert l'appétit !

« Levez donc le front bien haut, mes très chers

frères, devant votre curé. Mais capitulez devant vos enfants. Habituez-les à l'égoïsme, aux désirs immodérés, à la revendication perpétuelle. Faites-en des politiciens de quinze ans, des révolutionnaires de dix-huit, dégoûtés de tout et bons pour la drogue à vingt : à l'âge habituel des amours et des enthousiasmes. Qu'ils oublient le chemin de l'église et les principes du catéchisme, bons tout juste pour les vieilles barbes ! Laissez-les divaguer, sans autre règle que leur paresse et leurs appétits ! Vous verrez ! Vous verrez le beau résultat de votre faiblesse ! Par bonheur, je ne serai plus de ce monde et me reposerai en l'autre. Ainsi soit-il. »

J'ai voulu, pour t'en rendre compte, savoir ce qu'il restait des anciens pèlerinages et j'en ai fréquenté quelques-uns. Ils attirent encore du monde, mais deviennent de plus en plus spectacles de folklore, au même titre que les fêtes du blé ou de la moisson. Les scouts, des groupes de *talas* s'infligent encore une partie de la route à pied, par mortification ou par goût du sport écologique. Le paysan, motorisé désormais dans sa tâche quotidienne, n'éprouve pas le besoin de les imiter et vient en deux-chevaux. l'affluence est plus considérable encore quand le pèlerinage coïncide avec la fête patronale du pays, comme c'est le cas à Besse-en-Chandesse (Puy-de-Dôme), le dernier dimanche de septembre. La Vierge de Vassivière descend alors de sa transhumance : c'est la *dévalade.* Sa statue présente fut façonnée au début du XIXe siècle par des mains assez gauches qui cherchèrent à reproduire les traits de la précédente, brûlée sous la Révolution. Celles d'un artisan de village, peut-être d'un berger habitué à travailler le bois de son couteau. Il donna à Marie l'apparence d'une femme de son temps, avec sa coiffe retenue par un ruban sur le front, des traits épais, une robe lourde tombant sur des chaussures indéfinissables, ni sabots, ni sandales, ni souliers. Assise en majesté, dans la tradition auvergnate, elle tient son enfant revêtu d'une aube plissée ; il montre des paupières tuméfiées, une bouche souffrante, et serre dans la main gauche une boule qui voudrait représenter l'univers, mais qui ressemble à une pomme. Dans sa maladresse, le travail de l'artiste anonyme me semble plus touchant qu'une image mieux finie. J'y sens l'effort, la sueur, la peine d'un habitant de ces montagnes, dont le métier n'était pas de fabriquer des Vierges noires, mais des araires, des roues, des pelles à four, des seaux à lait.

Les mois d'été, elle reste donc là-haut, parmi les vaches et les bergers, à Vassivière d'où, par temps clair, dit-on, tout homme doté d'une bonne vue peut voir la France entière, de Dunkerque à Cucugnan. Sa chapelle chapeautée d'ardoise porte au-dessus de l'entrée la date de sa construction :

FAICT LE SIXI
EME JOVR DE
IVNG L'AN
1555

Fait le sixième jour de juin 1555. Quand les premières brumes commencent à capitonner les vallées, la viergerette regagne ses quartiers d'hiver. On entoure la chapelle abandonnée d'une palissade pour la protéger des bourrasques et des congères ; jadis, on enroulait la corde de la cloche autour d'un joug. J'ai voulu, l'été passé, l'accompagner dans sa descente.

En traversant Besse, je me suis trouvé englué dans la cohue des voitures, dans le vacarme assourdissant des manèges, des casse-pipes, des autos tamponneuses, des « piqueupes » déversant une cataracte de Johnny Halliday et de Mireille Mathieu. Il y avait même une grande roue : elle promenait dans les nues et au ras du sol des panerées de têtes humaines. « Seigneur ! me suis-je demandé avec inquiétude. Comment va-t-*elle* traverser un tel populo ? Et personne pour le contenir ! Pas un gendarme ! Pas un C.R.S. ! » Déjà j'imaginais un maigre ruisseau de pèlerins atteignant cette marée de touristes, se perdant en elle, les porteurs accrochés à leur châsse comme des naufragés à leur radeau.

Là-haut, à 1 300 mètres, je retrouve le silence, les déplacements tranquilles des roumiers, les nuages blancs faisant trempette dans une lessive au bleu. Je foule l'herbe raide, je vague autour d'une ferme abandonnée servant de coulisses à la cérémonie. Au loin, j'aperçois le bric-à-brac touristique de Super-Besse, les super-H.L.M., les super-chalets, le super-lac artificiel, les œufs rouges suspendus au câble du funiculaire. Des milliards d'investissements afin que des masses de plus en plus nombreuses connaissent la coûteuse joie de glisser sur des planches. Dans mon enfance, pour pas un centime, les jours de neige, je faisais sur mes sabots des glissades tout aussi excitantes.

Ici aussi, à Vassivière, c'est la fête de la gratuité. Accrochés aux pentes çà et là, les burons désertés restent sur leur quant-à-soi.

Le moment venu, on sort la châsse de la ci-devant ferme, on installe la Vierge au milieu, entre les quatre anges agenouillés. Les porteurs s'avancent, la poitrine ornée d'une médaille à ruban bleu et blanc. Après la messe, le premier arrêt se fait devant la *chapelounne* où coule la source miraculeuse. Ainsi se trouve confirmée une fois encore l'alliance entre la Reine sans tache et notre sœur l'eau, *laquelle est très utile, et humble, et précieuse, et chaste.*

La marche commencée durera plus de trois heures. L'homélie du jour dégage la signification de la marche. Marie de Nazareth dut marcher. Le Christ dut marcher. Les apôtres marchèrent à travers le monde. De nos jours, nombre de manifestations politiques ou économiques sont appuyées d'une marche.

Huit kilomètres séparent Vassivière de notre point d'arrivée. Ils se font lentement, sereinement, d'abord par des sentiers tortueux, ensuite par la route nationale. On s'arrête à chacune des stations du chemin de Croix, commentées par les prêtres :

Jésus est condamné à mort. — Jésus est chargé de sa croix. — Jésus tombe pour la première fois... — Pour la seconde... — Pour la troisième...

Combien est doux notre chemin, en comparaison ! La terre rouge a le moelleux d'un tapis, les clochettes des vaches tintinnabulent autour de nous, l'air a des odeurs de serpolet.

On arrive au pied de la montagne, qu'on a mis près d'une heure à dévaler. Maintenant, les processionnaires, jusque-là un peu dispersés, se rassemblent autour de la châsse. Sur la route, des voitures passent encore, il faut leur laisser une partie du bitume. De temps en temps, les porteurs se relaient. Les voix des hommes, des femmes, des enfants se fondent :

Vierge de Vassivière,
Étends sur nous ton bras.
Sois notre bonne mère,
Guide et soutiens nos pas...

Depuis longtemps, le soleil s'est couché. La lumière baisse très vite. Comme aucune lanterne ne nous signale, les gendarmes de Besse détournent à présent la circulation vers la route du haut ; toute la chaussée nous appartient désormais. Quand la nuit complète arrive, nous ne sommes encore qu'à mi-chemin. Au loin, une lueur dans le ciel, comme d'un incendie, indique l'emplacement de la fête votive et de ses lampions. A mesure que nous descendons, nous recevons le renfort de quelques piétons montés à notre rencontre. Maintenant nous avançons dans le noir complet, à peine éclairé par la blancheur des visages.

Ce voyage dans la nuit ressemble à notre passage sur terre, du jour de la naissance à celui de la mort. Que signifierait notre marche d'aveugles sans l'image de Notre-Dame que nous portons et qui nous porte ? Je me rappelle le sermon de Bossuet pour le jour de Pâques : *La vie humaine est pareille à un chemin dont l'issue est un précipice affreux. On nous en avertit dès le premier pas ; mais la loi est portée, il faut avancer toujours. Je voudrais retourner sur mes pas : Marche ! Marche ! Un poids invincible, une force irrésistible nous entraîne ; il faut sans cesse avancer vers le précipice. Mille traverses, mille peines nous fatiguent et nous inquiètent dans la route. Encore si je pouvais éviter ce précipice affreux ! Non, non, il faut marcher, il faut courir : telle est la rapidité des années. On se console pourtant, parce que de temps en temps on rencontre des objets qui nous divertissent, des eaux courantes, des fleurs qui passent. On voudrait s'arrêter : Marche ! Marche !...* Nous nous serrons autour de la châsse qui, dans les ténèbres, est notre seul scintillement.

A un tournant de la nationale, les lumières de la fête se font soudain plus vives. On perçoit l'éclatement des pétards, la rumeur des klaxons et des « piqueupes ». Peu à peu, le bruit enfle, vite couvert cependant par nos prières et nos cantiques.

Nous atteignons la première maison, à notre droite, plus noire que le reste du ciel. Èt soudain en jaillit un éclair, dans un éclatement sec. C'est le coup de fusil qui alerte Besse et annonce notre approche. L'instant d'après, les cloches de l'église Saint-André se mettent en branle pour clamer la bonne nouvelle : « Notre-Dame de Vassivière arrive ! Elle va entrer dans sa bonne ville de Besse ! » Les manèges, cependant, font la sourde oreille et continuent leur vacarme.

Encore dix minutes de marche, et nous sommes au

carrefour de la route basse et de la haute, à l'entrée de la cité. De toutes parts, les feux de Bengale entrent en éruption. Saint-André carillonne à plein bronze.

Et tout à coup les chevaux de bois s'immobilisent, les haut-parleurs cessent de hurler, les autos tamponneuses ne se carambolent plus, la grande roue retient ses nacelles. Tout se tait, sauf les cloches triomphales dont l'immense voix remplit les cieux. La foule abandonne baraques et manèges. Le ruisseau des pèlerins ne se perd pas, comme je craignais, dans la marée touristique : c'est l'inverse qui se produit : la marée remonte à lui, le transforme en un immense fleuve qui soudain se fige. Au-dessus des têtes, une immense girandole en feu se met à tourner furieusement, de plus en plus vite, projetant ses postillons lumineux, avec le sifflement du fer rouge qu'on trempe dans l'eau. Dans sa cage de verre, sous sa couronne incrustée d'améthystes, avec la politesse complaisante qui convient aux reines, la viergerette assiste au spectacle monté en son honneur. L'air maintenant sent la poudre et le carton brûlé.

Quand toutes les flammes se sont éteintes, l'immense procession reprend sa marche en direction de l'église. Des deux côtés de la rue, des fusils paraissent aux fenêtres ; les salves crépitent. Mais sitôt que la châsse s'est éloignée, les camelots reprennent leurs boniments, les orgues mécaniques leur tintamarre. On passe sous la porte du beffroi. Au chevet de Saint-André a été enlevée la doublure de plâtre qui remplace tout l'été la Vierge de la montagne. La voici dans sa résidence d'hiver. A travers les tourbillons de neige, le facteur lui apportera des messages, des remerciements, des appels au secours soigneusement enregistrés par le curé de Besse. Car l'amour de Marie, comme celui de toutes les mères, ne prend pas de vacances.

En attendant, ce dimanche-là, tout le monde à

Besse-en-Chandesse en a eu pour son argent : Notre-Dame de Vassivière, les vacanciers, les restaurateurs, les marchands de nougat, la grande roue, les stations-service.

A Orcival, lors de la dernière Ascension, le spectacle valait aussi le déplacement. Orcival : blotti dans sa vallée comme au creux d'une paume, à la convergence des plis. En notre époque de scepticisme et de dégoûtation, de marijuana, d'horribles violences, il s'était trouvé vingt mille roumiers pour monter rendre hommage à la Vierge aux longs doigts, aux longs plis, au long nez. Raide comme une stalagmite, elle tient sur ses genoux son Fils aux dimensions d'adulte : la tête crêpue, le nez grec, le visage inexpressif, il ressemble à l'Aurige de Delphes. Pèlerinage essentiellement poilu, par les cheveux, par les moustaches, par les barbes et les rouflaquettes. Enveloppés de couvertures, de châles, de ponchos, embreloqués de colliers et de bracelets, les jeunes s'installent partout, jusqu'au pied de l'autel, grattent leurs guitares, frappent dans leurs mains, gesticulent, ondulent du postérieur. On se croirait à l'enterrement de Louis Armstrong :

Tu ne nous quittes point, mon frère,
Tu marches simplement devant.
Réserve-nous un strapontin
Dans le music-hall du Seigneur...

Et même les vieux se mettent à scander des mains, en reprenant :

Protège-nous, Seigneur !

Et puis, il y a la messe des Gitans. Depuis quelques années, ils ont inclus Notre-Dame d'Orcival parmi leurs saintes patronnes. Boucanés, farouches, ils ôtent un moment leurs cigarettes pour baiser la châsse. Leurs vieilles, enveloppées de foulards blancs, mâchent furieusement des patenôtres. Ils se marient entre eux sans bénédiction ; mais ils croient au baptême et ont apporté des dizaines de nouveau-nés pour les présenter à l'eau lustrale. L'évêque parle d'eux dans son homélie : « Ces voyageurs éternels, toujours à la recherche d'un havre, sont l'image de notre humanité tirée à hue et à dia par les sollicitations du plaisir et de l'intérêt, mais en quête aussi de la paix intérieure... »

La Vierge de la Font-Sainte (Cantal) connaît aussi sa *montade* et sa *devalade* comme celle de Vassivière. A l'entour, les vaches rouges, tels des enfants de chœur, secouent leurs clochettes. Les gentianes forment des piquets d'honneur et présentent les armes. D'aussi loin qu'il vienne, le pèlerin a son étoile polaire : une croix finement dessinée sur le ciel, pas plus grosse à distance qu'une croix de chapelet. Il s'agit en fait du gigantesque calvaire de Rochemonteix. Il fut un temps où l'on ne pouvait l'atteindre qu'à pied ou à dos d'âne. Mais notre époque fait un effort considérable pour améliorer routes et chemins ; on peut à présent monter confortablement et rapidement d'Apchon et de Saint-Hippolyte vers la chapelle. Les voies du Seigneur elles-mêmes se modernisent. Et aucun prêtre n'ignore que le chrétien d'aujourd'hui est composé d'un corps, d'une âme et d'une automobile.

Le dernier jeudi d'août, tous les bergers des environs venaient autrefois remercier la Vierge de sa protection. Ils se confessaient, assistaient à la messe, processionnaient, chantaient leurs cantiques, encadrés par les prêtres, les séminaristes, les notables de l'endroit. Puis, commençait la fête des ventres. A un signal, tous les bergers s'asseyaient dans l'herbe, autour de voitures chargées de nourritures : pain, viande, poires, tonneaux de vin. Les portions étaient lancées à la volée dans la foule vociférante, pleuvaient du ciel comme la manne sur les Hébreux. Les verres se remplissaient et se vidaient en une lampée. Les mines s'échauffaient, les yeux s'écarquillaient, les éclats de rire partaient de tous les côtés. Le soir, c'est en chantant que les bergers se dispersaient, vers leur *mazuc* ou leur ferme. Tout un jour, ils avaient oublié leurs peines : le long hiver chargé de neige et fouaillé par l'*écir;* le printemps pourri ; les orages de l'été ; la terreur de la foudre et des démons ; le pain noir, le petit-lait à chaque repas ; le sommeil en commun sur la paille ; les coups de gueule du maître ; la vie de crasse, de vermine et de purin.

De nos jours, les vaches se gardent toutes seules, dans leurs clôtures électriques ; le fromage ne se fait plus au *mazuc,* mais dans les laiteries ; les bergers sont diplômés d'une école d'agriculture ; s'il en vient encore au pèlerinage, on ne les distingue plus des autres fidèles : ils portent lunettes noires et chemisette de nylon ; ils sont bien nourris chaque jour et auraient honte de recevoir cette aumône.

Le curé de Saint-Hippolyte a fait pourtant appel à eux : « C'est la fête des bergers. Tous ceux qui sont venus sont priés de rester dans la chapelle après la messe pour recevoir leur panier-repas. »

Pas question aujourd'hui de leur lancer du pain à la figure. Ses auxiliaires ont tiré de la sacristie deux douzaines de sacs en plastique contenant sandwich, cervelas, tranches de Vache-Qui-Rit, orange, flacon de limonade. Le moment venu :

« Avancez ! » insiste-t-il.

Deux hommes d'âge, sans doute retraités de la profession, se présentent timidement et prennent leur part. En désespoir de cause, le curé distribue ses sacs transparents à qui en veut, aux plus mal vêtus, sans s'inquiéter de leur condition.

Dehors, ils s'est mis à pleuvoir, tout le monde rentre dans la maison de la Vièrge. Les pèlerins s'installent un peu partout, tapent dans les provisions apportées, débouchent les bouteilles. La chapelle sent le fromage, le saucisson, la peau d'orange.

Mais je t'écris de La Louvesc, Ardèche, qui se prononce « La Louvet ». Le nom fut, au XIIIe siècle, *alauzeto,* « petite alouette ». Peuplée de *Louvetous* et de *Louvetounes.* Si la Basse a les mœurs, la cuisine et l'accent du Midi, la Haute-Ardèche est très proche de la Haute-Auvergne : granitique et volcanique, âpre par le sol, le climat et les hommes. L'*écir* cantalien qui soulève la neige et aveugle le voyageur s'appelle ici la *burle.*

Comme à Lourdes, le pèlerinage devrait être permanent à La Louvesc. Il le fut trois siècles, depuis ce jour de l'hiver de 1640 où Jean-François Régis des Plats y vint mourir. Ce jeune jésuite originaire de Fontcouverte (Aude) était déjà, malgré son âge, en odeur de sainteté à la suite de quelques grandes actions. Il avait notamment défendu les dentellières du Velay lorsque le parlement de Toulouse, sous la juridiction duquel se trouvait cette province, leur avait interdit la profession : trop de filles s'employaient dans cette besogne et les seigneurs manquaient de servantes ; ensuite, elles consommaient le lin, les fils d'or et d'argent, ce qui faisait enchérir les toiles fines et manquer les métaux précieux nécessaires à la monnaie. L'ordonnance fut proclamée à son de trompe à tous les carrefours, et ce fut la ruine des pauvres « passementières », comme on disait alors, dont beaucoup dans la ville du Puy se trouvèrent réduites à la mendicité. Celui qu'on appelait déjà *le saint Père* intervint ; il se rendit à Toulouse et obtint la révocation de cet édit ridicule. En outre, sous son inspiration, les jésuites ouvrirent au commerce des dentelles vellaves des débouchés en Espagne et dans les Amériques, où les marchands toulousains les vendaient sous le nom de *dentelles de Toulouse.* Depuis lors, les dentellières cousent sur le devant de leur *carreau* un portrait de saint François Régis.

Il avait demandé à partir pour le Canada ; ses supérieurs lui choisirent un autre pays de froidure : le Haut-Vivarais. Venu prêcher une mission à La Louvesc — qui n'était alors qu'un hameau de quelques maisons et d'une petite église — il s'égara le 24 décembre sur les pentes du mont Besset, dans la tempête de neige et la *burle* glacée, passa la nuit dans une cabane de bûcheron et y prit le mal de la mort. Transporté chez le curé, il y rendit son âme à Dieu le dernier jour de l'année. Son enterrement attira tous les paysans de la région. Et ce fut le premier pèlerinage. En 1850 fut construite une chapelle à l'emplacement même de l'ancienne cure ; il y est représenté en cire sur son lit de mort, près de la cheminée authentique, les bras levés vers la Vierge. Une basilique fut dressée de 1864 à 1876 par l'architecte Bossan, constructeur d'Ars et de Fourvière ; elle contient ses reliques.

Mais une autre sainte âme double les motifs qu'ont les pèlerins de venir se recueillir à La Louvesc : celle de Thérèse Couderc, fondatrice dans ce même village, en 1826, de la congrégation du Cénacle. La vocation de ces religieuses est d'héberger les personnes désireuses d'accomplir une retraite spirituelle, et elles comptent soixante-sept maisons à travers le monde. Le corps de la sainte repose en la chapelle, près du réfectoire où elle rassemblait et enseignait ses premières compagnes.

Si l'on ajoute que le bourg est à 1 050 mètres d'altitude, au milieu de bois à sapins et à myrtilles, que les cèpes et les girolles y poussent à la moindre pluie, qu'il a possédé jusqu'à une quinzaine d'hôtels-restaurants, que l'air y est vif et l'eau joyeuse, cela fait bien des raisons de fréquenter cette bourgade sainte vers laquelle convergent du Forez, du Velay, du Vivarais les chrétiens, les fatigués et les gourmands. En 1942, la ville d'Oran y construisit une grande bâtisse destinée à recevoir des enfants en vacances ; il fut même question d'aménager un aérodrome à proximité pour que les parents y pussent atterrir. Une école de frères, une institution religieuse de filles accueillaient de nombreux élèves. Les jésuites y ont leur maison, vaste comme une caserne. Vers 1948, la C.G.T. d'Annonay y prit en location l'*Hôtel des Trois Pigeons* afin que les enfants du peuple jouissent des mêmes bienfaits que ceux de la bourgeoisie. Bref : conjuguée au parfum des résines, la foi rapportait beaucoup d'argent.

Charles Forot, poète du Vivarais, fondateur des éditions du Pigeonnier, a raconté les pèlerinages de son enfance, au début du siècle, alors que les pèlerins affluaient de toutes parts à pied, à cheval, en diligence, en break de louage. *A Lichessou, des enfants pieds et têtes nus, vêtus de loques, suivaient notre voiture pendant quelques minutes en tendant la main et psalmodiant ces mots qu'alors je comprenais mal :* Belió sia moun païre, belió sia ma maïro, dounomé dou so, diraï un pater, un avé Maria... *(Peut-être es-tu mon père, peut-être es-tu ma mère, donne-moi deux sous, je dirai un pater, un avé Maria.)... Je me rappelle aussi la fervente atmosphère de ces jours de fête. Il n'y avait pas alors la trouée sur les Alpes, devant la basilique. Les maisons se serraient autour de l'église où s'égrenaient le long de la montée de la Fontaine — des boutiques obscures avec un luxe étonnant de bondieuseries où tout avait le portrait du saint, jusqu'à des coquetiers. Des cierges de toutes dimensions pendaient aux éventaires... Devant chaque porte, une femme, des perles enfilées à un fil de fer, tordait et rivait avec une petite pince et dans un rythme mécanique, agile, accéléré, ce fil de fer, et les perles devenaient des grains de chapelet... Avant d'arriver à la source s'élevait une grande croix de bois dont la base s'amenuisait chaque année davantage, jusqu'à se briser : les pèlerins en prélevaient chacun un copeau. On la remplaçait de temps à autre.*

Saint François Régis était invoqué contre tous les maux qui affligent le corps, l'âme et la maison ; mais on lui demandait spécialement de protéger la fécondité des couples et la santé des animaux. Rien d'étonnant que le pauvre saint père s'embrouillât quelquefois au milieu de tant de suppliques. On raconte l'histoire de cette jeune épouse impatiente d'avoir des enfants qui vint présenter sa requête en compagnie de son mari, de son père et de sa mère, leur demandant à tous trois d'ajouter leurs prières aux siennes. Et qu'advint-il ? L'année suivante, elle se trouva gratifiée, non point du bébé qu'elle souhaitait, mais d'un petit frère tout neuf.

En d'autres circonstances, une brave Ricamandoise s'en fut trouver son médecin : « Vous avez eu raison, docteur, de m'envoyer boire l'eau miraculeuse de La Louvesc. Sur ce chapitre, saint François Régis en sait plus long que vous. Seulement, il a fait un peu trop bonne mesure : tout par un coup, ça s'est débouché, et j'ai eu à un an d'intervalle deux paires de jumeaux. A présent, vous connaîtriez pas un pèlerinage en sens contraire ? »

Hélas, les années passant, les inventions modernes ont enlevé à François Régis une partie de ses clients. Beaucoup préfèrent demander aux assurances et aux allocations de les protéger contre l'incendie, les accidents, le chômage ; à la science, des remèdes contre la stérilité ou la fièvre aphteuse. En dehors de la fête officielle du saint (le dimanche qui suit le 16 juin), les pèlerins se font de plus en plus rares. Le long du chemin qui monte à la source où, selon la tradition, s'abreuva le saint père, les boutiquettes sont à présent fermées. Il en reste une aux abords immédiats de la fontaine, elle vend des cierges, des images pieuses, mais aussi des cartes postales paillardes. La croix de bois qui partait en copeaux est remplacée par une croix de fer inattaquable. Les chapeletières ont disparu. La Louvesc perd l'un après l'autre ses hôtels, ses commerces, ses écoles. Les *Trois Pigeons* ont été démolis pour faire place à un parking ; le *Mont Besset* tombe en ruine : les genêts et les sapins poussent sur son ancien tennis. La *Promenade des Élégants* ne voit passer que des costumes ordinaires. La décolonisation a fait ici autant de ravages qu'à Vichy, autant que la déchristianisation : Oran n'est plus qu'un souvenir, l'aérodrome plus qu'un rêve.

En face de la chapelle Saint-Régis, une commerçante quasi centenaire s'accroche vaillamment à son négoce d'objets pieux ; la boutique s'intitule pompeusement *Librairie* sous prétexte que six ou sept volumes jaunissent et se gondolent dans la vitrine. La libraire a connu les fastes anciens de La Louvesc et en parle avec émotion :

« Certains jours, Monsieur, les rues étaient noires de monde. Il en venait tant qu'il fallut, pour recevoir les attelages, combler l'étang, en faire une esplanade qui s'appelle maintenant *Place du Lac.* Au passage du Saint-Sacrement, les gens s'agenouillaient dans la rue. Mon magasin ne désemplissait pas. Les pèlerins dans la chapelle jetaient des pièces de bronze ou d'argent sur la couverture de saint Régis à travers les barreaux de protection ; elle en était tapissée. En ai-je vendu, des cierges ! En ai-je vendu ! Ah ! La foi était vive en ce temps-là, Monsieur ! »

Comme je lui demande si elle songe à prendre sa retraite, elle s'indigne :

« Ma retraite ? Pour quoi faire ?... Seulement quand je partirai pour l'hôpital ou le cimetière ! »

Que ferait La Louvesc sans elle ? Comme les bons

capitaines, elle aimerait demeurer la dernière sur le navire en perdition.

Grâce à Dieu, à saint François Régis, à sainte Thérèse Couderc, nous n'en sommes pas là. Des croyants viennent encore. Pour les retenir, la foi se fait accommodante. Il était de tradition, le vendredi, qu'ils s'infligeassent la montée au calvaire du mont Chaix ; c'était bien long et bien abrupt ; un autre chemin de Croix, moins malaisé, leur est offert à présent dans le parc des Pèlerins ; chaque station est marquée d'un petit menhir où le sculpteur Philippe Kaeppelin a gravé en traits blancs d'une grande beauté les scènes de la Passion ; alentour, tout n'est qu'ombrage, gazon, chants d'alouettes. Le curé offre dans sa salle de spectacle des films quelquefois audacieux. Les religieuses du Cénacle vendent des fanfreluches. La basilique propose des concerts de musique profane. Les jésuites organisent des concours de pétanque.

Dans sa chapelle, François Régis, protégé par une vitre d'aquarium, reçoit encore beaucoup de monde. On ne le bombarde plus de pièces de monnaie ; un tronc spacieux est à la disposition du public. Sur une tablette, un cahier de cent pages est rempli de prières adressées au saint en diverses langues. *Saint régise je t'en suppli fait tout ton bossible pour me gérire je te ferais brulai une lambe merci. — Saint François Régis, faites revenir à Dieu tous ceux de ma famille qui s'en sont éloignés, et que mon fils en chômage depuis deux ans trouve enfin un emploi sûr et définitif. — Je ne crois pas en vous, mais si vous existez faites que mon copain Clément sorte du coma où il est plongé depuis deux semaines. Merci. — Saint François Régis, protégez Mgr Lefèvre. — Saint François Régis, faites que mon petit frère se tienne assis et que sa vue s'arrange. — Saint François Régis, faites que mes parents vivent longtemps et qu'ils aient une belle mort. — Ô saint François Régis, je n'est pas encore de situation et encore jamais eu depuis que je vit une personne qui m'aime. Ô saint, aide-moi...*

Dans ce cahier d'écolier parlent toutes les douleurs du monde. Celles qu'aucun remède pharmaceutique ne peut guérir, qui échappent aux allocations et à la Sécurité sociale. Elles cherchent un recours auprès de saint François Régis accroché à ce plateau comme les fermes ardéchoises à leur repli de terrain, protégées du nord et de la *burle*, avec la volonté farouche de survivre. Les poules gloussent alentour; sur les pentes, les enfants — car il y en a — jouent au *tonneau*, des vaches paissent, tête blanche et robe rouge, le père pousse sa motofaucheuse : concession aux temps modernes, avec parfois l'antenne de télévision et l'inévitable carcasse de voiture abandonnée sous les sapins. Sans doute auraient-ils depuis longtemps, sans la présence et l'exemple de François Régis, abandonné ces terres déshéritées pour aller bosser à la Saviem, aux tanneries, aux papeteries d'Annonay.

J'ai eu l'envie d'ajouter un long paragraphe au cahier des douleurs. Demandant ton retour, ne fût-ce que provisoire. Expliquant que tu n'avais pas, comme d'autres, choisi l'exil pour des raisons d'argent; que tu ne souhaitais, enfant, que demeurer dans ta ferme natale en compagnie de ton cochon Charlot, de ton chien Parpaillou, de tes vaches Prudence, Patience, Barrade, de tes chèvres, de tes lapins. Proposant un jumelage entre Saint-Rémy-sur-Durolle et Saulburg-sur-Danube, deux bourgades où ne passe aucun cours d'eau. Évoquant les tombes de tes père et mère au cimetière Saint-Jean, qui ne reçoivent jamais aucune visite et que chaque orage menace d'entraîner dans la rivière ; de ta grand-mère Mangematin qui aimait si fort le *Boun Djeù* et la *Bouno Vierjo.* Et puis je me suis dit que

François Régis connaissait chacune de ces circonstances aussi bien que moi. Qu'il n'était pas nécessaire de lui mettre les points sur les i. Que peut-être je ne faisais pas bien de t'inciter à revenir. Tant de choses ont changé ! Et nous, plus que les choses. Sans doute te sens-tu désormais moins étranger à la Bavière que tu ne le serais à l'Auvergne d'aujourd'hui.

J'ai donc écrit seulement : *Saint Régis, protégez mon copain Sang-de-Chou.*

Et que soit faite la volonté du Grand Chef Chevelu.

TABLE DES LETTRES

Achevé d'imprimer en septembre 1982
sur presses Cameron
dans les ateliers de la S.E.P.C.
à Saint-Amand Montrond (Cher)

Dépôt légal : septembre 1982
Imprimé en France

23-88-3741-01
ISBN 2-01-008693-7

N° d'édition : 5326. N° d'impression : 1671

23-3741-8